21世纪文学之星丛书

2018年卷

短篇小说集

另一面

林漱砚／著

作家出版社

作者简介：

林漱砚，本名林晓秋，1979年8月出生于浙江省乐清市，现供职于乐清市人民医院，任内刊主编。浙江省作家协会会员，浙江省“新荷计划青年作家人才库”第四批人才，2017年度浙江省“新荷十家”作家，2018未来之星温州文学小说家奖获得者。以小说写作为主，兼顾散文写作，作品散见于《作家》《青年文学》《江南》等刊，多篇小说被转载。

目录

总序……………………………………………袁　鹰 1
序　小说的另一面 ……………………………王　干 1

另一面 …………………………………………………… 1
假如大水漫过红杉林………………………………… 32
天青色等烟雨 ………………………………………… 51
日光之下 ……………………………………………… 83
没有终点的绿皮火车……………………………… 122
捕风者 ……………………………………………… 143
梦是静静燃烧的雪 ………………………………… 180
南有乔木 …………………………………………… 205

总 序

袁 鹰

中国现代文学发轫于本世纪初叶，同我们多灾多难的民族共命运，在内忧外患，雷电风霜，刀兵血火中写下完全不同于过去的崭新篇章。现代文学继承了具有五千年文明的民族悠长丰厚的文学遗产，顺乎20世纪的历史潮流和时代需要，以全新的生命，全新的内涵和全新的文体（无论是小说、散文、诗歌、剧本以至评论）建立起全新的文学。将近一百年来，经由几代作家挥洒心血，胼手胝足，前赴后继，披荆斩棘，以艰难的实践辛勤浇灌、耕耘、开拓、奉献，文学的万里苍穹中繁星熠熠，云蒸霞蔚，名家辈出，佳作如潮，构成前所未有的世纪辉煌，并且跻身于世界文学之林。80年代以来，以改革开放为主要标志的历史新时期，推动文学又一次春潮汹涌，骏马奔腾。一大批中青年作家以自己色彩斑斓的新作，为20世纪的中国文学画廊最后增添了浓笔重彩的画卷。当此即将告别本世纪跨入新世纪之时，回首百年，不免五味杂陈，万感交集，却也从内心涌起一阵阵欣喜和自豪。我们的文学事业在历经风雨坎坷之后，终于进入呈露无限生机、无穷希望的天地，尽管它的前途未必全是铺满鲜花的康庄大道。

绿茵茵的新苗破土而出，带着满身朝露的新人崭露头角，自然是我们希冀而且高兴的景象。然而，我们也看到，由于种种未曾预料而且主要并非来自作者本身的因由，还有为数不少的年轻作者不一定都有顺利地脱颖而出的机缘。其中一个重要的原因，乃是为出书艰难所阻滞。出版渠道不顺，文化市场不善，使他们失去许多机遇。尽管他们发表过引人注目的作品，有的还获了奖，显示了自己的文学才能和创作潜力，却仍然无缘出第一本书。也许这是市场经济发展和体制转换期中不可避免的暂时缺陷，却也不能不对文学事业的健康发展产生一定程度的消极影响，因而也不能不使许多关怀文学的有志之士为之扼腕叹息，焦虑不安。固然，出第一本书时间的迟早，对一位青年作家的成长不会也不应该成为关键的或决定性的一步，大器晚成的现象也屡见不鲜，但是我们为什么不在力所能及的范围内尽力及早地跨过这一步呢？

于是，遂有这套“21世纪文学之星丛书”的设想和举措。

中华文学基金会有志于发展文学事业、为青年作者服务，已有多时。如今幸有热心人士赞助，得以圆了这个梦。瞻望21世纪，漫漫长途，上下求索，路还得一步一步地走。“21世纪文学之星丛书”，也许可以看作是文学上的“希望工程”。但它与教育方面的“希望工程”有所不同，它不是扶贫济困，也并非照顾“老少边穷”地区，而是着眼于为取得优异成绩的青年文学作者搭桥铺路，有助于他们顺利前行，在未来的岁月中写出更多的好作品，我们想起本世纪20年代和30年代期间，鲁迅先生先后编印《未名丛刊》和“奴隶丛书”，扶携一些青年小说家和翻译家登上文坛；巴金先生主持的《文学丛刊》，更是不间断地连续出了一百余本，其中相当一部分是当时青年作家的处女作，而他们在其后数十年中都成为文学大军中的中坚人物；茅盾、叶圣陶等先生，都曾为青年作者的出现和成长花费心血，不遗余力。前辈们关怀培育文坛新人为促进现代文学的繁荣所作出的业绩，是永远不能抹煞的。当年得到过他们雨露恩泽的后辈作家，直到鬓发苍苍，还深深铭记着难忘的隆情厚谊。六十年后，我们今天依然以他们为光辉的楷模，努力遵循他们的脚印往前走去。

开始为丛书定名的时候，我们再三斟酌过。我们明确地认识到这项文学事业的“希望工程”是属于未来世纪的。它也许还显稚嫩，却是前程无限。但是不是称之为“文学之星”，且是“21世纪文学之星”？不免有些踌躇。近些年来，明星太多太滥，影星、歌星、舞星、球星、棋星……无一不可称星。星光闪烁，五彩缤纷，变幻莫测，目不暇接。星空中自然不乏真星，任凭风翻云卷，光芒依旧；但也有为时不久，便黯然失色，一闪即逝，或许原本就不是星，硬是被捧起来、炒出来的。在人们心目中，明星渐渐跌价，以至成为嘲讽调侃的对象。我们这项严肃认真的事业是否还要挤进繁杂的星空去占一席之地？或者，这一批青年作家，他们真能成为名副其实的星吗？

当我们陆续读完一大批由各地作协及其他方面推荐的新人作品，反复阅读、酝酿、评议、争论，最后从中慎重遴选出丛书入选作品之后，忐忑的心终于为欣喜慰藉之情所取代，油然浮起轻快愉悦之感。“他们真能成为名副其实的星吗？”能的！我们可以肯定地、并不夸张地回答：这些作者，尽管有的目前还处在走向成熟的阶段，但他们完全可以接受文学之星的称号而无愧色。他们有的来自市井，有的来自乡村，有的来自边陲山野，有的来自城市底层。他们的笔下，荡漾着多姿多彩、云谲波诡的现实浪潮，涌动着新时期芸芸众生的喜怒哀伤，也流淌着作者自己的心灵悸动、幻梦、烦恼和憧憬。他们都不曾出过书，但是他们的生活底蕴、文学才华和写作功力，可以媲美当年“奴隶丛书”的年轻小说家和《文学丛刊》的不少青年作者，更未必在当今某些已经出书成名甚至出了不止一本两本的作者以下。

是的，他们是文学之星。这一批青年作家，同当代不少杰出的青年作家一样，都可能成为21世纪文学的启明星，升起在世纪之初。启明星，也就是金星，黎明之前在东方天空出现时，人们称它为启明星，黄昏时候在西方天空出现时，人们称它为长庚星。两者都是好名字。世人对遥远的天体赋予美好的传说，寄托绮思遐想，但对现实中的星，却是完全可以预期洞见的。本丛书将一年一套地出下去，十年二十年三十年五十年之后，一批又一批、一代又一代作家如长江潮涌，奔流不息。其中出现赶上并且超过前人的文学巨星，不也是必然的吗？

岁月悠悠，银河灿灿。仰望星空，心绪难平！

1994年初秋

序

小说的另一面

王　干

小说集《另一面》的作者林漱砚是个女性，她写的小说多与女性生活有关，同时还与她的工作状态有关。她在医院工作，接触到很多病人，她的小说就有些不同于一般的女性作家。医生出生的作家容易引人注目，文学史上有些医生出身的作家都很有特点，国外如契诃夫、毛姆等，中国现代文学史上的鲁迅、郭沫若都是弃医从文的，尤其是鲁迅先生，他的小说带着强烈的解剖意识，藤野先生教授给他的是身体解剖学，而他的小说则是对人的精神解剖学，对人的心理疾病冷静地解剖。鲁迅不仅解剖别人，尤其对中国农民精神的深刻无情的洞悉和呈现，他把精神的解剖刀，也投向了自己，对知识分子精神的无情的解剖和批判，从而成为现代文学史对国民性最深刻的批判者。当代小说家余华也是医生出身，他秉承的是鲁迅的冷峻，且融进了卡夫卡式的荒诞，因而他的小说独树一帜。

林漱砚秉承的是鲁迅先生的解剖精神，她关注人的精神面貌和心理状态。在《另一面》这篇小说中，她在塑造严紫粉这个当下独特的女性形象时，写了一系列的女性形象。小说从“这个名叫严紫粉的女孩，坐在我面前的转椅上，由我为她化妆”开始，写她几次化妆的形象的变化，慢慢展现她的内心和心理的变化。小说的题目起的非常准确，朴素又有寓意。“我”作为化妆师，是要为严紫粉这样的顾客塑造出另一面来，而这“另一面”除了美容以外，还可以表现出人物的内心诉求。严紫粉第一次的母版是王昭君，“昭君出塞”是悲凉的美，“我”和其他顾客发现她有心理幽闭的倾向，而最后的“四大皆空状”是她心理释放之后的“另一面”，因而成为了网红。小说几乎按照心理医生的方式来描写严紫粉，但小说还不忘记“我”这个叙述者的“另一面”，她的本名叫“小强”，这样的名字无疑是本色的，但确实少了很多的想象力，尤其作为美容店的老板更显得没有多少商业价值。小强在把自己的名字改为“阿朗老师”之后，成功地换妆成功，她犹如严紫粉化妆成王昭君之后受到人们的关注一样，“朗逸峰”虽然还有些中性的色彩，但“阿朗”的马甲却魅力大增，“另一面”美容店也生意火爆。

名字如此，人的面貌自然也会随化妆而增值。现代人对自身的本来面貌缺乏自信，现代美容术确实会成功地塑造另一个自我，“素面朝天”是一种美，但是要有本钱的，而且素面常常会被假颜值击败，何况那些颜值低的人可以借助美容来实现自我呢？当然，这种虚的追求，会导致人的精神变异，“假作真时真亦假”，《另一面》其实说的是“假”美学在我们日常生活中的作用和反向，小说借着严紫粉的故事，写出人们心理的某种病态的错觉，且对此已经习以为常。

在《另一面》这篇小说里，林漱砚还写出了女性的另一面。女性叙事一般都是站在女性的立场上，对男权社会进行某种抗争和对女性权益的呼吁，但解剖派小说写法，确实刀刃向内，这也是林漱砚站在女性立场上又迥异于一般女性作家的"另一面"。在小说里，严紫粉是被叙述的对象，也是被大家观照的对象，但同时她又像一面镜子折射出不同人内心的"鬼"来。首先是她的母亲，保守而又自以为是的母亲是以严紫粉的保护神自居的，她身上的自私是通过"爱"的方式来表现的，这种由"爱"而变态的母爱也是另一面。而美容店里众多女看客对严紫粉的嘲讽和奚落，是出于某种嫉妒和本能的敌视，让我们想起了大观园里那些丫鬟之间的绞杀和撕裂，小说的笔法很像鲁迅《故乡》里那些看客对祥林嫂的态度。她们对容颜的珍惜，对严紫粉的醋意，是带着酸和刻薄的。林漱砚在写这些看客心态时，是有着鲁迅的凛冽的寒意和残酷的，甚至"我"对自己的助手蓝妙芝也不放过，蓝隐隐藏着的病态也被挑刺一样挑了出来。这种对女性的严厉的拷问确实有些大手笔的味道。

当然，林漱砚还有一颗巨大的悲悯的心，她对笔下这些有些病态或者变态人格的批判没有鲁迅先生那么冷峻，也没有鲁迅先生那么"酷"，她还是带有些温情和宽容。她的笔墨有时候甚至会有些郁达夫式诗意的"沉沦"，不是道德的沉沦，而是从诗意去理解那些人的非常态。她对静子的哀怜，对严紫粉的理解，是善意的，她对那些略有变态女看客的态度也是同情的，包括对严紫粉的母亲的描写，并没有把她们推向"恶"的深渊。

林漱砚的小说带有时尚小说的味道，她描写时尚生活细腻深入，在同代作家中属于佼佼者，她的文笔也超越一般女性作家的矫情。她懂得反讽是现代小说的灵魂，因为用反讽来对待时尚和当下生活，她避免流行的俗，很难得。遗憾的是小说集里作品参差不齐，我想，假以时日，她会写出更多的力作来。

2019 大暑于润民居

另一面

一

这个名叫严紫粉的女孩，坐在我面前的转椅上，由我为她化妆。

单从脸型、五官而论的话，严紫粉长得还算不错，脸型娇小，五官端正，只是鼻梁略显扁平，光照在她脸上，一片平坦。她有一头顺直的黑色长发，丰茂光泽，简单地束了个黑色发圈。但她皮肤蜡黄，唇色黯淡，整个人看起来了无生机。我触到她脸上的肌肤时，像触到了一片薄凉的冰。

严紫粉穿了一件淡粉色长袖连衣短裙，一条黑色厚打底裤。起先，她晃动紧绷着打底裤的双腿进来时，我注意到，打底裤勾勒出一双挺好看的腿。可惜就是这身打扮，令人一眼看穿了她的底细。严紫粉刚进店时，几位打扮入时、举止高雅的顾客，就已经纷纷对她侧目而视。

这短裙本身没有问题，但眼下已是仲夏，前几天刚过端午节。那几天，母亲起早摸黑，在家里用煤气灶烧草灰汤，包汤灰蜜枣粽。我与父母三人住一幢三百多平米的排屋，当初房子装修完毕，我将父母从乡下连根拔起，栽进排屋里时，他们脸上就有了无所适从的神色——住在这里，白天太阳不猛，晚上露水不大，我们能干什么呢？父母不约而同地搓着各自粗糙的手。干什么都好，随你们，只要不回乡下种田就行，免得别人说我不孝，我回答。儿子在城里住排屋，父母在乡下住破屋，我还不被乡里乡亲的唾沫星子给淹死？幸好父母的理想具备极其顽强的生命力，他们很快就在排屋里铺开了田园生活，在露台上种菜，在花园里养鸡。

当然，这是题外话，我想说的是，已经过了端午节了，严紫粉却还穿得如此厚实。记得端午节那天，我在吃蜜枣粽时，母亲说起了乡里俗语：吃了重五粽，棉衣慢慢送，明天我可以把你的那些长袖、厚被都洗了。我们家乡的方言称“端午”为“重五”。父亲说：就是，我把你房里的空调洗洗，也该用起来了，你们城里比乡下热多了。父母在睿城的心脏地带已经待了两年，还是把这里称为“你们城里”，来自睿城肢体末端的地域观念须臾无法忘怀。

再说这黑色厚打底裤。前几年，睿城的女人的确不论老幼都穿紧腿裤，不管是闹市街头，还是阡陌田间，到处晃动着一截截或细瘦或粗壮的大腿。但是今年夏天，紧腿裤早已经被阔到不能再阔的阔腿裤所替代，女人们又不惧老幼胖瘦，欢快而自信地甩起一片裙裾般的裤腿。说实话，我挺喜欢女人追逐潮流，这至少说明她们对生活还怀有热爱之心。

大家都体悟出来了，严紫粉缺乏一种我们常说的叫作“气质”的东西。“气质”是件很奇怪的事物，看不见、摸不着，可一旦人缺少了它，就像食物缺了盐。依我多年的工作经验，我已能将严紫粉的家境、生活状态猜个大概。“相由心生”这词真可怕。

随着化妆品的层层叠加，一张酷似王昭君的脸，渐渐浮现在严紫粉的脸上。这是她指定要变成的那个人。对于这一点，我非常能够理解，王昭君是旧时代的明星，有人想变成她的模样并不奇怪。在我的“另一面”妆容馆里，要我帮忙化妆成古今中外各路明星的女人都有。只是，严紫粉看着镜中的自己，突然睫毛一抖，眼角就渗出泪来，泪水让她的眼睛看起来扑朔迷离。而这个时候，我刚好在给她画眼线，突然滴出的泪珠让我措手不及。

其实来我这里化妆的女人，个个都是开开心心、满怀期待的。因为我有一手绝好的化妆技巧，能让女人的容貌连升三个等级都不止，这简直已经成了睿城人尽皆知的事情了。因此，渐渐地，来我的妆容馆化妆得提前预约，这令我看起来有点像医生。预约就诊让看病更便捷，医院的宣传口号就是这么喊的。

“另一面”开在一家商业综合体后面的街上，交通便利，闹中取静。我在妆容馆里摆了几张樟木小桌、几只圆头圆脑的樟树墩凳子，还有一台意式咖啡机。每天早上，经理蓝妙芝过来上班时，总是先打开窗户通风，给百合花浇水，然后烧开水，煮咖啡，再把自己亲手做的一些小甜点摆在碟子里，整个妆容馆很快就漾起一股清新爽洁的香味。蓝妙芝曾说过，这是妆容馆最美妙的时刻，如清晨的原野一般柔和、纯净。这一切，与我在化妆界的名声相得益彰。

我对化妆这事熟门熟路，不出十五分钟就能完成一般的生活妆，化个繁复的古典妆或极尽夸张的舞台妆，也就半小时的事。但很多顾客总是不愿意踩着自己预约的时间点过来，而是早早就到了，伸长了脖子等着。她们看着其他女人化妆，一步步变得跟原先判若两人，眼神是既羡慕又期待的。这又令我的妆容馆看起来像一座衣香鬓影的医院，她们看着我的眼神，就像患者望着医生一样。女人期盼自己变美，跟患者期盼自己病得医治的心情是一样的。只不过，医生会医治人身体上的毛病，而我却能医这些女人的心病。

这些女人打扮得漂漂亮亮，多是为了参加一个让她们感觉非常愉悦的聚会：婚礼、生日派对、同学会、公司酒会等等。这个聚会能让她们脸色红润、笑靥如花，再加上我为她们私人定制的妆容，能瞬间提升她们的人脉。何况，能在我这家妆容馆接受五百元起步的化妆服务的女人，生活条件想必都还不错。因此，她们看起来都是快乐无忧的样子，完全不像是有心病的人。

在等待化妆的空暇时光，顾客们喜欢三五成群地坐在一起，聊一些开心的话题，不时发出一阵刻意压低分贝的哄笑。这，甚至成了她们休闲聚会的另一种方式。

她们聊天的话题往往是这样的——

我家那老公呀，心太贪，前段时间股票明明可以赚一百万了，就是舍不得抛，结果到现在只能赚五十万了。我本来还想换台宝马开开的，看来只能先等等了。不过也用不了几天时间，他炒股还是有点水平的。

这个女人似乎是在嗔怪老公，语气中却溢出掩饰不住的骄傲来。

我的男朋友昨天向我求婚了。那时候，我们几个同学正在酒吧喝酒，他突然带着几个哥们出现了，拿出一大束玫瑰花和一枚卡地亚钻戒，单膝就跪下了。他的哥们齐声喊：嫁给他，嫁给他！我完全没有心理准备，整个人都傻掉了。我的同学劝我说，看在他跪了这么久的分上，你就答应了吧。既然大家都这么说，我只得同意了。

这个女孩子努力把那幸福到眩晕的一刻描绘得云淡风轻，

但我却分明看到笑意在她的眉目间飞舞。

这次通过公平竞争，要综合笔试、面试、就职演讲等分数，才能最终确定一名人选。我的分数排名第一，办公室主任这位子是当仁不让的，我也有信心把它做好。

这位职场丽人语调平稳、措辞简洁，自带强大的气场，我不用看她的脸，也能感觉到上面涂满了风发意气。

在等待化妆的这一刻，这帮女人如果说有心病，那只有一个：长得还不够美。她们深切地担心着自己的眼袋、皱纹、色斑、塌鼻梁、大饼脸。但她们很快会发现自己的担心是多余的，任何脸部的缺陷到了我手里都不是问题，胭脂水粉再加上我堪称炉火纯青的技艺，总是能帮她们掩盖得恰到好处。随着眼袋变平、皱纹变浅、皮肤变细腻、五官变立体，她们的心病瞬间就治愈了，比任何的心理疏导都来得管用。每当这个时候，我就意识到自己当初的选择完全正确，在一次次的被认可中，我几乎快忘却自己原来的职业了。

就这样，我成了名副其实的女人堆里的男人。很多朋友问我：天天跟这么多美女打交道，是不是感觉很爽？在外人看来，这的确是件很“爽”的事情：每天有不同的女人朝我发嗲，娇声娇气地喊我“阿朗老师”；我可以光明正大地捧着她们光洁或粗糙的脸蛋，甚至可以居高临下地（一般化妆时，都是她们坐着，而我根据需要随时变换身体站姿）看一眼她们从领口露出来的曲线。这应该是很多男人羡慕不已的事吧。但是，每天从“另一面”出来后，我就像患上选择性认知障碍症，完全意识不到地球上还有“女人”这种生物。我一般都是迅速回家，吃一碗母亲煮的小馄饨，再翻翻书或听点音乐，独自消磨夜色。像我这样长得不算难看，经营着一家名气十足的妆容馆，每日进账可观的男人却没有女朋友，周围的人都表示十二分的不理解，甚至有人在背地里怀疑起我的性取向来。

你一定是个娘们，才会做这些娘们做的事，一个朋友嘲笑我说。当初，我放弃了那份看起来非常光鲜的工作，执意要去学习化妆技术的时候，我的父亲也这样说：我辛辛苦苦培养了你，你却去干这些娘们才做的事！他的脸色极其难看，乌云排山倒海般压下来。我母亲气得当场站立不稳，跌坐在地上。即便如此，也没能阻止我的决定。那时候，我住的小区里刚好开着一家小小的化妆店，店里有两个染着焦黄头发、浓妆艳抹到面目难辨的外地女人，一个身形像柳枝般细长、穿紧身衣瘦腿裤、一跷兰花指就露出十截弯曲长指甲的男人。在没有顾客的时候，他们就会在店里打情骂俏，完全忽略了从店门口经过的路人甲、路人乙的眼睛。母亲寻思着，不久的将来，我也会变得跟这个男人一样，她心里就急得要喷出一团火来。

但母亲估计错了，除了顾客，长驻在我店里的女人只有蓝妙芝一个。当初招人手时，为避瓜田李下之嫌，我本来想招个男店员，但又囿于所谓性取向的流言，便决定招一个外表实诚、做事勤快、有责任心的已婚已育大姐。三十五岁，带一儿一女，长相平淡，言语不多，语调不高但干脆利落，蓝妙芝完全符合我的要求。蓝妙芝的工作时间是上午十点至晚上十点，中晚餐由妆容馆提供，月薪一万。这个工资不算低，不知是否因为这个原因，蓝妙芝在我这边更像一个管家，将工作做得简直无可挑剔。我跟蓝妙芝，彼此配合默契。

在这样一群热闹的女人当中，除了我很少搭话外，还有蓝妙芝也少言寡语。蓝妙芝帮我打理店里的一切大小事务，接预约电话，管接待，收钱，还会快速帮顾客做简单发型，往往跟妆容恰好匹配，而且是免费服务，顾客们都很喜欢她。顾客喜欢蓝妙芝还有另一个原因，就是她手工制作的点心非常好吃，蔓越莓饼干、绿豆饼、芝士面包，装在密封玻璃碗里，从家里带过来，供顾客品尝。

蓝妙芝应该是个懂生活的女人，虽然衣着平常，神情却很恬然，似笼罩着一层温煦的阳光。多数时候，她就安静地坐在前台的沙发上，以一种隔岸观火的姿态，围观这一群热闹的女人，身子慢慢地陷入沙发圈的阴影里去。但她却又能明察秋毫，知道谁的杯子见底了、谁的妆化好了可以做头发了，就会及时起身，周到地为顾客提供服务，倒水、接电话、做头发，有条不紊，身影轻巧地穿梭着。大家很难将两者等同起来，往往会看看她，又看看前台，确定只是同一个人之后，才又继续自己的聊天。

于声誉鹊起的“另一面”来说，蓝妙芝一切都拿捏得刚刚好。

二

从开店至今，在我这里化妆时哭了的人，只有严紫粉一个。

“严紫粉”这个名字是她预约登记时报上的，我感觉或许不是她的真名。不过这并不见得会引起我的反感。其实我这个众多女人口称的“阿朗老师”，也并不姓朗，连名字当中也没有一个“朗”字。我本名叫小强，因为那个众所周知的原因，我极不喜欢听别人叫我“小强”，尤其当面说什么“打不死的小强”之类的话。我给自己取了个跟“小强”有牵强附会关系的名字——朗逸峰，每当听别人喊我“阿朗老师”，我便觉得自己瞬间高大上起来，这跟女人来“另一面”化妆是有着异曲同工之妙的。

严紫粉是一个人踩着预约的时间点过来的。单独来我这里化妆的顾客寥寥可数，加之她眼角突然滴出的泪，让我不由得暗自忖度了一下。周围的那些女人都太直白了，她们昨天跟谁一起吃的饭、今天化好妆之后要去做什么、明天跟谁有约等等话题，以及家里七大姑八大姨的细碎琐事，只要她们认为能够搬出来作为谈资的，都统统从她们的口中跑出来，在众朋友的唇齿间流传。

你怎么了？我低声问严紫粉。

严紫粉脸上似覆盖着一层糨糊，将整张脸庞刷得严严实实，连脸上的毛孔都不曾颤动一下。我怀疑自己说出的话遁入了空气，加之我本身也没有过多探究别人内心的欲望，便不再开口说话。在过去的几年里，我做了太多这类事情，早已厌倦了。

严紫粉预约登记的年龄是25岁，但她浑身散发着病快快的气息，似一株停止生长的植物，让人猜不透时间究竟静止在哪一刻。这种不舒展的感觉，令我也像浑身上下箍了个木桶。蓝妙芝显然发现了我的异样，走过来附在我耳边悄声说：阿朗老师，下一位顾客预约的时间快到了，她说自己要赶去参加同学会，希望您快点帮她化一下。蓝妙芝说完，快速闪回了前台，摆出惯常的单手支腮的姿势，令人怀疑她刚才并没有移动过。

说实话，我极不喜欢为严紫粉这样的顾客化妆，她身上有股沉重的力量，不知不觉地拉着身边的人往下坠。生活已经很不易，谁也不愿意再让别人的烦恼来碾压自己的灵魂，谁都没有这个义务。虽然大家都认为我的“另一面”妆容馆生意兴隆，我俨然已是化妆界的大师级人物，算是名利双收了。连当初极力反对我的父母，也渐渐忘记了做出惋惜的表情。他们每天有忙不完的活，阳台上的菜要浇，餐桌上的烛台要换精油，地下室的台球桌要擦，在乡间养成的习惯，让他们一日不劳作便浑身不自在。虽然我日日早出晚归，极少去享用这些东西，但两位老人的手总是习惯性地在它们之间穿梭，将它们伺候得滋润舒适，就像在伺候我一样。但这一切，并不代表我人生的这件睡袍比别人的华美。在夜深人静时，我也会数算华美睡袍里的虱子，比如，我总是无法爱上一个女孩子；比如，我会时常想起那个叫“静子”的女孩，正用一双哀怨的眼睛盯着我。

为严紫粉化妆的过程显得冗长而枯燥，虽然这也只是半小时的事。在工作中，枯燥与疲惫总是如影随形，面对这位忧郁的顾客，当年曾有过的深深的疲惫感，又缓缓升起在我心头，但我还是坚持为她化好了妆。

严紫粉属于妆前妆后判若两人的女孩子，这不仅仅是因为我化妆技术好，也因为她属于那种脸部硬件好、软件却极差的人，我修改了她的软件，立刻就衬托出硬件设施来了。严紫粉在前台付了五百元现金，我听到蓝妙芝问她：要做头发吗？免费的。前台边漏出一小片的寂静。蓝妙芝仍和善地对她说，下回可以刷支付宝或银行卡，更方便。严紫粉仍然没有回话，作低眉垂目状，将玻璃门打开一条缝，像一条瑟缩的鱼一样，从缝隙间滑了出去。她的连衣短裙被玻璃门掀起一个小角，露出了绷着打底裤的臀部。

店堂里几位女人的目光跟着严紫粉飘出了门外，好半天才收回来。她们先是惊讶地互相望望，然后不约而同地表示出像模像样的嘲讽：

这人有病吧？这都什么天气了，还穿得这么厚？

人家打摆子，要发汗呢！

其实她长得有什么好看的，还不是全靠阿朗老师的化妆吗？

还化妆成王昭君呢，也不看看自己的气质配不配得上，丑人多作怪！

“阿朗老师，”有个女人娇滴滴地拖长了声调道，“你店里怎么会有这样的客人嘛？”

是呀，这样的人也来你店里化妆？众人附和道，仿佛与严紫粉这样的女孩子同台化妆，是件有辱身份的事。

她也是顾客，我望着玻璃门外那个快速飘远的身影回答道。这时候的严紫粉，像一只高频率摆动的钟摆。

对啊，人家毕竟是付了钱的，大家都是顾客嘛。蓝妙芝说。

三

到了夜晚七点以后，“另一面”就是另外一番景象了。这个时间点，基本没有人来化妆了，来我店里的，只有从宴乐场上退下来的女人们。

七点之前，在我这里化好妆的女人们已经带着比往常漂亮数倍的容颜，活跃在各自的战场上，吃饭、喝酒、聚会都在如火如荼地进行着，杯来箸往、歌舞升平。七点之后，她们中有一小部分人会回到我这里来，卸妆。在我店里卸一次妆，统一收费五百元，跟化个妆的起步价一样。刚开始，有人表示不解：化妆是靠技术吃饭的，还要用上各样名牌产品，收费高可以理解，但卸妆而已，怎么定那么高的价？我不言语，一副你们爱来不来的表情。最终的结果是，但凡在我店里卸过妆的人，没有一个认为性价比不高的。

卸妆的女人都是单身前来的，偶尔碰到熟人，也只是淡淡地打个招呼，仿佛几个小时前，交头接耳谈话、一起吃点心的不是她们。她们很守秩序地坐在店堂里等，不再吃东西，也不再喝水，一般都是低头玩着手机，刷朋友圈，看八卦。撕下这层漂亮的假面，用真实的面目面对熟人，大家都有难度。我审时度势，根据顾客需要，特意用磨砂玻璃隔出一个带后门的卸妆间，顾客卸完妆后，可以直接从后门离开。于是，几乎所有的女人卸完妆后，都低着头，从后门匆匆离去。

卸妆时，她们脸上泛着从各种场合带来的兴奋之情，坐在转椅上，任由我一点一点抹去她们姣好的妆容。这时候，我清楚地看到，她们的兴奋之情一点一点褪去，随着抬头纹、眼袋、法令纹、色斑等等不美好的东西一一现身，她们的情绪陡然低落下去了。其实她们化妆前、卸妆后的容颜并未起变化，但不知道为什么，她们能开开心心来化妆，却都无法接受卸妆后的自己。难道是我为她们化的妆或者那一场奢华宴会，让她们在几个小时之内苍老了十几岁？

这时候，埋在妆容下面的酸楚泛上她们心头，她们往往会开口述说一些由外貌引发的话题。

阿朗老师，你看我眼袋大对不？眼袋大是因为我睡眠质量不好。这位顾客告诉我，她睡眠不好的原因是：结婚八年，延医诊治数年，吃过药石无数，却始终怀不上孩子。她可以无视公婆鄙夷的目光，也可以忽略半夜嗲声嗲气打进老公手机的电话，但她无法隐瞒内心的焦虑，假如不能为夫家开枝散叶，接下来可能要面临一些非常棘手的问题。这个就是夸老公即便在全线飘绿的时候，炒股还能赚五十万并且马上稳赚更多的女人。

阿朗老师，我的鼻梁看起来有点怪异对不？这位顾客说，那是因为她天生鼻梁塌平，人称“塌鼻头”，一直没有追求者，后来不得已，去做了隆鼻术。岂料手术填充物出了问题，她的鼻梁红肿了几个月，又去另一家正规医院做了填充物取出术。一来二去，鼻梁看起来就非常怪异了。现在的未婚夫吧，其实就是个“二流子”，但派头倒是十足，台型扎得牢，什么卡地亚钻戒，那不过是她自己省吃俭用攒钱买的，然后让他转交一下而已。这个，就是满脸幸福陶醉于男友向她求婚的女孩。

至于那个妆容高雅、谈吐举止得体的白领丽人，她的烦恼无疑比别人更多——不敢交男朋友，怕那个一直觊觎她，又能不动声色地给她带来好处的上司冷落她；职场无情，人与人之间总是赤裸裸地显出某种利益关系来；花销大，其实赚钱又不多，等等。这个时候的她，脸上浮起一片片斑点，是我无论用何种卸妆液都无法去除的。

凡此种种，令整个妆容馆里弥漫着一层名叫“焦虑”的雾霾。大家都似其中的一个大分子，飘起，连成一片，形成更大的尘埃，如一张巨大的幕，将她自己和身边的人都覆盖在幕布之下。大概很多人以为，能够不费吹灰之力窥探到别人的内心，那是一件很有意思的事情。其实不然。每当我听到一个人的内心故事，下回再在众人面前见到这个人时，便觉得自己有了某种义务，要替她做好掩护工作。这个故事便成了自己的一桩心事，像一枚钉子，扎进了自己的心房，不用多久，内心就千疮百孔了。我以前做的工作就是这样，做到后来，心中积累的垃圾简直拖累得我无法迈动脚步。我去听讲座，做心理疏导，参加情景剧，把帮助别人的途径一一用了一遍，但都无法奏效。及至后来发生了“静子事件”，我便决绝地放弃了那份工作。只是没想到，当上化妆师的我，居然也会阴差阳错地充当心理医生的角色。

蓝妙芝起先会在我旁边帮忙，后来大概也是听多了类似金玉其外、败絮其中的故事，而且她同为女人，还得绞尽脑汁找出几句话来安慰对方，弄得心力交瘁。后来，我在为顾客卸妆的时候，她干脆不进来了，坐在柜台里昏昏欲睡，一束昏黄的灯光打在她脸上。

现在，你们知道我为什么把卸妆的收费定价这么高了吧？

这一次，门一推一合，进来的是严紫粉。我心里暗自“咯噔”了一下，我承认自己没料到严紫粉居然会舍得花五百元钱来卸妆，我上面说过了，她看起来并不像家境优渥的女孩子。当然我脸上并未起任何波澜，她能够排队进入卸妆间，蓝妙芝应该已经把“交纳卸妆费”这类事情安排妥当了。

严紫粉还是一声不吭，这令我与她的近距离接触显得很尴尬。虽然平时顾客跟我铺陈她们的故事时，我都是似听非听的，但那至少有声音在我跟顾客之间流动。有了声音的流动，孤男寡女会少很多尴尬。眼下，我只能自己制造一点流动的声音了。

我问她：你住在这附近吗?

她只应了一声低低的“嗯”。

你化妆成王昭君，是要参加一个古装聚会吗?

还是低低的一声“嗯”。

现在回去有点迟了，路上要注意安全。

嗯。

这三声“嗯”，一样的分贝，一样的腔调，仿佛第二声、第三声只是第一声的拷贝罢了。

我没有了交流的欲望，不再言语。或许我本就没有交流的欲望，我只是想制造一点流动的声音罢了，只是现在连这点想法也销声匿迹了。

严紫粉一直低着头，没有看镜子。卸完妆后，她从后门走了，还是低着头。严紫粉低着头孤苦无依的样子，又令我想起了静子。那天，我带着心理团队的人，头上顶着阳光，脸上堆着笑，一起去那个小山村看望静子。我以为静子会很开心，没想到，她只在我闯进她平静生活的一刹那，抬起头，幽怨地盯了我一眼。然后，她至终都像严紫粉一样低着头，我问她什么，她都只是低低地回答“嗯”。

事隔三年，不知是命运的安排，还是纯属巧合，我居然又遇见了一个跟静子一样阴郁寡言的女孩子。也许是因为严紫粉的出现，再加上她的出现又勾起了我对静子的回忆，我今天比往常更加缄默一些。蓝妙芝没有问我怎么了，或许她已经猜到个大概，或许她的秉性跟我一样，对别人的内心世界都没有过多好奇心。

下班时分，蓝妙芝在消毒茶具、拖地板，我在翻看第二天的预约登记簿，准备好可能用到的各样物品。蓝妙芝的预约登记工作做得非常到位，不仅登记了顾客的姓名、年龄、手机号、化妆时间，还会写上出席场合（这是在顾客愿意告知的情况下）、本次化妆要求等。我只要一看这个本子，便对第二天要做的工作了然于心。顺便说一句，我工作时有个非常好的习惯，就是每一样化妆品、化妆工具，用过后就马上回归原位。因此，一位顾客化妆结束，第二位顾客过来时，我的工作台永远是整洁清爽的。顾客们对这一点非常赞许，说这才是一家高档次的妆容馆该有的面貌。

清尾工作完毕、准备工作就绪，我才像尘埃落定一般，“啪嗒”一声将大门锁上。老板，明天见，每天下班，蓝妙芝都会说这么一句。在上班时间，蓝妙芝像其他顾客一样喊我“阿朗老师”，但是下班告别时，她必叫我“老板”，我到现在都无法适应。我曾经提醒过她，下班了可以叫我阿朗，甚至就算叫我“小强”也比叫我“老板”强。但她说这是规矩，没有规矩不成方圆。说完这一句，她就开着那辆二手的 POLO，消失在夜幕中。

四

第二天，严紫粉当然没有过来。顾客们都在自己的小范围内交流着一些有趣的话题，不知有没有人会提起“严紫粉”这个名字，就算有人提起，她也不过是有趣的素材之一吧？不知为什么，我的脑海里一直有两张脸蛋在飘浮，交织在一起，又分开。严紫粉、静子，我有时候甚至分不清到底谁是谁，她俩虽然长相迥异，但是都有一双哀怨的眼睛。晚饭时分，我甚至翻开预约登记簿，找到了严紫粉留下的号码，看着这一串数字，我反而心悸了，重重地将本子合上。

这样的状态持续到一周之后的晚上。下班后，照例，蓝妙芝在打扫卫生，我在浏览预约登记簿。我又看到了严紫粉的名字，她约的是第二天下午四点，这一次，她要化妆成聂小倩的模样。倩女幽魂？我暗自吃了一惊。

严紫粉明天要来化妆。我对蓝妙芝说。话说出口后，我发觉自己有点奇怪，明天有哪些顾客要来，蓝妙芝比我先知道。何况严紫粉只是个普通顾客，我为何要特地跟蓝妙芝提起她呢？

是的，要化妆成聂小倩，这女孩看起来有点内向啊。蓝妙芝颇为担忧地说。

我们都不再说什么，默默地完成了清尾工作，直到我“啪嗒”一声将大门上锁。

严紫粉这次没有掐着时间点来，而是提前了半小时。她还是穿着那件淡粉色的长袖连衣短裙，黑色厚打底裤，手里拎着一只红色塑料袋。进店后，她就从袋子里掏出一些什么东西来，攥在手心里，分别在几张樟木小桌前站了片刻，用低得几乎听不到的声音说，吃水果。然后，手一松，几只小小的桃子放到了那几个正谈笑风生的美女面前。

店堂里的优雅女人显然被严紫粉的举动弄蒙了，她们停止了交谈，愣愣地看了她一下，像突然明白过来似的，带着礼貌点点头，互望一眼，端起各自的咖啡杯啜起咖啡来。严紫粉在她们桌边站了一会儿，终于走开了，找了个单独的位子坐下来，在与世隔绝的寂静里，朝墙边贴过去，贴过去。

蓝妙芝拿了一碟点心放在严紫粉面前，问她：喝咖啡，还是喝茶？

严紫粉客气地说：不用，谢谢。声音细弱得像一根窸窣弹动的皮筋。

轮到严紫粉化妆时，她正襟危坐在我面前的转椅上，眼睛看向地面，整个身子微微颤抖。我让蓝妙芝拿了一件披肩给她披上，说：今天这个妆有点特别，怕散粉抖下来弄脏了你的衣服。

严紫粉这次化妆时没有流泪，只是一对卧蚕眉始终微蹙着。这是一对人工纹上去的眉毛，眉色浓黑，眉型呆板，业内人士只消一眼便可看出它们出自小作坊，出自那些只会洗洗脸、敷敷面膜便敢自称美容整形师的人员之手，带着雕琢过度的浓重气息横在她脸上。当然，这一切都不妨碍我把她化妆成聂小倩，没有金刚钻不揽瓷器活，要是没有两把刷子，我的“另一面”也不会风生水起。

严紫粉化好妆后，蓝妙芝依惯例问她：要做发型吗？我刚学会做一款发髻，跟你的妆容很配。严紫粉摇摇头，付过钱后，便从门缝间滑了出去。室外的热浪从玻璃门的缝隙间扑了进来。

严紫粉走了，那几个憋闷了好久的顾客长吁一口气，立刻叽叽咕咕地交头接耳起来。蓝妙芝明白她们的意思，提了一只垃圾桶，将几张桌子上的桃子掸了进去。当然，严紫粉也没有吃蓝妙芝放在她桌子上的点心。蓝妙芝没有表示出任何不愉快，神色安然地将点心倒进了垃圾桶。

那么小的桃子，怎么吃啊？一位顾客说。

放在塑料袋里，还直接用手拿出来放在桌子上，塑化剂、细菌一大堆，谁敢吃！有人应声道。

这都什么天气了，她还穿这么厚的衣服，该不是精神有毛病吧？

人家阿朗老师心疼她呢，还给她披披肩，怕她空调房里着凉?

女人们讨论得非常热烈，我没有搭腔。她们当中很多都是我的老顾客，我们彼此像老朋友一般插科打诨互不计较。蓝妙芝安静地穿过这一片聒噪声，脸上挂着似有似无的微笑。如果换成其他女人，很可能会在此时接上话茬，狠狠地抨击一下严紫粉——严紫粉没有吃自己好心放在她面前的点心，这摆明了是不友好的表现。有时候，我真的挺欣赏蓝妙芝，无论在怎样纷乱的环境中，她总是能够保持镇定。

蓝妙芝经过我身边时，朝外努努嘴，示意我看外面。落地玻璃窗外，一个中年妇女刚好转过身去，紧走几步想追上严紫粉，却不料严紫粉走得更快一些，她始终追不上，只得一前一后地走着。这个身形紧绷、四肢快速摆动的严紫粉，跟在我店里瑟缩沉默的严紫粉，俨然不是同一个人。

我料定严紫粉晚上会来卸妆，也料定还会有故事。果然一切都如我所料，只不过故事的主角变成了下午站在玻璃门外的中年妇女，严紫粉的母亲。当严紫粉卸完妆从后门走了的时候，她母亲从我的卸妆间里冒了出来。蓝妙芝歉疚地说：我没能拦得住她。我摆摆手，表示自己可以跟严紫粉母亲聊几句。

她母亲先是客套地感谢过我把她女儿化妆得很漂亮，然后话锋陡转，正色道：我女儿刚参加工作，还要以工作为重，我不允许女儿化浓妆，更不同意她去参加什么化装舞会，反正跟工作无关的事情都不可以。

我愕然，还来不及发表意见，这位母亲紧接着语重心长、苦口婆心地向我举出了一大堆事例：

她之前参加过市演唱团，我用了一年时间，终于让她放弃了唱歌这个念头。我们是正经人家的姑娘，我又只有这么一个孩子，在台上扭扭唱唱的算什么事?

她原来有两个当模特的QQ好友，我发现后，趁她夜里睡着了，偷偷进她的QQ，把这两个好友删掉了。虽然她知道后好几天不理我，但我认为跟模特聊天就是不妥的，聊多了，就会生事端。她现在生我的气没关系，等她懂事了，她会感激我的。

……

严紫粉母亲身穿一套廉价的黑色衣服，嘴巴连续一开一合，仿佛一只老鹰正拍打着翅膀，驱赶企图靠近她女儿的外人。说到动情处，她声色哽咽，几乎要落下泪来。真是可怜天下父母心，我脑子冒出了这句老话。我试探着跟她沟通：你这样的管教，是不是太严苛了点呢？成年人得有自己的思想，这样才是真正健康的人，我认为她过点自己喜欢的生活并没有错。

她现在还不懂事，当然得由我管着她啦！我很后悔自己没把她管好。严紫粉母亲见我不肯配合她的思想教育工作，情绪非常激动，脸色涨得绯红。

我不想跟这样的母亲计较什么，便客气地指指磨砂玻璃后面那一片隐含的世界，暗示她外面还有其他顾客，如果她不想自己的女儿成为别人的笑谈，最好就此打住。严紫粉母亲或许习惯了指挥别人的生活，所以对我的回应表示极度不满意，又不便于进一步发作，只得使劲抿着嘴巴，上下嘴唇不住地颤动，忿忿然地走了。

卸妆间只是个用磨砂玻璃隔断的相对独立的空间，我相信我们的对话早已被在外面等候的顾客听得一清二楚。虽然晚上的顾客并不像白天那么多，但是只要有人听到了，那么就有散播出去的无限可能性。

当蓝妙芝跟我说“老板，明天见”的时候，我原本已经启动了汽车，却不知为何感觉心里空空，便给家里打了个电话，又将汽车上锁，决定去附近商业综合体一楼的酒吧喝一杯。自从父母与我同住以来，我极少有夜生活，母亲听着话筒里震耳欲聋的音乐声，非常担忧地嘱咐我要少喝酒、早回家。在母亲眼里，再大的孩子也是孩子。

我一个人坐在角落里喝黑啤，灯光昏暗，映得酒色浓酽。有人在背后拍我的肩膀，我转过头，是大勇。他故意学了妆容馆女顾客的口吻喊我：阿朗老师！

我淡淡一笑：你也在，一个人？

他们也在。大勇朝后摆摆手，我之前心理治疗团队的队友们同时走了过来，学了大勇的口吻，一起揶揄地喊我：阿朗老师！

在想独自静静的夜晚，我居然碰到了以前的队友，便招呼大家过来一起坐，晚上就由我做东了。在开“另一面”妆容馆之前，我是这支团队的带头人，白天我们是别人的心灵垃圾桶，晚上我们经常相聚酒吧，互相倾吐心中的烦懑。但这一次相聚，我已经成了局外人，所以我们更像一群心理治疗师面对一位患者。幸而他们对我很宽容，没有追问我过得好不好，怎么还没找女朋友。在觥筹交错间，我们又谈起了以前做过的案例。他们告诉我，那个因家暴而三次离家出走逃到睿城的黑龙江女人，她老公表示不再打她了，她要回老家跟家人团聚了；那个因幼年受过侵害而不敢独自入睡的女孩，终于能够关上灯独处了。这两位女性都是我离开心理治疗团队后特别牵挂的人，今天听到她们的好消息，我很欣慰，便狠狠地跟旧友们碰杯，感谢他们为我卸下了一些心理包袱。几只玻璃杯同时相触，发出清脆的声响。

但是，静子呢，你们有没有她的消息？我的话一出口，大家都沉默了，低头看着自己的酒杯，杯沿一圈圈的啤酒泡沫正在缓缓地消逝。大勇搭着我的肩膀说：没有消息就是好消息，静子不会有事的，你不要担心。

五

第二天，以及以后的每一天，来到“另一面”的顾客们，都在东一撮、西一撮地窃窃私语，先是低声讲话，然后放肆地爆发出一阵快乐的笑声。我无法肯定是不是严紫粉给她们带来了这么多的欢乐，但她们的对话还是零零星星地跑进我的耳朵——

有其母，必有其女。看这一家人，还来这里化妆，打肿脸充胖子吧！

瞧她娘那个管事婆的模样，干脆以后连女儿结婚、生孩子这档子事也给包了吧！

可不是，我看她老娘得现场指导才行，可不把她女婿吓个魂飞魄散？

类似的荤话逗得这群女人开怀大笑。甚至连在等候卸妆时，原本极少聊天的她们，也都在三三两两地用舌根嚼着严紫粉的故事。

其实今天晚上，妆容馆里还发生了另外一个故事。在卸妆时，那个曾经向众人夸耀男友当众求婚的女孩子，当着我的面哭得很厉害，说白了也就是当着外面那些等候卸妆的顾客的面哭。“原来，原来，”她抽咽着说，“他曾经被两个富婆包养着，怪不得跟我约会时经常迟到，怪不得对我没有‘兴趣’。本来我们马上要订婚了，我真傻，还好我朋友提醒了我，得去查一查对方的底细，比如身份证号。没想到还真中枪了，身份证居然是假的，我就知道会有狗血剧情发生了，只不过没想到，这事情来得这么狗血……”

店堂里安静了片刻，估计大家都在屏息听卸妆间里的现场直播。但很快，她们又开始聊起来了。毕竟狗血事件在生活中多不胜数，她们已经审美疲劳了，但是将别人的生活撕开一个小口子，从这个口子外窥视里面的世界，是件多么富有意味的事情。她们乐此不疲，在窥视中获得了心理上的愉悦。

在这样一片举众皆欢的笑声里，严紫粉好久没过来了。大家都认为是严紫粉母亲的严苛管教起了作用，她不会再到“另一面”来化妆了。大家又恢复了各自的生活，新鲜事件在不断争夺她们的注意力，谁也没有闲工夫对同一件事情倾注太多时间和注意力。

一日下班后，我又将登记簿翻到严紫粉登记过的那一页上，停留了许久。蓝妙芝问：阿朗老师，要不要我打个电话给她？我合上本子说，下班吧。就在这个时候，我突然感觉到了一阵疲惫，当初做心理治疗师时的倦怠感很直白地杀了回来。我对蓝妙芝说：我明天要出差杭州，参加一个化妆技术高级研修班，一周后回来，你也休息一阵子，“另一面”就闭门谢客吧。蓝妙芝没有表示出任何的意外，只是将锁上的大门重新打开，从仓库里拿出个“外出学习，暂停营业”的告示牌挂在门把上，才放心地离去。

我并没有真的去参加什么化妆技术研修班，而是去了静子住过的那个小山村。悄悄地去，悄悄地遥望那扇简陋的小门，悄悄地向一名村民打听静子的消息。山村很小，住在这里的人彼此间应该都很熟稔，只要有一个外人进入，就会引起他们的警觉。在村民给不出任何有用的答案时，我悄悄地塞给他二百块钱说，就当我没来过。

看来静子是真的走了，诚如她当时发给我的短信中说的：我要离开这里了，愿此后有永远的宁静伴随着我。静子就这样从这座小山村里消失了，来不及听我一句解释。我仰望着静子家门对面的小土丘，那天，我们就是在那里相遇，静子臂弯里挽着一盆洗好的衣服。土丘上只有丰茂的野草、野花，一直延伸到我脚下。在这芬芳的四下里，我感念起了严紫粉。不知在上帝开启高温模式的盛夏，这个女孩是否还裹得像只没有煮开的粽子？

在“另一面”暂停营业的这几天里，我的手机几乎要被顾客打爆，她们都殷殷地盼望我早日回来开门营业。我的行程已定无法更改，只得在微信上一一询问顾客：如果不是特别重要的宴会，她们是否愿意由蓝妙芝为她们化妆？蓝妙芝在我身边工作多年，耳濡目染，论技巧，她还是有两下子的，只是苦心学来的技巧，终究让她缺少了一种叫作“灵气”的抽象事物。结果，有超过一半的顾客表示愿意，我分辨不清她们到底是认可蓝妙芝，还是认可“另一面”这面招牌。不管怎样，这个周四开始，蓝妙芝代替我，当起了“另一面”暂时的掌门人，我吩咐她，化妆费用打六折，只需收取三百元便可。

蓝妙芝独自撑了四天，我一回来，发现银行账户上的钱和预约登记的本子都满满当当。我没有去计算蓝妙芝到底接待了几位顾客，我对她一向信任有加。我跟蓝妙芝，其实很符合旧时对于夫妻的定义：男主外、女主内，夫唱妇随。我们似乎从来没有意见相左的时候，“心有灵犀”虽是熟语，但用来形容我跟蓝妙芝的关系却非常妥帖。每天该做什么事情，她都安排得井井有条，我需要的东西，不用开口，她都替我准备好了，当我用到的时候，这件物品就会恰好在我手边。有时候，我不免认为，这或许就是夫妻之道的最高境界。只是我跟蓝妙芝从来没有撞出过任何火花，我们之间像老板与雇员，像姐弟，像朋友，就是不像情侣。蓝妙芝从来不提自己的家事，我亦从来不问，只要她认为自己过得好，就好了。有时候，看着蓝妙芝温顺的眼神，我遐想着，或许我有意无意地碰一下她的手，她也不会反对。但我不愿意也没必要这样做，我更愿意享受这种光风霁月的清朗关系。

我和蓝妙芝加班加点，消化这一周来积累下来的预约客源。没有看到严紫粉，当然这也不是什么意外的事情。这一天，临近下班时，蓝妙芝正在打扫店堂卫生，我在清理化妆工具。蓝妙芝突然低声说：这不是严紫粉吗？严紫粉正站在店外面的路灯下打电话，还是之前一成不变的粉色上衣、黑色裤子。不同的是，她的一头黑色长发不见了，戴着顶黑色鸭舌帽，帽檐压得很低，遮去了大部分脸，一圈短发茬从鸭舌帽的边缘露出来。

越来越怪了，蓝妙芝说：阿朗老师，你说她是不是该去看一下心理医生？蓝妙芝平时极少评价别人，她这次可能真是有些忍无可忍了。她解释说：我不是多嘴多舌的人，我只是实在看不下去了，这个孩子明显有心理问题，你是这方面的专家，怎么都不提醒她一下呢？一个好好的孩子，糟蹋了可惜呀。

你说我该怎么提醒呢？那天她母亲来“踢馆”，我该趁势告诉她：你女儿有忧郁症，有病得赶紧治，得去看医生？那样的话，她还不真的踢掉我这个妆容馆？

蓝妙芝无话可说了。

我不想惹是生非，不料第二天，“另一面”刚开门，严紫粉母亲就大驾光临，把蓝妙芝叫到门口谈了很久。顾客担心蓝妙芝吃亏，都焦急地要为她出头。我没有停下手头的活，阻止她们说，没事，蓝妙芝应付得来。直到穿长袖、戴帽子的严紫粉现身，狠狠地瞪了她母亲一眼，她母亲才打住了滔滔不绝的舌头。严紫粉怒气冲冲地在前头飞快地摆着双腿，她母亲想加快速度追上她，却追究追不上，母女俩一前一后地走远了。

蓝妙芝回到店里，额头渗满汗珠，不住地摇动左手作扇子状。妆容馆又掀起一股久违的热潮，严紫粉重新回归大家的视线。

这都什么天气了，这副打扮，简直是个精神病人。

该不是疯人院里逃出来的？

蓝经理，她老娘都跟你说了些什么？

眼下，蓝妙芝是大家眼里的宝库，埋藏了巨大的、大家感兴趣的宝藏。但是任凭大家怎么追问，蓝妙芝都只是摇摇头说，没什么，就聊了几句而已。大家败下兴来，又各自围绕严紫粉展开了讨论。

下班时，蓝妙芝从前台拖出一只大塑料袋说：这是严紫粉母亲给你的。

什么东西？

一些土鸡蛋、玉米棒什么的。

送这些给我干吗？

说让你可怜一下她这个当妈的，以后严紫粉要是再来化妆，就直接拒绝掉。她说，严紫粉年纪小不懂事，受了坏人迷惑，迷上了化妆、走台步，连上班都没有心思了，再这样下去，她家要出大事的。

受了坏人迷惑？我无语，顿了一下又问：那你怎么能擅自收下她送来的东西呢？

是她扔下东西就走了。

我长叹一口气说：你看着办吧，有什么亲戚可以送的，就拿去送掉。

你说严紫粉是不是有忧郁症？看她的样子，每一条都符合忧郁症病人的特征。但我查了资料，说得忧郁症的人对任何事情都很淡漠的，那严紫粉对化妆又如此感兴趣。阿朗老师，你说她到底有没有忧郁症呢？

我微笑着说，别杞人忧天，早点回去休息。

蓝妙芝看看我，对我眼睁睁看着严紫粉往火坑跳却不加以干涉的行为，表示完全无法理解。我不免又想起了静子。当时，我一直以为静子低着头，那样冷淡地回应我们，辜负了我们千里迢迢去看她的心意。直到后来事情的走向才让我明白，有时候我们自认为的善意，对别人来说却是致命的伤害。我知道已经发生的一切无法弥补，我现在能做的，也不是在弥补谁，而是遵从自己内心的意愿罢了。

六

不知道怎么的，严紫粉患有忧郁症的消息像水一样，渐渐在“另一面”铺开来。我知道不是蓝妙芝传出去的消息，在这方面，我相信她是个非常牢靠的人，只要她认为不可说的事情，一滴水也不会漏出去。或许是坏消息自己会不胫而走。

因为有了“严紫粉”这个人，“另一面”的顾客都成了心理医生，大家都在拿严紫粉做案例分析。

听说患忧郁症的人怕冷，所以，你们看她穿那么多衣服，就知道她有问题了。

她这种不单单是内向那么简单，她每次都低着头独来独往，看得出来的，是心理有问题。

估计是在家里娇生惯养，到了社会上禁不起一点风吹雨淋，碰到个事情就忧郁了。

得吃药，得赶快治，否则会出大事情。

……

大家都以一种过来人的身份，热闹围观严紫粉的生活，虽然自己的生活可能也只是一地鸡毛。大家猜测完毕，就一齐将目光转向我：阿朗老师，你认为呢？

我无言以对，只顾忙着自己手头的活。大家都成了心理医生，我还能说什么？

下班时，我对蓝妙芝说：每个人都有自己的内心世界，如果她不愿意向别人开放，我们为什么一定要去探究呢？

但是阿朗老师，你不能因为自己不做心理医生了，就闭口不谈心理问题了呀！这个孩子，如果不加以干涉，肯定要出大事的。现在的社会，那些跳楼、服安眠药的事还少吗？

我说，有时候可能恰恰就是因为干预太多了吧！让她按照自己的意愿发展，不是挺好的吗？

蓝妙芝睁大了眼睛。

我没有说出口的事情是，其实我知道蓝妙芝根本没有结过婚，她住在一个环境脏乱的旧小区里，房子是父母留给她的。她收养了一群流浪猫，但只有两个名字：小喵、小咪。小区里的小孩子奇怪地说：阿姨有十几只猫，为什么只有两个名字？那它们怎么知道，阿姨到底在叫谁？可是，每当她叫小喵或小咪的时候，总有不同的猫跑过来，吃她手里的猫粮。小喵、小咪就是她的一子一女。这时候，总有家长拉住自家孩子的手，暗地里紧紧攥住，用眼神暗示孩子不要到这位阿姨身边去。他们的意思很明白：这位阿姨心理有问题，不要靠近。

我还知道，我出差那周，蓝妙芝独自顶了四天班，好几位顾客的账入了她的口袋。对于我来说，为一点钱而撕破脸的时代已经过去了。所以，我很高兴看到蓝妙芝拿了我店里的钱，为她豢养的猫买玩具、买猫粮，然后很开心地跟我说：我前天为我女儿买了一个拨浪鼓，她整天握在手里摇啊摇；我昨天给儿子买的巧克力棒，他可喜欢吃了。

我只是静静地看着这一切，不去点破，也不言明。大家都向往静好的岁月。岁月静好的背后，总是有人在负重前行，只是有时候我们不知道，到底是谁在暗地里负重，又是谁在默默地给予祝福。就像静子，她念大学时就是个非常娴静的女孩子，貌不出众，技不压人，但我却一直在暗中关注她。毕业后，在一次大学同学聚会时，我听说静子过得并不好，找不到工作，没有结婚，像个农妇一样生活在山村里时，陡然起了善念，觉得静子这时候最需要的应该是心理安慰，便带了我的团队，呼啦啦跑去看望她。正如静子自己所说，平静生活是她所能拥有的最华丽的外衣，是我带着一群嬉笑得意的人撕裂了她的尊严。

蓝妙芝见我陷入了沉思，没有打扰我，只是轻轻地说了一句：老板，我先走了。每当听到“老板”这个词时，我就恍悟过来，一天的工作结束了。

回到家，父母都坐在客厅里等我。偌大的客厅里，他们只开了一盏顶灯，两位老人惴惴地枯坐着，像两团干瘦的影子。平时的这个时间点，一般都是母亲在厨房里煮馄饨，父亲在阳台上纳凉。我讶异地问：怎么了？他们见我回来，搓着手，互相望着，意思是叫对方先开口。终于，母亲开口说话了：强子，我跟你爸想回乡下老家去。父亲搭腔了：这里什么都好，就是，我们在这里没有啥事可做，又没有老朋友，不自在。母亲说：你放心，我们把原来在你家种的这些菜啊、养的母鸡啊都收整起来了，菜拔了吃了，母鸡带回老家去，等下了蛋攒起来给你吃。

我摆摆手说：行，我明天就开车送你们回去，你们什么时候想过来玩了就打电话给我。

之前我一直都竭力反对父母回老家，他们大概没料到我此次居然答应得如此爽快，都疑惑地望着我。我说：我是真的同意你们回去了，老家的山好、水好、空气好，老朋友也多，回去不是坏事。父母如卸下大包袱般挺直了身子，脸上干瘪的皮肤像被春夜细雨润过，欣欣然舒展开来。母亲说：你过得好，我们很放心，要是早点找个女朋友，就更好了。我点点头说：会的，到时候带回家来给你们看。

第二天，天刚蒙蒙亮，我便起了床，帮父母把行李装到汽车后备厢里。两位老人家一旦决定了要回去，便觉得片刻也不能等了，连夜将在城市里铺开的生活卷起、打包。父亲把所有的行李都装好之后，讪笑着问：我从老家带过来的那顶斗笠还在不？两年前，我把父母从老家接过来时，父亲就是戴着一顶斗笠，坐着我的越野车来的。后来有一次“另一面”局部装修，我把斗笠拿到妆容馆给工人用了，用过之后就被我塞在了仓库里。我早把这顶斗笠给忘了，没想到父亲居然还念想着它。在我店里，我去取。我对父亲说。

远远地，我竟然看到严紫粉站在我的店门外等候。她身穿一件短袖 T 恤，一条牛仔短裤，没有戴帽子，正站立在熹微的晨光中，披着一身清凉的霞光，很有仪式感。她的短发一根根竖着，指向太阳。我停下车，走过去跟她打招呼道：早！严紫粉的嘴角往两边绽开去，露出一个浅浅的笑容，回答道：阿朗老师早！

她仰起头，一缕阳光照在她的眼窝处，又从旁边发散开去，令她的脸庞明暗得当，凸显立体。我看了一眼她深邃的眼窝、挺拔的鼻梁，已然明白了什么。

阿朗老师，您现在有空为我化个妆吗？我有急事。严紫粉的声音还是那么细，但是渗出丝丝缕缕的底气来。

我点点头。虽然她没有预约，现在也不是“另一面”的营业时间，更何况我还要赶时间送父母回老家。

“四大皆空。”严紫粉说，“您帮我化妆成这个。”

作为一名资深化妆师，我是第一次听说“四大皆空妆”。但我思索了一下，便胸有成竹地行动起来。棱角分明的脸型，象征着这个尖锐刻板的世界，尤其是下巴，尖利地直指地心；五官没有描轮廓，只用桃粉色腮红在她脸上大片渲染，深邃的眼窝、高挺的鼻梁，便都隐在一层纱帐后面，宛如春天无边的风月，似有，似无。

严紫粉对着镜子中的自己点点头，起身向我深深地鞠了一躬，然后打开背包准备掏钱。我说，现在不是工作时间，算是友情赠送，不收钱。严紫粉掏出五百元钱放在前台上，拉开玻璃门，很快就融入了四处弥漫的光明里。

我送父母回了老家。一路上，父亲戴着那顶斗笠，母亲手里捧着母鸡，他们脸上都挂着满足且惬意的微笑。尤其是看到他们下车走进灰尘遍布的老家，深深地、深深地吸着房里略带霉味的空气时，我不觉眼眶濡湿，对父母说，等天凉了，我就叫工人来看看，把房子给翻修一下。

十点钟，我准时回到“另一面”。蓝妙芝来上班时，看到桌子上的一叠钱，问：谁的？

我说：早上一位顾客有急事，来不及预约，我也没有问名字，你随便记一个名字吧。

还有一本画册，蓝妙芝打开画册翻了一下说，画得真好。

是一本铅笔素描画。第一页画的是昭君出塞，配诗：绝艳惊人出汉宫，红颜命薄古今同。第二页画的是聂小倩，配诗：君记我一瞬，我念君半生。第三页，画的是一个发髻高耸、身穿拖地纱裙的女子，高额头瘦两腮尖下巴，一大片胭脂从上到下晕染开来，似一朵桃花盛开在脸上，她的五官，就隐在这一片桃花底下，教人看不清楚。这一页没有配诗，好像是匆匆忙忙完成的。

这是不是那位顾客掉下的？蓝妙芝问。

也许吧，你先收起来。

“另一面”渐渐热闹起来，顾客们陆续来了。她们跟往常一样聚在一起，像大多数心怀良善的人一样，交流着她们得来的消息。她们中的一个，已经打听到严紫粉的工作单位了，据说还是个公务员呢，只是她完全无法胜任现有的岗位，一味地想辞职，甚至想离家出走。她母亲动员了家里所有的亲戚，一双双手有力地按住了她想辞职的念头。

果然，有忧郁症。要不然的话，像她这种没有多大能耐的人，怎么可能千辛万苦考上公务员了，还要辞职呢？这是她们得出的最符合猜测的结论。于是，大家都很得意地笑起来了，在心里为自己狠狠地干了一杯。笑过之后，她们又对生活表示出像样的怨愤：这个社会有病，杀了人、烧了车，甚至连工作做不好，都以一句“心理有问题”敷衍过去，这样下去怎么了得？

对严紫粉的终极结论出来后，她们显然对她失去了兴趣，开始翻看手机，意欲从手机上寻找新的谈话点。她们很快看到了一条新闻：在上午刚刚举行的一场模特大赛中，一位新入门的模特化着“四大皆空妆”走T台，走红网络，成“网红”了。由于“四大皆空妆”的最大特点便是五官模糊难辨，因此，顾客们又纷纷开始猜测这位模特到底是何许人物。有人说，是一位刚从模特培训学校毕业的学生。也有人说，是一位刚出道便遭封杀的演员，转战模特界了。

蓝妙芝趁着午饭前的空当，问我：那个网红是严紫粉吧？

我也看到了这条新闻，也仔细看了图片。网上的图片虽然像素不是很高，T台离得又远，但一切都逃不过化妆师的眼睛，我肯定地告诉蓝妙芝，不是严紫粉。

那本画册是严紫粉丢下的吧，那么凑巧？

我觉得这模特更像我以前认识的一个人。你叫外卖吧，中午要一个鲫鱼豆腐汤。

鲫鱼豆腐汤？你今天怎么吃这个？

是的。

蓝妙芝不再说话，开始拨打田园餐厅的外卖电话，据说那里的鲫鱼豆腐汤做得非常地道。

蓝妙芝认识我的时候，我就一直不吃任何由鲫鱼做成的菜肴。因为那天，在去看望静子返程的路上，我们一帮人都又累又饿，便在路边找了个鱼庄，点了份鲫鱼豆腐汤，吃点垫垫肚子。队友们都吃得津津有味，我却觉得那鱼汤土腥味浓重，皱着眉头也无法下咽。但今天，今天的鱼汤或许会是另外一番味道吧？

四大皆空妆，这个新名词成了扔进顾客心湖里的一块石子，一层层涟漪在“另一面”荡起。我跟蓝妙芝还在吃午饭，就不断有顾客涌进门。她们也不顾自己有没有预约，纷纷要求说：给我们也化个“四大皆空妆”吧！这个妆好，轮廓鲜明，五官又柔和，什么雀斑、皱纹、下垂统统不是问题。

我笑笑，放下筷子问：你们知道“四大皆空”到底是哪“四大”吗？

阿朗老师，你今天故弄什么玄虚？

我吃鱼喝汤，但笑不语。

假如大水漫过红杉林

一

初冬来临，寒气里仿佛带着夜晚的阴影，一点点渗透到我的生活。我向单位告了假，独自坐在窗前晒太阳。朝北的房间，阳光极为稀疏淡薄，耳畔似有落木萧萧的声音。于是，临时起意，想去追寻一片红杉林。

三天前，我在医院做了个活检，医生用钳子从我身体某部位取下三块组织，浸泡在福尔马林液中，送进病理实验室。五天后取结果，工作人员从口罩后面吐出一句话来。已经过了三天时间，我想象着，那三片苍白失血的组织一定已经经过处理，被石蜡包埋、切片、制片、常规染色、中性树胶封片，正等待医生在高倍放大镜下观察并做出诊断了。人体是由数百万亿个细胞组成的，该停止生长的细胞却无限增殖，就会出大事。还有两天时间，这三片组织便能代表我庞大繁复的血肉系统，给我打上一个健康或不健康的标记。在等待中纠结，在纠结中等待，日子就这样回旋往复。

同行者三人，一位是诗人，一位是摄影家，另一位是油画家，都是在各自圈内声名渐长的人。摄影家随身携带着他那架大块头的单反；诗人随口就对着某处旮旯角吟出一首诗来；油画家的墨绿黑格裙子上还沾着白色的涂料，像从她自己画作中走出来的慵懒女人。只有我，什么也没带，出来时在发梢扎了一枚粗陋的百合发饰。

我跟油画家是初相识。她问我：你呢，是做什么的？

我说：你看看我的打扮就知道了。

油画家不解。

说是初冬，其实南方的冬天更像春天。南方往往是这样，冬天里，有人穿貂皮大衣，有人穿衬衫。出来时有阳光，汽车跨过一座山后，雾霾突然涌了出来，窗玻璃上一片迷糊。

摄影家很懊恼，说没有光的日子，就相当于失去了眼睛，所以摄影家是绝不能在没有太阳的日子出门的，否则，他就变成了一个俗人。比如今天，他就只是一个陪朋友出去走走的俗人。

油画家说：就当我耗尽了油画颜料，画了一幅水墨画吧。油画家每次装箱打包寄画、收画时都很惆怅，行李零零散散装满几只集装箱，绝不是一个45公斤体重的女人能够搞定的。每当这个时候，她就恨不如举起斗笔画一幅国画来得省力。

诗人观察了许久，终于断定说，这不是霾，是山上的雾气，外表糊里糊涂，骨子里是清爽的。我们也宁愿相信这是水滴的纯净集合，便迎着这不知道是雾还是霾的东西前进。

汽车一直在山路上绕行，谁也不清楚这片红杉林具体在什么位置。摄影家凭借超过常人的对光的敏感度，为我们指引方向。奇怪的是，当我们认为离想像中的净土越来越近时，目的地却总是在远方。

诗人很开心，他说最好永远找不到目的地，这样，他就可以带着油画家去私奔，离开那位处处给他穿小鞋的上司远远的。然后，他们什么也不用做，只需她为他画裸体像，他为她作烫耳的情诗。说着，他嚷着车里太热，脱去外套，露出了紧绷着厚胸膛的棉质内衣。

我们在山里转了一天多时间，吃光了携带的零食，累了靠在自己的座位上睡觉，经历了阳光、雾霾、小雨、阴云。直到第二天午后，在百无聊赖中，诗人举起一个火红的蜜橘，把它比喻成是一朵盛开的向日葵。我们顺着他高高举起的手的方向望去，就看到了这片红杉林。

几百棵红杉树站在水库中，延展到遥远的灰色云层边。周围都是水，无边无际，水很混浊，跟岸相连的地方漂满了生活垃圾，空气中泛着酸腐呛鼻的气息。不知道这样的一片水何以被称为水库。我从来没有见过这么丑的水库，这样的水库让人感觉恐惧甚至窒息。

摄影家调好三角架的高度，这样的水库，他拍不到什么好风景，只能和油画家拍一张合影。在无人操控的镜头前，他无声地向油画家靠过去。我注意到他们脚前的泥土地上，胡乱地扔着几个用过的尿不湿。不知道在这样风吹着杉林的水边，父母给孩子换尿不湿时，湿风拂过孩子柔嫩的屁股，会是什么感觉。

诗人，正对着红杉林里的一座椅子坟抒情。周围是成片的浊水和成排的红杉树，却只有这样一座坐北朝南的坟墓被积水染成浅褐色，不知道是出于对死亡的恐惧，还是对生的眷恋，此刻它露出水面，在一片红杉林的疏影中独自静默着。

诗人吟了一首诗，我听到最后一句是：我们用一天 / 怀念漫长的一生 / 明年清明 / 我是不是该划着小船来祭拜你？

诗人又对着一棵虬曲的大树叹发诗兴：大水漫过你的发

梢 / 我编两团树枝 / 赠你为耳坠。我抬起头，果然看到最高的树枝上，一左一右挂着两团乱草枯根。诗人说，水库的水位最高时可到这个位置，如果现在来一场洪水，我们都会变成退潮后的乱草枯根。

那么说，所有的红杉都会被没于水下？

那是当然，水杉，必须具备被水淹而岿然不动的气质。水来时，浩浩滔滔；水去后，红影点点。这才叫红水杉。

我深深地同情起水中那座坟墓的主人来——大水压顶时，会是怎样的孤单与无助。或许，有那么多的杉树与他一起眠在水下，也不至于孤单吧？

靠岸边的一棵大水杉上，挂着一把折叠好的红雨伞，弯柄紧紧地勾在粗枝上。诗人让我站在这个角度，为我吟一首诗。我怕他吟出西尔维娅·普拉斯式的诗篇来，心头一紧，快快地转过身去。

又来了一批人，有男有女。女的披着红色、黄色、绿色的长丝巾，一来就对着红杉林摆出各种姿势。一个男人替她们拎着包、抱着脱下来的外套；另一个男人跑前跑后，“嚓嚓”地摁着相机。

你们来得晚了几天，我之前带朋友过来时，杉树红得可好看了。一位向导模样的女人说着，翻出手机相册，让我看一张张艳俗得像明信片一样的照片。

大约是为了弥补朋友们的遗憾，她突然对着水库远处的一叶竹排喊起来：喂，你把竹排划过来，我们要坐你的竹排到水库里去拍照！

竹排上的人只抬了一下头，就继续低下头去。

竹排浮在浩渺的水库里，上面的人看样子是个女人，身着红色衣服，并不穿蓑衣戴斗笠。

喂，划过来！我们给你钱！那个埋在一堆衣服里的男人扯着脖子，粗声叫起来。

竹排静静地泊在水面上。这一群聒噪的人只得无趣地走开了。其实，我并不认为到水库里去拍照有什么好的，没有阳光的日子，红杉倒映在水里，像是水底下涌动着陈年的暗血。

摄影家、油画家和诗人对水中央的一座孤屿发生了兴趣，周围都是铁锈般的红色，只有这座小岛，具有突兀的绿意。他们要沿着水库岸边，一直走到岛上去。

摄影家说：我要在那里拍到一张前所未有的好照片。

诗人说：我想在岛上邂逅一条美人鱼。

诗人早些年非常喜欢钓鱼，天天往人少、水清的水库跑。但是后来，诗人得了非常严重的颈椎病，从脖子到后背，似有无数根鱼刺扎着他。他相信这是惩罚——每天把活生生的鱼钓上来，看着它们透明的嘴巴钩在锋利的鱼钩上，拼命挣扎。他把它们捧在手里、从鱼钩上摘下来时，感受到它们微弱的体温，它们搏动的求生欲望。他原本可以放了它们，却最终将它们收入鱼篓里。自从变形的颈椎骨挟制着他，转头、低头、抬头时，越发觉得自己受了神秘的诅咒。因此，他再也不钓鱼，也不吃鱼了。

油画家说：我想找到一座无人岛，以自己的名字给它命名。

我没有什么想法，但也跟着他们一起走了，因为我不想独自留在这水里的坟墓前。虽然，远处的竹排上还坐着一个人。

要绕水库走大半圈，才可以抵达绿岛。

遍地都是装农药用的棕色塑料瓶，它们里面的液体早已渗入到脚下的土壤里，而瓶体却经久不腐。这种塑料瓶子，在周边山头随地可见。某年端午节，我带孩子去杨梅园摘杨梅，三岁的女儿踮起脚，摘下低枝上的一个杨梅要直接塞进嘴里。我低头看时，小姑娘穿着蕾丝袜子的小脚像一对蓓蕾，正踩在这种塑料瓶上。我夺下她即将送入口中的杨梅，女儿无辜地大哭起来。

岸边成排地卧着烂成半个的大鱼头，雪白的头骨排列整齐，鱼眼干枯深陷。这种场景，我有似曾相识之感。

我很早就开始关注油画家的作品，上半年，她在本地开过一个小型画展，叫“照亮鱼眼的微光”。全场三十幅油画，画的全是鱼，大头小尾的，有头无尾的，肚皮朝上的，长着八条腿的，色彩绚烂、奇形古怪，但是无一例外地翻着死鱼白眼，像被真空机抽光了空气。只有一条瘦瘠的鱼，背部扎满二十厘米长的箭矢，一只鱼眼里打了一丝幽暗的亮光，可惜另一只眼睛也已经瞎了。整个展厅散发着一池死水的气息。

那天，油画家有事外出不在现场，诗人替她看着画展。只有寥寥几个人来看展出，他们看一会儿，讨论一会儿，又摇摇头说，油画家是靠画人体画起家的，那些画好，眼前这些死相狰狞的鱼，叫人真心看不懂。我让诗人介绍一下这些画到底是什么意思，诗人说，油画家接了个电话就匆匆出去了，只留下一句诗一样费解的话：你抛出词语的长线，也休想从我的画里钓起鱼来。

诗人看着眼前的景象，大约也想起了那场画展，不由得变了脸色。他沉默了许久，叹息道：我不钓鱼 / 鱼依然因我们而死 / 早知它们死相如此难看 / 还不如在我手心挣扎。

二

前往小岛的路，我走了不到三分之二。当他们手脚并用，攀过横在水面的一棵倾倒的树干时，我突然发现自己的手机不见了。思索再三，手机应该是落在我们看水杉的地方了。

我一个人返回到原来的地方，出乎意料，那只土黄色外壳的手机竟然还躺在黄沙地上。手机里有好几个未接电话，其中一个是紫欣的。

紫欣是一名医生。医生如果生病，那是清醒着的痛，肯定比一般人更疼一些吧。

一双看不见的大手，往人世间撒了一把种子，很多恶毒的东西发芽了。凭借仅有的医学知识，我知道癌症不是瘟疫，因为它不具传染性。《启示录》中说，在末日，地上要满了瘟疫。我宁愿被人嘲笑无知，也要把癌症归类到瘟疫的行列中。因为有那么多的人，像被传染一样，染上了至今几乎无法可治、无药可医的癌症。

医学专家们都在寻找癌症的根源，其实我们普通人也知道，无非是环境污染、食品不安全、人体抵抗力下降等等。所不同的是，医生们在孜孜不倦地研究，意欲找到攻克癌症的良药。而普通人，用超出自己能力范围的金钱、精力、时间和体力，去消受这些所谓的良药，像某种可怜又伟大的小动物。

医生，在当下不知道算是个好的职业，还是不好的职业，医患关系日益复杂，医生都不希望自己的孩子子承父业。但是作为一名患者，即便只是得了感冒，也认为自己是难受得要死的人。

现在的紫欣只是一名病人，重病人。刚得知自己生病时，紫欣坐在医生对面，焦躁不安地问：自己不抽烟、不喝酒、崇尚素食，每天在体育馆走路四千米，吃水果花的钱比吃饭还多，为什么还会得肺癌？

医生说，得不得肺癌，跟这些都没有关系。

要是这个病人之前是抽烟、喝酒、从不锻炼、饮食无节的呢？医生肯定会说，得癌症跟你上述不良生活习惯有关。听者心里铁定悔不当初。

有专业人士统计说，现在的疾病谱发生了巨大变化。三十年前，得肺癌的基本都是男性烟民；但如今，反而是不抽烟的中年女性得肺癌的概率更高些。紫欣说，那就是命了。

十多年前，紫欣的父亲也死于肺癌，她的病跟父亲的病如出一辙。基因真的是个很强大的东西，紫欣非常幸福地活到了四十岁，却还是逃不出它的掌控。但是她没有埋怨父亲，肉身的一半是由来自父亲的因子塑造的，好与不好，在一刹那间就已经决定，不能因为生病就对归入坟墓多年的父亲发出暴戾之气。

把突遭横祸归结于命运，这实属无奈，但紫欣原本并不是个认命的女人。她立刻飞到了香港，在一家医院接受靶向治疗。一个疗程六次治疗，要做两个疗程，费用接近七位数人民币。费用上暂时还负担得起，前几十年辛苦打拼攒下的钱，原本以为可以用来养老的，没想到变成了救命钱。

紫欣生病至今刚好一年。

过西方情人节的时候，老公给紫欣买了一束玫瑰花。那时候的她因为天天掉头发，干脆理了光头，脸上皮肤却还光洁，化着淡妆，精神状态还不错，显得光头也挺有个性。她个子不高的老公捧着玫瑰，单膝下跪，拍下了她生病以后的第一张照片。那天，是她第三次治疗结束的日子，医生举着 CT 片子惊喜道：你看，治疗效果非常理想，肺部阴影消退得差不多了，只要坚持做完两个疗程，你就可以像以前一样该干吗干吗了。蛇咬虫噬般的痛苦，在这句承诺面前又算什么？紫欣隐忍地点头，老公也欣喜若狂。

七夕时节，老公给紫欣买了一朵红玫瑰。那天，他陪紫欣做完治疗有点迟了，匆匆跑出去，过了很久才回来，右手捏着一朵花瓣有点卷边的玫瑰。这时候的紫欣已经戴上了一顶原色假发。她哥哥架不住八十岁老母亲的再三央求，打开视频，让她们母女隔着玻璃屏幕相见。紫欣努力地对着母亲微笑，母亲眯缝着老花眼看了又看，这才点点头说：在外头进修要保重啊，一个女人家，学那么多干吗啊？

阳历年底，紫欣的状况急速衰弱下去。两个疗程结束了，肺部的阴影的确消散了，但是身体其他部位快速地出现了散兵游勇。在电话里，她的声音不再那么明朗，偶尔会不由自主地带着哽咽。挂电话前，她的声音缓缓地沉下去，带着逶迤的尾音，让人疑心她会忘记挂断电话。医生跟她们商量下一步治疗方案的时候，她老公都会垂手站在一旁说：听医生的，我没有意见。紫欣已经懒得戴假发，皮肤也灰暗无光，简单地拢了一块真丝方巾，遮住了她光秃的头皮。

紫欣在医院附近租了一个小房间，一个月 4000 元，带一间小厨房，为了能够每天做一点热饭吃。人到生病的时候，连再平常不过的睡眠、饮食都成了奢侈品。她治疗时住在医院，治疗结束就回出租房休养。

我去看过她一次。经过维多利亚港，夜景映衬着水面，不知道是晕飞机，还是迷离于这光怪陆离的灯光，我感觉自己头眩得很。我用病房门口的消毒液搓了手，才敢走近她。紫欣的手，从手掌一直到指尖都是冰凉的。我握着她的手，像握着一片酥凉的薄冰，呵一口气就会融化似的。紫欣不但要做各种各样的治疗，还要吃各种各样的药，升白细胞的，升红细胞的，增强免疫力的，等等，甚至吃未经认证的抗癌药。我问：你自己都是个医生，怎么会吃这种药呢，谁知道里面装着什么。她摇摇头，艰难地吐出几个字，为了活着。

中间那张床铺的上海女人在过四十六岁生日，丈夫、女儿、准女婿都来了。丈夫仔细地为她梳理头发，女儿插蜡烛，认真地数着，一、二、三……她对母亲说：过了生日大一岁，我插七支蜡烛了哦！大家唱起生日快乐歌，丈夫扶她起来，她努力努起嘴，家人在旁边悄悄地一起帮着吹蜡烛。烛光灭了，大家一齐给了她热烈的掌声，我夹杂在被悲伤摧残的人群中，也不自觉地鼓起掌来。

在场的每个人都分到了一块蛋糕，除了三个躺在病床上的女人。在共同的疾病面前，病友都成了亲友。紫欣在我耳边悄悄说，就是她，一直住重症监护室，前几天想用刀割自己的动脉，但是连这个力气也没有了，可怜。我端着纸托盘的手在瑟瑟发抖。生日仪式还没有完毕，这个女人又被七手八脚送进了重症监护室，原来，医生护士都在病房外随时待命。

以前，经常听一些怨妇说，自己是为了孩子活着，为了父母活着。只有到了这个地步，才能明白到了某些时候，人真的不是为了本体而活着。

紫欣穿戴好，和我一起在病房前的走廊里散步。紫欣说，等她也到了那个时候，绝不要给她组织抢救，她无法想象，身上插满各种各样的管子，被挂在维持生命的机器上。那时候，活着的，是机器而不是她本人。还有，她写好了遗嘱，等她一死，让老公马上去娶一个年轻漂亮的女人回来。只有年轻漂亮、身体好的女人才可以更好地照顾他的下半生，她这一辈子，欠他的太多了。她说着，眼睛里盈盈地亮起来。

似乎有一股冷风穿透了我的身体。

三

有一块石头一直悬在我头顶。至于那块石头的形状是怎样的，我却不得而知。这是一块看不见的石头，它的阴影投在我心间，沉沉地压着。此番出行看到红杉林中的一座孤坟，一种不祥的预感才突然攫住了我。不错，悬在我头顶的石头就是那样的形状。

病理科医生的电话还没来，她跟我相熟，说一有结果就告诉我。紫欣的电话又恰巧在这个时候打来，每次接到她的电话，我总是不由得心里发紧。眼下更是如此，我需要酝酿一些什么话出来，才有勇气回拨电话。

紫欣的情绪明显好于往常。她前段时间又接受了一些新的治疗方法。

利用液氮的超低温性质，来使局部肿瘤坏死脱落，体温在瞬间降到零下四十摄氏度，然后身体因为应激反应，又缓缓发烧至四十二摄氏度，冰火交融，浑身疼痛难忍。还有一种什么基因疗法，这是一项颇受争议的技术，在一些医院已经被叫停，另一些医院却还在偷偷开展。反正只要医生认为能救命的，她都愿意一试，万一能够抓住那百分之几的希望呢？

紫欣马上发了对比图片给我看，化验报告单上，一些肿瘤标志物指标的确在直线下降。紫欣很想大笑出来，却马上压抑了回去，她害怕一笑出声，好运气就会变成喉咙里冲出去的那道白烟。那位院长抚掌大笑，表示要将紫欣作为成功的案例，或许可以拿这个数据，去国外申请医疗集团上市。我不是医学生，都知道那些指标下降说明不了什么，紫欣却高兴得忘乎所以，令我又想起了画展上的那幅画，一条瘦瘠的鱼，背上插满了箭矢，一只眼睛已瞎，另一只眼睛里透出一丝幽暗的亮光。它被破坏，被损害，奢望带着一身的伤痛逃离，却终究被禁锢在原地不动。

紫欣问我：知不知道干达山里一个叫红杉林的地方？听说那里就是人人羡慕的世外桃源，被叫作长寿之乡，很多生重病的人都会去那里疗养。因为红杉多，空气质量明显优于其他地方，尤其适合于肺癌病人。

此时，我面对的就是这样一片红杉林。我可以现在就收藏一个定位，下次指引紫欣顺利到达这里。但是，我不知道该不该对她说说地上扔着的纸尿裤、水边瞪着死鱼眼睛的半个鱼头，还有那些根部腐朽的树。

紫欣下了决心，表示不惧路途遥远、山路崎岖，一定要去一趟。虽然她身体羸弱，但是可以让家人开车载着她，慢慢开、慢慢走，总有一天会抵达那一片长寿之乡。——她说：我们一起选的那张照片，或许可以缓几天再用了！

紫欣在接受这些新疗法之前，跟我在微信上聊过天，发了三张证件照给我看，问哪一张最好。我说，第一张，笑容太大；第三张，神色太严肃；第二张刚刚好。她说，她也这样认为，只有第二张用来贴在讣告上最合适。我很懊悔自己又中了她的圈套，她也许是为了向我讨个吉言，我却无意间顺了她内心的畏惧。

面对这样的病人、这样的心愿，我很凌乱，赞成或反对的话，一句也说不出口。云朵下垂，天空斜满了雨丝，扑到眼睛里，像撒了一把细针。

你上来吧，避一下雨。那片原本远远漂着的竹排划到了眼前，一位穿大红色毛衣的年轻女子向我招手。

我摆摆手，我不会游泳，素来害怕浩渺的水和飘摇的船。

竹排前头蹲着两只体型硕大的水鸟，通体是优雅的浅灰色，并非常见的鸬鹚或鹈鹕或白鹭，这些水鸟我都认得。红衣女子说，她养的水鸟不吃鱼。或许，现在大家都不再依靠大自然的内部循环系统来维持生态平衡，水鸟捕不到鱼，也不再需要捕鱼。水里的鱼也在悄然改变自己，它们自行原地烂掉，我们注定没有鲜活的鱼吃。

或者，你可以用那把伞，是我挂在树上给游客用的，山里的气象变化特别快而且令人措手不及。

记得小时候，我的小伙伴想捞起漂在河面的一枚塑料梳子，失足跌进了河里。母亲紧紧地攥住我的手说，水里一切的东西都是不洁的，那很可能是某种东西摇身一变而成的，我们将手伸向它的时候，它就伸出一只看不见的手，把我们拖下水去。对水的恐惧，可能在那时候就种下了。何况眼下，孤坟就诡异地蹲在那棵红杉树下。

她见我迟迟不敢伸手，微笑起来，将竹排靠在岸边。岸，在这里是个很模糊的概念——水涨的时候，所有的土地都是沼泽地；水退到哪里，那里才可勉强被称为“岸”。竹排上撑着一把钓鱼人用的大伞，红衣女子坐在伞下，像一只红色的大水鸟。我蹲在岸边，我们就这样聊上了天。

我问她：你怎么一个人在这里，不怕吗？

红衣女子说自己已经在这里待了几个月，活得还挺好，远远超过了医生给的生命期限。至于那座椅子坟，她已经与它成了熟人，毫无惧怕的理由。她没有其他事情要做，她带着时间，时间驮着她，就在水上漂着。说完，她问我：你知道干达山里一个叫红杉林的地方吗？

这话跟刚刚紫欣问我的一模一样，我吓了一跳，警觉道：你是谁？

我只是住在红杉林里的一个人。

这里，也不见得好呢，感觉污染很严重。

除了几个本地村民，都是重病人住在这里，不污染也不可能呀！但是，还是有很多人想来，对他们来说，不来一趟，心里永远放不下。你想过没，假如现在大水漫过红杉林，会怎样？

我惶恐起来，真的会突然发大水吗，水库里也有潮涨潮落吗？那这个椅子坟该怎么办？

那就再死一次呗。你认为临死前肉体会疼痛吗？

这……肯定会吧。

我认为，到最后的一刹那，应该是很舒服的，全身毛孔都舒张开来，那是超越死亡的解脱吧。

一片红杉林。一座孤坟。一对水鸟。一位红衣女子。我亦是孤身一人。我居然在这样的情景下，跟一个陌生的女人聊起了“死亡”。

年轻一代，大约都曾经经历过许多不忌邪、不信邪的日子吧。小城刚开始推行火葬的时候，同办公室的年轻小伙说，他可以第一个去试试炉温高不高。现在，我们每逢谈论起死亡，都会用隐晦的词语来代替。在这个可以大手大脚过日子的年代，我们反而要谨小慎微地活着。到处似乎都有邪恶的种子在发芽，进入腹中的，从心里出来的，没有一样是令人放心的。

就在来红杉林的前一天，我正坐在办公室里，努力地宣传重症病房的一名主任医师。前段时间，他的科室送过来一个四岁的小女孩，不幸患上高危急性淋巴细胞白血病，高烧至四十二度，消化道大出血，经过主任医师的治疗，女孩度过了危险期，也算是个奇迹了。主任医师的电话恰在此时打过来，叱责我说：这个孩子你抱回家养着吧！

这个女孩住院的当天，我正坐在办公室里写稿，根本不知道重症病房的病床上多了一条才四岁的小生命。她满脸悲凄的父亲慕名找到我，迫切陈词道：他跟妻子失业在家，救治孩子需要一大笔，他们拿不出来，又实在不忍心看着女儿夭折，问我能不能给他们搞个众筹。家里很穷，孩子出生后就一直住破房子，连生日蛋糕都没吃过，怎么会得白血病，她还有机会吃一口蛋糕吗？说着，他一双眼角各绕起一条光带，眼睛望向我，眼神却瞟着地上。

我之前也做过类似事情，他一定了解了我的信息，所以才用了“慕名”一词。

女孩瘦弱如一尾搁浅的鱼，被包裹在一堆仪器中，一对黑白分明的眼珠挣扎着望向我。我用笔发声，替这位年轻的父亲声泪俱下，恳请大家伸援手。第一个疗程结束时，好心人捐的善款也用完了，她本该回家休养一段时间，再来继续第二疗程的治疗，但她父亲却把她扔在了医院，向主任医师丢下一句话：是你们把我的孩子治坏的，我要起诉你们！

不知是否因为被喂了太多的药物，女孩的脸蛋圆而蓬松，看起来有股痴傻的福气，眼珠子也变得粗糙黯淡，我无法再将她与搁浅的鱼联系起来。

领导特地找我谈话，严令我今后只管做好自己的本职工作就行了。我当然知道自己的“本职工作”是什么。那么今后，若是再有无辜儿童像条濒死的鱼，双眼盯着我，在我面前翕动嘴唇时，我该漠然地走开，还是该掬一捧水，浇在他的身上？

当晚，我与一帮朋友在酒吧，他们喝白酒，我喝柠檬水。都是一样的白色，这个世界上，很多事情都不甚分明。就像我喜欢文艺，却混迹医疗圈，常常分不清哪是圈内，哪是圈外。在这个很文艺范的酒吧里，有位戴草帽的歌手唱起了《雁南飞》，声嘶音浑，悲怆苍茫，撞击着酒吧粗糙的墙壁、昏黄的马灯。

旁边的朋友告诉我，他是内蒙古人，在我们这座南方小城的小酒吧里驻唱一年多了。我一边“哦哦”地应着，一边往前走去。被取下三块组织的部位还在隐隐作痛，牵扯着胸口也疼起来。我不算是个爱流泪的女人，平日里走路风风火火，说话呼呼咋咋，跟柔弱的外形相去甚远。那晚，我心已被揉碎，对着一根开裂的粗大柱子流下了泪。我想把泪水灌进柱子的裂缝里，却不争气地流在了脸上。

四

摄影家、油画家和诗人回来了，同时对蹲在竹排上的水鸟发出一声长唳般的尖叫。摄影家马上打开镜头盖，油画家和诗人举起了手机。水鸟倏然展翅扑向水面，他们谁也没有捕捉到水鸟的影子。红衣女子微笑了一下，用竹篙撑了一下竹排，竹排又慢慢地往水库中央荡去。

诗人问我：似乎你们刚才聊过天，这个女人在竹排上钓鱼？

可能吧。

这么漂亮的女人，怎么看也不像是孤身在这里钓鱼的。

钓鱼人一定要有什么特征吗？

她眼里缺乏热情，真正钓鱼的人，你看对方的瞳孔，是像鱼鳞一样闪闪发光的。我钓鱼的时候就是这样，刚学会钓鱼的时候，我钓上了一条大鱼，但它在挣扎时，把我鱼竿的前两节弄断了。眼见着鱼竿要随水漂走，我什么也不管不顾，扔下手里的另外几节，连外套都来不及脱，就跳进了水里。结果，当我捞到这两节鱼竿从水里钻出来时，才发觉浑身冷得打战，连眼镜什么时候被水冲走的都不知道。那时已经是十一月了。

诗人的外套是一件蓝白相间的海魂衫。他连连惋惜，说本来应该坐着红衣女子的竹排，潜到水下，看一看椅子坟的墓碑上，先人的名字可还在。

我问他们：你们在岛上看到了什么？

摄影家说：几座倾圮的旧房子，一地倒伏的枯草，好好的一座岛颓废成这个样子，我的镜头该去哪里寻找落脚点？

摄影家平素喜欢拍摄色调黯淡的旧建筑，残旧的门楼，墙角的瓦当，街边的柱础石、门枕石，他每次看到都像初见一般欢喜不已。有一回，我们另外几个朋友住在某处深山的仿古民宿，山里的夜雨格外充沛，雨水打在瓦当上，女人们都烦不胜烦一夜无眠。摄影家却说，像听了一夜的钢琴奏鸣曲，可以两天不睡觉。摄影家认为，有些建筑再颓废，仍有直击人心的温情，通过镜头可以让它重生；而有些建筑一旦颓废了，就只能继续地颓废下去，直到消亡。

摄影家拍了一组死鱼头的照片回来。一圈圈雪白的带着肌理的头骨，蒙着一层雾翳的眼睛，灰白色的腐肉，用了黑白色调，似乎在告诉我们，生命只不过是用这些元素组合而成的。他之前拍过一帧照片，公园的人工湖里，一群锦鲤争相拱着头，像一大块红布要冲出薄灰色的水面。人工湖里人工养殖的鱼，是最蠢的，为了一点吃食就恨不能飞起来，摄影家说。死鱼头无法自主命运，与摄影家镜头下的旧建筑颇有些相似之处，只能随时光流逝而流逝。

有必要指出的是，摄影家的手机屏幕上，是油画家画的一幅女性裸体。油画家平常画得最多的便是女性人体画，都具有水蜜桃一般光鲜的身体，性与欲却是淡淡的，几乎无迹可寻的。但这一幅画例外。画中的女人仰躺在床上，长发松垂，遮去了大部分的脸蛋，双臂紧紧拥着一尾大鱼，双脚踝绾在一起，虽然大鱼遮住了女人的胸部和臀部，但整个人体仍有一股甜醉感呼之欲出。那鱼的鱼鳞异常鲜亮，眼睛炯炯有神，噘着透明的鱼唇。那次，摄影家去上海大剧院听过一场音乐会后，带着浑身畅流不息的细胞，走进了油画家的人体画展。他看过所有的展品后，唯独对这幅画念念难忘。摄影家想不通，油画家怎么可以一会儿将鱼画得这么丑，一会儿又画得那么美。闲逛了几天，在回程的动车上，摄影家居然又碰到了油画家。他装模作样地拿出一本新买的莫奈油画作品集，递给油画家，请教了她几个关于莫奈的问题。其实摄影家根本不懂画画，之前也不认识油画家。

诗人说：我看见岛的周围竖满长长短短的炊烟，而这岛荒无人烟，就想落泪。人类发明了农药，发明了化肥，发明了激素，让我们可以在酒店里大吃大喝，但是最终我们也要像庄稼一样，被生化机器一茬一茬地收割掉。土地是诗歌的起源地，我们却亲手断送了身上袅袅渗出的诗意。

油画家说：我无法用自己的名字为岛命名，因为那里有个船埠头，我猜，有船在岛上停靠，那么它一定已经有名字了。

油画家说要把刚才拍的照片发到朋友圈里，就是那张把头靠在摄影家肩头的照片，证明自己曾经来过。摄影家阻止了她，理由是：那张照片把油画家拍得老气了。油画家仔细看了照片，发觉自己真的变老了很多，难看了很多，惊呼道：我终于明白了，为什么笔下的女人腹部越来越松弛，眼神却越来越妩媚。我是不是该结婚了？

摄影家和诗人异口同声地说：你还年轻着呢！

我又想起了油画家笔下的鱼，趁机问她：那个画展是什么意思？

油画家曾经做过一个噩梦。她被抛弃在一个奇异的国度里，一堆的美人鱼围着她，脸蛋全是她熟识的人，闺蜜、同事、邻居，下半身是长尾巴，纷纷扰扰纠结在一起像麻花一般。她们将带着鱼鳞的大尾巴直接伸进油画家口中，腥臭味搅得油画家快要窒息了。为了活下去，油画家只能奋起反抗，飞快地咬那些尾巴，跟吃鸡柳一样咬得嘎嘣脆。可这些人鱼的尾巴长不完，灭了还有。油画家把各种色彩不一的画笔当飞镖，插进她们身体上的软肋处，却总也击退不了。她们受伤的部位飞快自愈，根本不是油画家熟悉的那些闺蜜同事邻居，分明就是一群妖魔。在即将被这种窒息感湮没时，油画家不知怎的竟然意识到这只是个梦，硬逼着自己醒来，然后打开灯，画起了鱼。一天一幅，画了一个月，油画家才真正从这场噩梦中醒来。

油画家说完这个梦，喟然长叹一声说，今天去了这个岛上，恐怕又要掉进梦魇里了，不知何时能醒来，醒来后又要画些什么。她头晕得不行，估计是晕车了，便提出要自己开车。摄影家跟她换了位置，仍旧与她相邻而坐。

摄影家和诗人争着从易经或心理学的角度，来解释油画家的梦境到底是什么意思。他们还谈论到：为什么人会越老越难看？那个掉进女儿堆里的男子何以会说，女孩儿老了，更变得不是珠子，竟是鱼眼睛呢？活鱼的眼睛，其实是很漂亮纯净的。

我说，大部分的人都是越老越固执，相由心生嘛，外貌也就相应地变得难看了。

油画家不疾不徐地打着方向盘，问我：你还没告诉我，你是做什么的。

我只是一个写故事的人。

油画家说晚上要请我们吃饭。我说，想吃一条从水库里捞上来的大鱼，做剁椒鱼头或者豆腐炖鱼头，都挺好。

摄影家说，我们到黄昏，才可以吃上一条清晨钓来的鱼。

油画家没有回答，一直、一直地朝着水库开过去。真不知道是那天的雾霾实在太大了，还是她因为晕车而脑袋迷糊了。远处，一列动车呼啸着，穿过山洞，仿佛一根线快速穿过针孔。时光在渐渐缩小。我们都沉默了。

诗人说，假如大水漫过红杉林，我们也会像那些鱼头一样，整齐地排列在岸边。

天青色等烟雨

一

李莽带着他的团队——场记张恬荔以及打杂的小伙子黑虎、兵勇，坐了大半夜的动车，终于在天蒙蒙亮的时候，到达周青瓷居住的城市。动车站是新建的，宽阔的站台上铺着微湿的水气。李莽抬头望了望天空，一层淡青色的云雾正若隐若现地笼罩下来，仿佛是还未散开的晨光，又仿佛一场烟雨即将来临。

出了动车站，李莽准备打车往市区走的时候，却发现张恬荔落队了。他赶紧跑到张恬荔身边，提醒她跟上队伍，一个姑娘家，在人流量频繁的地方走丢可不是什么好事。张恬荔却拉开外套一角，狡黠地笑着，让他看里面揣着的一只小动物。张恬荔的外套下藏着一只栗色的小猫，耷拉着皮毛，小小的脑袋上亮着一双怯生生的大眼睛。流浪猫，很可怜的，我们带它走吧。张恬荔用半央求半坚决的语气说。

李莽无奈地笑了，这就是张恬荔，一个连自己都照顾不好、却加了六个流浪猫狗救助群的女孩。此次出差拍微电影，张恬荔本来不想来，理由是自己收养的两只流浪猫还没找到合适的动物救助站；流浪猫狗救助群里的爱狗人士后天要去狗肉节上救狗，她也想参加。但李莽此次接的单报酬可观，是他的“白莽莽”工作室成立以来酬金最高的一次，食君之禄担君之忧，他要尽力把这部片子拍好，力求周青瓷满意。因此，他费尽口舌，终于说服张恬荔前来，条件是先找到一位朋友替张恬荔喂养小猫，又答应张恬荔，等拿到酬劳便给她封一个大红包，让她给城西那家动物救助站捐二十包狗粮。

眼下，微电影还没开拍，张恬荔倒先收养了一只小猫，弄得李莽又好气又好笑。张恬荔见李莽的脸色缓和下来，便嘻嘻笑着，说就叫它“栗子猫”吧，然后紧走几步跟上了队伍。

出租车经过殡仪馆门口时，李莽便喊司机停了车，说先拍几个空镜头回去，免得到时候又要特地跑过来。一行四人扛的扛，拎的拎，背着大小摄像器材下了车，在殡仪馆门口摆开长枪短炮。眼下这个时辰，刚好是火葬场最繁忙的时候，今天正好有好几支出殡的队伍，到处是晃动着的白衣白帽。有几家丧户在殡仪馆门口燃放烟花爆竹，腾起的青烟让殡仪馆及殡仪馆里的人显得影影绰绰，恍如隔世。张恬荔连连摆手：我不敢在殡仪馆门口打板，不敢。李莽便吩咐黑虎说：你帮忙打一下板。

张恬荔是某电影学院的大四学生，即将毕业，这段时间在李莽的工作室实习。说是实习，其实也就是勤工俭学，赚点零花钱。张恬荔来面试时，穿了一身名牌。但李莽觉得她所流露出来的气质，既不是那种与生俱来的优越家境所带来的淡定，也不像苦苦奋斗后所获得的自豪感，而是微微带着一点惴惴的、不安的神色。张恬荔告诉李莽，自己自小家境不好，从大一开始便勤工俭学，当过群众演员、道具人员等等杂七杂八的角色，甚至当过替身演员挨过鞭子，到现在已经有差不多四年的工作经验了。

彼时，李莽的工作室刚有起色，聘用人员的薪资不高，任务不轻，每个人都要身兼数职。跟我做过的工作比起来，当场记已经是最轻松的了，就算工资低一点也没关系的，你看着给一点就是。张恬荔满脸真诚地说。张恬荔所描述的经历跟李莽的过往颇有些相似之处，他理解一个没有安全感的女人，手里想要抓住一点什么的时候的那种渴求，心里涌起了一股复杂的情愫，便答应她留下来。事后，李莽不止一次回想起他跟张恬荔初次见面的场景，思量自己当初为什么就满口答应让她留下来，但脑子回响的一直都是张恬荔说的“你看着给一点就是”那句话。

由于张恬荔还要做份毕业论文，而且她似乎有点营养不良，姣好的脸蛋上缺乏一种年轻女孩应有的光泽，总是一脸倦色，偷偷打呵欠。李莽有时候便让黑虎或兵勇替她打板，给她的工资却分文不少，惹得他俩颇有怨言：李总，你莫不是喜欢上这打板的姑娘了吧！

殡仪馆的鎏金招牌，大院里象征重生的回春池，台阶前寄寓亲人情感的香烛台，李莽把这些最能烘托殡仪馆庄严肃穆气氛的物件一一摄入镜头。张恬荔拉了拉李莽的衣服说：够了，快走吧，拍这些有多晦气！不知道这位顾客是怎么想的，人还没死，为什么要为自己拍葬礼？

关于这个问题，李莽起先也想不明白。李莽创立白莽莽工作室已经五年多了，拍摄的微电影不下五十部，一般以婚庆题材居多，从相识一直拍到婚礼，的确是个绝好的纪念。另外是各单位拍的宣传用微电影，少数还有闺蜜主题微电影、成长主题微电影等，只有周青瓷，要为自己拍一部以葬礼为主题的微电影。接到这单生意时，李莽犹豫了很久，既怕手下的作品无以表现人物的内心世界，又怕作品揭露了人物血淋淋的内心世界，这两样都是李莽所不愿意的。但周青瓷出的价钱是普通微电影的两倍，实在太有诱惑力，何况李莽觉得，拍葬礼题材的微电影可能是个未来的方向，便应承下来。

在拍摄之前的一个月时间里，李莽和周青瓷在QQ上进行了无数次对话，一步一步商议着微电影的剧本。周青瓷的网名叫“青花瓷”，她说自己喜欢《青花瓷》这首歌，喜欢青花瓷碗，青花瓷衣服，青花瓷首饰。青花瓷的幽静、恬淡以及骨子里透出来的冷傲，都是她所喜欢的。周青瓷这样说的时候，李莽眼前仿佛有一朵色白花青的牡丹袅袅娜娜升起，这部微电影的基调越来越明朗了。

剧本是周青瓷自己写的，情节很简单——女主人公身体不好，膝下无子，她要提前为自己策划一场葬礼，眼睁睁地看着自己“死”一回；再到儿童福利院领养个孩子，孩子是之前已经看下的，她拍过葬礼之后，就去办理手续，正式把孩子领回家。周青瓷说，葬礼代表死，埋葬过去的自己；孩子代表新生，领养这个孩子回家，从此就开始一种全新的生活了。

由死到生。死而后生。虽然未曾谋面，李莽隐隐感觉出周青瓷是个有故事的女人，她的故事，在故事之外。李莽突然冒出一个荒唐的念头，觉得其实每个人都需要提前办一场葬礼，不是为了做给别人看，而是为了做给自己看。厘清与这个世界的纠葛，就会知道什么是该坚持的，什么是该放弃的，接下来的人生或许会过得更加从容吧？

根据他们之前的议定，在殡仪馆门口，只需拍几个空镜头就可以，“葬礼”就在周青瓷家里拍摄。殡仪馆的吊唁大厅是个多么严肃、充满悲哀的地方，不可能让市民随意去玩拍微电影这档子新潮、不合常理的事。只有在自己家里拍，才能把渗透在整个葬礼里的情感表达出来，周青瓷曾经这样说。张恬荔伸着舌头说，微电影玩到这个份上，只能说明这家人有钱有闲，吃饱了撑的。问题是：这个家里举行过葬礼，以后还能住人吗？

“你真是个孩子，”李莽对张恬荔说，“等下到了顾客家里，要注意言行，不该说的话别说，不该做的事别做，当好自己的场记就行了。”

张恬荔不以为然地撇撇嘴，紧紧搂着栗子猫说：快点走吧，可怜的栗子猫一定是饿了，咱们到市区给它买瓶热牛奶。

周青瓷的家在市中心，是一个高档小区里面的独栋别墅，三层小洋房，落地飘窗上挂着轻逸的青花瓷窗帘，跟淡青色的天光云影相得益彰，远看似一缕缕飘散的云烟。看到这一幅幅窗帘，李莽就知道，周青瓷的家到了。

住在这样的房子里的女人，还有什么想不开的呢？张恬荔趁着李莽按门铃的空当说：如果能让我在这里住上一晚，我这一辈子也就值了。李莽伸出食指，刮了一下张恬荔的脸说：打板的姑娘，主人家说了，今天晚上我们就住这里，你只要跟着我，以后还可能到迪拜的七星级酒店拍微电影，这一辈子早值了。

这幢别墅的女主人，微电影唯一的主角周青瓷将他们迎进门来。周青瓷身穿一套半旧的青花瓷运动服，身材瘦削，披肩长发疏疏落落。周青瓷抬头看李莽的一刹那，李莽本能地吃了一惊，她的面色太难看了，没有一丝血色，灰暗的两颊布满了斑斑点点。在之前的交流中，李莽得知周青瓷今年三十五岁，三十五岁的女人要是不化妆，肤色黯沉虽然是难免的，但周青瓷这皮肤，分明是上了年纪而且生活窘迫的女人才有的。

做好分内的事，跟拍电影无关的事情一概不问，这是吃他们这碗饭的人必须要遵守的职业道德。李莽将身上扛着的设备轻轻放在实木地板上，黑虎和兵勇仰头望着客厅里那盏枝形水晶吊灯出了神。周青瓷看着张恬荔，脸上浮起了笑容：这位姑娘好漂亮，李导，你的团队有这等人才，怪不得请也请不到呀！

张恬荔带着点骄傲的神情，轻轻笑了笑。李莽知道这是句客套话，便谦虚地说自己也是为了混口饭吃而已。周青瓷将他们带到二楼客房，为李莽、黑虎和兵勇安排了一个大房间，为张恬荔安排了旁边的一个小房间。又说，李莽他们一路上辛苦了，中饭已经为他们预备好，在一楼的厨房里，他们饿了就可以随意吃，她自己则要出去买些“葬礼”上用的物品。

周青瓷出去了，别墅里一片寂静。家里好像没有其他人了？黑虎说：这户人家有点怪，看起来这么有钱，她怎么这么放心把我们四个陌生人留在自己家里，该不是什么黑店吧？张恬荔敲着黑虎的厚胸膛说：你除了这里肉厚一点，其他还有什么？人家一个老板娘，犯得着宰你吗？说着，她把栗子猫从怀里放出来，憋闷了好久的栗子猫大概也知道自己到了一个好地方，在宽敞的客厅里撒丫子欢跑起来。张恬荔跟在栗子猫后面，一边追着，一边柔声唤道，先喝牛奶，趁热喝牛奶，喝了再玩。那情景，就跟唤一个调皮的孩子没有区别。这时候的张恬荔，脸上有了一层别样的光泽，这是李莽平常不曾见到的。李莽心里一动，问道：如果你有个孩子，你也会这样温柔地对他吗，而不会像很多妈妈那样冲他大喊大叫？

贸然问完这个问题，李莽自己先愣住了。他想起了自己那位做事风风火火、走路掷地有声的母亲，但是母亲已经过世了，死于癌症。大家都觉得奇怪，那么强壮的一个女人，应该是疾病怕她才对，但她还是早早走了。张恬荔显然没有料到李莽会问这个问题，她停止了追逐小猫，眼神变得很悠远，想了好久才回答说，等她觉得自己有能力抚养孩子了，她一定会好好抚养一个孩子长大。李莽发觉自己的问题问得过于深沉，张恬荔看起来连男朋友都没有，他怎么可以问到孩子的事情上去呢？

为了打破僵局，李莽招呼大家吃中饭。从碗柜里拿出来的餐具，不论碗、盘、勺、筷，无一例外都绘着青花。张恬荔艳羡地说：当阔太太真幸福，这些餐具这么漂亮，一定很贵吧！黑虎不以为然地说：人家都病入膏肓了，还幸福什么？张恬荔伸手去拍黑虎，却不小心将黑虎手里的碗拍落在地，碎成几块。大家都惊呆了，李莽批评了他俩太轻举妄动，表示自己会向周青瓷道歉。

饭后，李莽和黑虎、兵勇把摄像设备搬到卧房，张恬荔抱着栗子猫回了自己房间。为了省房租一直在工作室打地铺的黑虎、兵勇在房间里坐立不安，生怕自己弄脏了雪白的床单。李莽刚准备摆出领队的口吻，嘱咐黑虎、兵勇要淡定，张恬荔跑过来敲门说：周青瓷该不会是有病吧？你看窗外。李莽起身看窗外，外面是一个大阳台，整整齐齐架着二十几个米筛，晒着各种中药材，打开窗户，浓重的中药味扑鼻而来。你看她的脸色，只有快死了的人才那样！张恬荔说自己晚上不敢一个人住了，要在他们房间一起搭铺。

李莽告诉三位同事说，这位客户的确是身体不好，这个来之前大家都已经知道了，就不要太大惊小怪，以免伤了她的心。说完，他让张恬荔回去休息，下午大家就要各就各位开始工作了，接下来这一夜一天时间有的忙的。

张恬荔快快地回了房间，黑虎和兵勇仰躺在床上休息。李莽踱到阳台上，一个米筛一个米筛地看过去。每只米筛里的药材都切得整整齐齐，甚至每片药材晾晒的方向都一致，显然周青瓷把晒中药当成了一件重要的事情来做。李莽从米筛里拿起一粒枸杞子，放进嘴里咬着。他以前也晒过枸杞子，医生说张恬荔贫血，他回来就晒了一筛子枸杞子。正想着，突然隔壁房间传来张恬荔瘆人的尖叫声，李莽激灵一下冲到隔壁，只见一个体型瘦长的男子正对着张恬荔指手画脚。李莽来不及多想，猛扑过去，将对方压在身下。张恬荔泪水涟涟，撒娇地埋怨李莽不该带她来这种鬼地方。被李莽压在身下的男子“咿咿呀呀”地乱叫，声音听起来含糊而古怪。李莽慢慢起身，为防止他反抗，用双手紧紧地箍住对方的双肩，将他的头转过来。

这是一张黝黑的脸，面色苍老无华，眼珠子是其上唯一能动的活物，却是目光苍茫、眼神呆滞。你是谁？李莽厉声喝道。

我是弟弟……

你是谁的弟弟？你怎么能随便进别人的房间？

坏人，打打打……

原来是个傻子！你才是坏人，你才该打，谁叫你吓唬我的！张恬荔扑过去要打他。

周青瓷买了东西回来，丢下手里提着的大包小包，直奔过来对李莽他们说：误会误会，他是我弟弟，之前忘了跟你们说了。他脑子有点问题，这几天刚好从老家过来看病，住在我这儿。刚刚我出去的时候，忘了把他的房门反锁起来了。李莽松了手。周青瓷把脸转向弟弟：阿筑，怎么又不听话了，不是叫你别到处乱跑的吗？

打坏人，打坏人……阿筑急得双手乱拍。

周青瓷好不容易连推带搡把弟弟弄到房间里，关好房门，尴尬地对李莽赔笑道：对不起，对不起，让你们受惊了！

跟一个本身已经这么可怜的人，还能计较什么呢？李莽苦笑着摇摇头。张恬荔还在抽泣，周青瓷便挽住了她的手问：中午吃得还合胃口不？

嗯，周姐做的菜很好吃，铁板茄盒特好吃。张恬荔的脸色终于缓和过来。

周青瓷微微笑了：这是我特地为你做的。

你怎么知道我最爱吃铁板茄盒？

我是随便猜的，一般女孩子都爱吃这个。周青瓷的笑容有些神秘莫测。

各人散去休息，李莽在厨房里帮着周青瓷一起收拾碗筷。周青瓷说：以前戴克然也夸我做的菜好吃，但自从我生病之后，可能是我自己吃药吃多了，家里的药味散不掉了吧，戴克然每次都说吃我做的菜，就跟吃药一样，渐渐地，他就不回来吃饭了。

李莽第一次听周青瓷提起“戴克然”这个名字。戴克然，应该是周青瓷的老公？

二

午后的天空还是烟青色，看样子，一场不爽快的雨将要来临。周青瓷将阳台上晒着的药材往里收一收，然后靠在阳台里侧的藤椅上发呆。房间里，黑虎和兵勇正在打鼾，李莽有时候挺羡慕他俩随时、随地都能入睡的坦然。张恬荔发来信息，说自己累了，先躺一会儿。李莽便走到阳台上，坐在周青瓷旁边的藤椅上，默默坐了一会儿，问道：你弟怎么会成这样的呢？

用现在的医学术语来说，应该是新生儿窒息吧，就是难产导致缺氧的那种情况。周青瓷告诉李莽，当年家庭条件差，阿筑是在家里出生，叫接生婆接生的，她妈妈自己也差点因为大出血而丢了性命。阿筑刚生下来也是白白胖胖的，特别招人喜爱，没想到越长大越觉得不对劲，到了八个月还不能自己抬头，抱到医院一看，说是错过治疗的最佳时机了。因为没钱给阿筑治病，爸妈就抱着阿筑回了家，还以为等他再长大一点，长硬实了，就好了，没想到长成了智力不全、连话也讲不清爽的人。

周青瓷的声音里带了一点哽咽，听得李莽心里很不是滋味，不知道该如何接话，只得沉默不语。

周青瓷说，近段时间，爸妈发现阿筑的智力越发障碍了，白天喜欢纠缠人，拉着人咿咿呀呀叫，夜里则大叫大嚷不肯睡觉，她就把弟弟接到自己家里，带他去大医院看了医生。做了脑部核磁共振，医生对着片子摇摇头说，没办法了，脑细胞老化得跟七十岁的老人一样了，甚至连七十岁的老人还不如，他出生时脑缺氧，脑细胞本来就不按正常水平生长，老化起来也非常可怕。所以，弟弟虽然只有三十岁，其实已经是个七八十岁、老年痴呆的老人了。说到这里，周青瓷用双手撑着两颊，头深深地向地面低下去，仿佛双手已经没有力气去支撑头部的重量。

李莽看看天说：仿佛要下大雨了，你这些药材，要不要再移进来一些？要不然会被雨点打湿的，我帮你收。李莽起身，将米筛一个个往里面移，这时他才发现，阳台上还晒着很多婴儿衣服和口水肩、小帽子、小手套之类的婴儿用品。

我晒了二年多中药了，晒给自己喝，晒给阿筑喝，白细胞低了要喝，失眠要喝，感冒了也要喝。不知为什么，自从我开始晒中药后，好像午后经常下雨。阿筑是个可怜人，一辈子都活在混沌里。而我，不到四十岁的女人，其实也跟五六十岁的大妈差不多了。周青瓷自嘲地笑了一下。这个家里不知怎么了，我爸妈才我跟阿筑两个子女，居然都出了大事。

低低的云层压得人心里闷闷的。李莽为消除一点沉闷感，便就打破青瓷碗一事向周青瓷道歉。周青瓷说，这套餐具本身就已经不齐全了，戴克然打破过好几只。那天，戴克然想要与她行夫妻之事，自从她手术之后两年多时间了，都没有跟他做过那事。可能是她脸上的痛苦表情让戴克然没有成功，他很恼火，打了她一巴掌，还砸碎了她最喜欢的青花瓷盘子。

李莽没料到自己的话引发了更浓重的沉闷感，更加无言以对了。周青瓷的手机响起，“天青色等烟雨，而我在等你……”周青瓷接了电话，说是她订的鲜花到了，她出去接应一下。李莽将他团队的伙伴们都喊起来，一起去帮忙。李莽踱下楼来，走到客厅时，看到周青瓷起先买的一大堆东西正堆在地上，透过包装袋，可以看见里面装着寿被、白幡、宣纸什么的。还真把自己当成要下葬的人了？李莽心里咯噔一下，转脸看张恬荔，她的脸色都变了。

送花工把一车鲜花卸下来，帮忙搬进客厅，临走时说了句：现在的年轻人可真潮，婚礼都开到别墅里来了。房间里的其他人都不作声，把包鲜花的塑料膜一一拆开，偌大的客厅里响起长长短短的撕裂声，哧——哧——，似在人心上划着。周青瓷预先搬了一张单人床放在客厅里，说这是她“生前”的卧床，现在就当“死后”的灵床。张恬荔把一朵朵香水百合插在单人床四周，把“灵床”密密围成一圈。黑虎、兵勇各抱起一只花塔，摆在客厅落地玻璃门两边。李莽爬上梯子，把一幅黑色的挽联悬挂在“灵床”两旁。李莽起先还抱着闹着玩的心态，想赶紧把拍摄场地布置好，好早点完成任务收工走人，没想到干着干着，他恍惚觉得这真是一场葬礼的开始，而他就是逝者的亲人，是真心诚意过来帮忙的了，心里竟生出了悲悯和同情。

张恬荔弯着腰，半蹲着身子，把百合花瓣摘下来，撒在床板上，还仔细地摆出一个漂亮的造型来。“你的手真好看，”周青瓷对张恬荔说，“真巧，你也有一只这样的手表。”张恬荔看了看手上的卡地亚女表，问：你也有一只吗？周青瓷说：

我没有，我认识一个人，他刚好有一只，跟你手上这只是对表。张恬荔摆好了花瓣，站起身来的时候，突然打了一个趔趄，马上扶住床沿才没有摔倒。怎么了？李莽赶紧从梯子上跳下来，扶住了张恬荔。周青瓷以一种过来人的口吻说，女人头晕大多是因为血虚，比如例假过多、营养不良或者是生过孩子之后没有好好调养，都容易这样。张恬荔听到最后一句，涨红了脸争辩道：我是蹲太久了，体位突然改变才这样的，你们老女人就是话多！

李莽觉得张恬荔此言有点过分，正准备向周青瓷致歉。周青瓷却不恼，笑意盈盈地对李莽说：健康漂亮的女人是男人疼出来的，你可要好好照顾她呀！李莽红了脸，不知如何回答才好，便干脆不作答了。

周青瓷拿出一个事先准备好的镜框，端端正正摆在床头的鲜花丛中，那就是她的“遗照”了。照片似乎是在某个江南小镇拍的，周青瓷穿着一件青花瓷的棉布旗袍，长发披肩，两个浅浅酒窝里含着笑，眼睛里泛着灵动的气息。这笑意和灵动，粗看一眼是隐隐约约的，但仔细看，分明是满溢出来的。原来疾病可以把一个美女折磨得面目全非，李莽心里暗暗叹息。

张恬荔看到周青瓷还买了一对白灯笼，说这个挂到大门口去才更有气氛，黑虎和兵勇便搬着梯子，跟在张恬荔后面走出了客厅。周青瓷仔细擦着照片，喃喃自语道：那时候我的头发是那么浓密。后来做了化疗，每天一睁开眼睛，首先看到的不是太阳光，而是枕头上的一堆黑发，虽然明知是我头上掉下来的，戴克然却感觉是自己秃了头一般，心里惶惶然。再后来我在大热天也戴起了帽子，戴克然又说心里捂得慌。停止化疗后，我的头发终于慢慢长出来了，虽然很稀疏，没想到居然比以前更黑亮。戴克然却再也没有正眼看过我一眼，一直以为我戴的是假发……自从见了周青瓷之后，他们之间的很多对话都过于沉重，李莽根本不知道该如何应答，往往都以同样沉重的表情，来表达自己心底深深的同情。

灵堂布置完毕之后，周青瓷拿出宣纸、笔墨，开始为自己写讣告。微电影就从这个镜头开始拍摄，晚上拍葬礼准备工作，明天早上拍葬礼，之后再拍到儿童福利院领养孩子的镜头就可以了。这部微电影，说简单也简单，但说难也很难，因为越是看起来简单的东西，越难发掘人物隐而未现的真实性格。

李莽把镜头对准了周青瓷写的讣告。

> 本人周青瓷，一九八〇年生，如素胚上勾勒出青花；二〇一五年卒，宣纸上走笔至此搁一半。爱过一个人，曾经可以为他欲生欲死。身为女人，本想拥有一个可以为他或她掏出心肺的人，惜命运弄人，一柄柳叶刀令此生梦难成真。今重病缠身，以一场葬礼结束人世间一切的死，换内心一个痛楚的重生。兹定于明日上午八时正举行一个人的葬礼，望亲朋好友勿扰，为我祝福即可。周青瓷　即日

周青瓷全神贯注地写讣告，毛笔尖在宣纸上快速移动，一纸蝇头小楷，着实漂亮。李莽看着讣告上面的内容，觉得拍这部微电影真是件虐心的事，周青瓷的一言一行，都似利物戳着他的心尖。他悄悄把镜头移向周青瓷的脸，那张脸可能因为脸色差的缘故，倒看不出什么特别的表情来。周青瓷的神情庄严肃穆，仿佛进入了一个外人无法企及的世界。

写完讣告，周青瓷把宣纸吹一吹，移到一边，让它自然晾干，准备明天早上让戴克然读一读，完成告别仪式。周青瓷对张恬荔说：我要换件新衣服再上路，麻烦你进更衣室帮我一下。张恬荔哆哆嗦嗦地跟着周青瓷进了更衣室，就像自己真的

是为一个垂死的人换衣服一样。周青瓷倒不避讳张恬荔，把自己脱得只剩一条内裤，她的身体很单薄，胸部瘪平下垂，了无生气。张恬荔觉得自己的青春活力对周青瓷是一种刺激，周青瓷却表情淡然地从手袋里取出一件新内衣来，丝毫没有掩饰自己跟富家太太身份不相符合的、贫瘠的穿着打扮常识：听说穿旗袍最好是穿这种内衣？张恬荔一边应答，一边帮周青瓷把无肩带内衣紧紧地扣好。

周青瓷又拿出一件真丝旗袍来，素白的真丝材质很垂手，一看便知是上好的面料，旗袍前身绣着一只青花瓷瓶，后背是隐隐约约的蓝色碎花。这么漂亮的旗袍，看样子周青瓷一次也没穿过，她把旗袍套在身上，却找不到拉链。张恬荔眼疾手快，从青花瓷瓶的一簇绣花下面找到了拉链，把拉链拉了起来。周青瓷说：你可真聪明，一下子就找到了拉链，如果换成我，怎么也想不到拉链会在这种地方呢。张恬荔有点小得意，告诉周青瓷，这款旗袍是香港顶级时装设计师 JOIJOI 的作品，拉链隐蔽是它的一大特色，她自己也有一件一模一样的，所以就知道啦。周青瓷笑笑说：我老公送我这件旗袍的时候，还说是在香港定制的呢，仅此一件，男人可真会骗人。你们年轻人可真好，脸蛋漂亮，身段又好，穿什么都好看，更别提穿上这么漂亮的旗袍了，你男朋友一定很爱你吧？张恬荔脸红了：我男朋友说我穿旗袍不好看，但是他说过，他会永远跟我在一起。

也许谈论衣服是女人之间建立友谊的最好媒介，周青瓷和张恬荔俨然熟悉起来。张恬荔说，穿上这样的旗袍素颜可不行，气场上撑不起来，她愿意帮周青瓷化化妆。周青瓷说自己自从生病之后，身体免疫力很差，皮肤对任何化妆品都过敏，已经两年多没用过任何保养品了，现在皮肤已经脆弱得不行，化妆就免了，反正等一下就要躺到“棺材”里了，素面朝天可能更应景。张恬荔心下深深地同情起这个女人来，正想问问她到底生了什么病，严重到这地步，周青瓷却说她们可以出去了。

真是人要衣装，周青瓷穿上旗袍后，倒显得身材凹凸有致，精气神看起来都好了许多，好似换了个人一般。旗袍上釉色渲染的青花瓷静静流淌着青花香，原来一个女人虽然憔悴，但她的气质还是在的，这是疾病所掩盖不了的。李莽看看周青瓷，又看看周青瓷的照片，觉得这照片应该是周青瓷和她的爱人初相识时，他为她拍的。这从她无法掩饰的青涩、无法掩饰的笑意中可以感觉得出来。果然，周青瓷对张恬荔说：那一天，我在桥上看风景，他在桥对面拍我，拍好了之后对我说，他懂我，他会送我一件最漂亮的青花瓷旗袍。李莽心想：这旗袍的设计师应该也是听了周青瓷的故事，才涌现的灵感吧！

周青瓷在旗袍外面戴了一块青瓷挂件，做工看起来有些粗糙，跟她这身一看就价值不菲的旗袍比起来大为逊色，但从色彩、韵味上来看，倒也合宜。张恬荔说：周姐，您应该戴串珍珠项链，或者玉佩什么的。李莽将张恬荔拉到一边，悄声说要充分尊重顾客意愿，既然周青瓷带着它"入葬"，它大概是对她而言挺重要的一件东西吧。

李莽把镜头光线调得亮一点，尽量让周青瓷的肤色显得柔和一点。周青瓷走到"灵床"前，端端正正地躺在百合花瓣上。"现在就开始了？"李莽忍不住问，"你不先吃点东西？"这个仪式要持续到明天上午，肚子会饿坏的。周青瓷说自己平常晚上就以吃营养餐为主，起先已经吃过一餐了，还像看出了他的心思似的，说厨房里有各种做好的菜，他们只要用微波炉加热一下就可以吃。周青瓷对张恬荔说，过去的女人讲究要抓住男人的心，得先抓住他的胃；你们这一代人，兴的是要抓住男人的心，得先勾住男人的魂？

这个问题问得有些刁钻，张恬荔却不慌不忙地说，抓住男人的胃，那只要花点时间就能做到，至于勾住男人的魂，这个功夫在时间之外。有些情侣，走着走着就散了；有些情侣，说要散了却还一起走着，任何时候你都要问问，自己是走散的那个人吗？周青瓷说罢，拿出几瓶药，就着开水吞下，然后将药瓶扔进了垃圾筒。二年多了，我每天都要吃这样一堆药，明天开始终于可以不用吃了，真好！她吩咐李莽说，刚才她吃下了两颗安眠药，接下去就在“灵床”上睡一晚，明天早上她就不再“醒”过来了，他们到点了就开始拍摄。至于她老公，晚上十点多会坐飞机到家，明天早上准时参加她的葬礼。

自从做了手术之后，我就再没有睡踏实过，也看过很多医生，他们无一例外都摇头说，做了这个手术就相当于提前进入了更年期，自然规律不可违，就算吃药收到的效果也是微乎其微。眼下，举行这场葬礼，就是为了让自己放下一切，好好睡一觉吧！安排好“后事”，周青瓷把新买来的印着福禄寿喜字样的大红被面盖在身上，拉上来遮住了头部，仿佛就进入了沉睡。

客厅一下子就散发出殡仪馆的味道，只有栗子猫发出细微的喵呜喵呜声。这种安静令人不安，李莽用眼神示意大家去吃饭。周青瓷的菜做得非常好吃，不知这个孱弱的女人，是如何有体力和耐心烧这么多菜的？张恬荔端着饭碗，什么也吃不下，一直说，她总感觉这座房子里还有人，而且是个男人。

对了，周青瓷那个傻弟弟不知有人给他吃饭了没？张恬荔的话提醒了李莽，李莽还记得周青瓷弟弟住的房间，便跑去敲门。里面传来阿筑咿咿呀呀的回应声。你肚子饿不饿？李莽隔着门问他。里面是一声含糊的回答，门打开了一条缝。李莽把头伸进去，做了个用手扒拉饭的动作。阿筑摇摇头，却伸出手臂，力气颇大地拉着李莽，叫李莽坐，坐……

李莽挣脱了阿筑，回到饭桌上时，张恬荔使劲把筷子一撂说：人家一个傻子，你对他那么好干吗，你忘了他起先是怎么对我了吗？

李莽帮张恬荔把筷子拾起，放进她的手里，劝她说，阿筑是个可怜人，脑子糊涂了，不要跟他计较。

脑子糊涂？再糊涂的人还知道分男女呢，怎么不缠着你，偏偏缠着我呢？张恬荔不依不饶。

这下子，黑虎和兵勇都忍俊不禁了。李莽却觉得，阿筑虽然口齿不清，智力也如同三岁小孩，心里却是明白一点什么事情的。这也就跟人家说的，婴儿虽然不会说话，但是心里明镜似的，什么事都明白，是同样的道理。

三

饭后，忙了一天的黑虎和兵勇回到房间就打起了鼾。张恬荔也早早回房间休息了。要是睡不着我会偷偷来找你的。张恬荔回房间之前，扔下这句颇带意味的话，回眸一笑。李莽看着这个玲珑又饱满的身影，又心疼又心动。张恬荔无疑是个能够打动男人心的女孩子，时而嘟嘴卖萌，时而就用眼睛一直看着你，直看到人心里去。记得张恬荔刚来白莽莽工作室的时候，才工作了不到十天，就晕倒了。李莽把她送到医院，医生说她是体质太虚，给她输了三天补液，还斥责李莽说：你这个男朋友怎么当的，女朋友这么瘦都不管，你看，血红蛋白才九十克每升，贫血啦。李莽脸一红，醒来的张恬荔把脸埋进了李莽臂弯里。

本来李莽并不打算把张恬荔长期留下，准备等她做满实习期，就让她辞工的。但是经历了这件事，李莽的想法却改变了——只要她愿意留下，他就愿意让她留下，长期留下。当张恬荔把脸埋进李莽臂弯的那一刻起，李莽心里就有了某种责任感。

正想着，房门被轻轻推开，张恬荔扑进了他的怀里。李莽看了黑虎和兵勇一眼，有些尴尬，在张恬荔耳边悄声说：他们都在呢，不如去你房间。张恬荔小声说自己再也不敢到那个房间睡了，有鬼。她从包里掏出两瓶一模一样的兰蔻香水来说，她包里本来只有一瓶这样的香水，但是晚上在那个房间的卫生间里洗过脸之后，突然发现包里就多了一瓶香水。李莽说：这还不简单，你们女人都爱用名牌东西，肯定是周青瓷也用这款香水，卫生间里刚好有一瓶，你不知道，还以为是自己的，就放到包里去了，就这么简单。听李莽这么一分析，倒也合情合理，张恬荔侧着头，仔细回忆是不是有这么一回事。想了老半天，似乎还真是那么回事，便嘟嘟囔囔地回了房间，把无缘无故多出来的香水放回了洗手台上。

黑虎和兵勇睡得很沉，他们平生第一次在这样的别墅里过夜，放肆地袒露着胸膛和双手双腿，大有此觉一睡，不愿再醒来的意味。李莽睡不着，便把拍好的镜头倒过来，放大了看。他看到周青瓷吃的一种药，瓶子商标上写着“己烯雌酚”，他上网百度了一下，才知道这是种人工合成的雌激素物质，用来治疗雌激素低下症及激素平衡失调引起的妇科病。李莽想起了周青瓷暗沉的脸色，在心里叹息一声，看着窗外一只只大圆饼般的米筛和在夜风里轻轻晃荡的婴儿服陷入了沉思。

张恬荔没有再来“骚扰”，李莽微微有些失落，蹑手蹑脚地踱到她的房门前，悄悄拧一下门把手，门锁着。周青瓷不知睡着了没有，她说过，自己长期失眠，但此刻，她肯定“睡”得很沉。在好奇心的驱使下，李莽犯了个违背职业道德的错误，又蹑手蹑脚来到客厅，去看看周青瓷。周青瓷床前点着一对昏暗的白蜡烛，就着烛光，可以看出她盖在身上的被子纹丝未动，跟躺在殡仪馆里的人毫无二致。能躺得如此浑然端正的人，到底是入睡太深，还是根本就醒着装睡呢?

别墅的夜晚很安静，估计连那只爱叫唤的栗子猫都睡着了。窗外，深灰色的云层里亮着微光，下午那场大家都以为要来的雨，却一直没有来，就像那个李莽以为他会准时赶回家的戴克然，也一直没有来。这样的夜里，李莽一个人在住满了人却显得空荡荡的别墅里转悠，仿佛大家都是正常人，包括那个阿筑、那个躺在“灵床”上的周青瓷，都是再正常不过的人，只有李莽却是一个奇怪的人，失眠的人。客厅吊灯上，映着几点窗外草坪上的地灯发出来的微光，李莽感觉自己就像是从黑暗里分离出来的一个幽灵，移动着轻飘飘的影子，在一群正常人当中游荡。

时钟早已走过了二十二点，李莽清楚记得，周青瓷说过，戴克然夜里十点多就会坐飞机回到家，明早准时参加她的葬礼。难道是飞机延误了，还是戴克然根本就是周青瓷杜撰出来的?百无聊赖的李莽折回房间，来到阳台上，却看到别墅大门口，一辆黑色的汽车缓缓驶来，停下。看来是神秘的戴克然来了，李莽心里涌起一阵没来由的激动。其实，戴克然根本是个与他无关的人物，不是吗?戴克然跟李莽将要发生的交集，无非是周青瓷明天早上八点的葬礼，需要他来念一念讣告而已。汽车停了好久，始终不见有人出来，李莽干脆趴在阳台上，目不转睛地盯着那辆汽车。夜色像墨一般浓黑，但别墅门口因为点了一对白灯笼，倒是有一束微光，在夜风中惨白无力地摇曳着。汽车刚好停在这光柱里，像笼罩在某种不可知的力量之下。

有时候，长久的期待会引发强烈的好奇心，这时候的李莽，已经完全背离了他口口声声想要遵守的职业道德。暗夜里，视线并不好，正当李莽想要借助什么工具来看得更清楚一些的时候，他看到了下午他跟周青瓷坐着聊过天的那张茶几上，放着一架望远镜。下午他们聊天的时候，似乎并没有注意到这里有架望远镜？李莽来不及细想了，反正这个望远镜，就是为他而准备的。这架望远镜似乎是专业设备，视野范围宽，视线清晰。一个小时、两个小时过去了，李莽却毫无睡意。

突然，耳边又传来阿筑咿咿呀呀的叫声。周青瓷已经算是个“入葬”的人了，李莽目前是这个家里唯一能主持大局的人，不得不代替周青瓷去看一下她的傻弟弟。但是这个阳台，同样需要他主持大局。在去查看阿筑之前，李莽想到了他那台摄像机，便返回卧室拿出摄像机，架在阳台上，镜头对准了黑魆魆的别墅门口。

亮着灯光的，居然不是阿筑的房间，而是张恬荔的房间。雪亮的灯光让在黑暗里待久的李莽眼睛刺痛，等他能够适应这光亮世界的时候，他看清了脸红耳赤的阿筑正揪着张恬荔，嘴里咿咿呀呀地叫着。快放手！李莽大喝一声。阿筑听到李莽的声音，愣了一下，双手软软地垂了下来，低着头，蹭到李莽身边，像做了错事等候发落的孩子一般。

怎么了，出了什么事？李莽问，却不知道这句话到底是问阿筑、还是问张恬荔。张恬荔把头扭到一边。阿筑指着房间里的电脑屏幕，嘴里不停地嚷着打打打！屏幕上，是张恬荔和一位男子的合影，他们像所有热恋中的情侣一样，勾肩搭背，互相依偎。张恬荔的笑容自然是甜的，那笑容，跟“遗照”上周青瓷的笑容颇有相似之处，都是那种满溢的、幸福的笑。那位男子的左手架在张恬荔肩上，手腕上戴着一只卡地亚男表。李莽想到了下午周青瓷对张恬荔说的话：真巧，你也有一只这样的手表，我认识一个人，他刚好有一只，跟你手上这只是对表。李莽只觉得脑子轰然一声，胸口袭来一阵剧痛，又丝丝缕缕扩散到全身。这种痛，让他打了个冷战。

李莽要张恬荔跟他一起到阳台上谈谈之前，对阿筑说：你先睡觉吧，把门锁好，不要再出来闹事了，当心吵到你姐。

一到阳台，张恬荔就痛哭起来，好像自己被人抛弃了一般歇斯底里地哭起来，连连说：对不起，我欺骗了你。李莽很奇怪地看着她说：你从来没有向我说过什么，又谈何欺骗，人更多的时候都是自己欺骗自己罢了。张恬荔呜呜咽咽地讲了其他一些什么话，李莽觉得自己没有权力也没有必要让张恬荔跟他谈谈，她只是白莽莽工作室的一名场记，一名用自己的方式勤工俭学的女大学生。张恬荔回去休息了，留下李莽一个人坐在阳台上。阳台四周围着镂空栏杆，夜已经很深了。在这样的夜里，他不知道自己该想些什么事情比较合适，想张恬荔吗？想自己手头正在拍的这部微电影吗？自从出现“戴克然”这个名字后，李莽就觉得，很多事情自己已经无力去想了，从昨天早上到现在发生的一幕幕在脑子里回旋，他觉得自己倒像是一部罗生门微电影的男主角。

李莽从茶几下面拎出几瓶啤酒来，哧哧打开一瓶，一口气喝了下去。啤酒落肚之后，浅薄的酒精又让李莽回想起了刚刚张恬荔问他的话——你理解戴克然吗？周青瓷生病后，他跟周青瓷以及周青瓷那个爱唠叨的老妈，在医院旁边逼仄的出租房里住了三个月。周青瓷出院了，还要隔三岔五去复查，这两年多时间，他基本都是在医院和家之间来回奔波，望眼欲穿等到个专家号，眼巴巴地看着医生的脸，最怕他一皱眉，嘴里吐出一句什么话来。这两年多，他过的就不是正常人的生活，他只不过想过点正常的日子，这有错吗？

李莽觉得自己能够理解戴克然，便继续喝酒，在酒精的作用下，他的脸色红润起来。他想起了自己鳏居的父亲和已经过世的母亲，母亲得的是乳腺癌，手术后，右边的乳房陷空了，整个人的精神状态也随之沦陷。父亲没日没夜地在家和医院之间穿梭，再三保证他依然爱她，却终究无法唤回她曾经有过的自信。母亲当惯了女强人，身体的缺陷令她情绪一落千丈，李莽认为，她就是被这种不良情绪夺走了生命。

张恬荔还说，戴克然说过，他们没有夫妻生活，周青瓷自从做了手术之后，似乎就断绝了这个念头了。周青瓷的老妈是个很固执的农村妇女，说女人一旦做了这种妇科手术，此生就不能再跟男人做那事，否则癌细胞很快就会卷土重来，要了她女儿的命。说得戴克然也怕了，他虽然是个再正常不过的男人，但是谁敢背上个谋杀亲妻的罪名？这样一想，李莽似乎更加理解戴克然了，便又吹了一瓶啤酒。大家都想过正常的日子，只不过对于正常日子的内涵，每个人有不同的定义罢了。

李莽看了看疏疏落落堆在脚下的啤酒瓶，这些啤酒瓶让自己跟未曾谋面的戴克然成了知交。千里迢迢从上海来到此地工作，几瓶啤酒就让自己收获了一位知交，这酒喝得值当。

喝过酒，李莽又去了一趟客厅，去看看周青瓷。周青瓷依然躺得纹丝未动，李莽却分明觉得她应该清醒着，在用一双大家都看不见的眼睛，冷眼旁观别墅之夜发生的一切。李莽带着微醺的醉意回房间，经过张恬荔房门口时，她正开着房门，怯怯地在等他，脚边伏着蜷成一团熟睡的栗子猫，她显然已经等了许久。

打板的姑娘，怎么还不休息？李莽不知道自己为何能够保持平静。

你，还生我的气吗？之前，我跟戴克然就已经在谈分手了。

李莽拍拍张恬荔的脸说：我喝醉了，需要休息。

李莽躺下的时候已经是凌晨三点，头一沾上枕头就睡着了。他以为要失眠的夜晚，居然没有来，就像那场爽约的雨。

四

早上七点，李莽准时起来，守时守约是他一贯的作风。起床后，他做的第一件事情，就是跑到阳台上，取回他的摄像机。摄像机居然还亮着微光，这双代替他观察世界的眼睛，比人的眼睛来得更忠实。李莽将摄像机回放，回放到凌晨二点多，那辆黑车终于开走了。李莽估算了一下，这个时间，刚好是他跟张恬荔上阳台谈话的时间。他继续回放，屏幕里始终是黑魆魆一片，一直到回放完毕，也不见黑车里有人出来过。

盯了一夜，居然是这个结果，李莽有些失望，把黑虎、兵勇喊起来干活。张恬荔也起来了，看脸色似乎睡得还不错，只是眼部的妆化得比平常浓一些。趁着黑虎和兵勇去取早餐的空当，李莽问张恬荔：昨晚睡得还好吧？酒醒后的李莽还是那般平静，弄得张恬荔都以为凌晨发生的事情只是一场梦罢了。黑虎又开起了李莽和张恬荔的玩笑，说：李总一定是趁我们两个睡着了，夜里偷偷跑到张恬荔的房间里了。李莽低着头吃早餐，没有反驳。张恬荔脸上的表情轻松起来，微笑着嘟起了嘴巴，白皙的两颊又挂上了一副无辜又调皮的可爱模样。大家都在抓紧时间吃早餐，张恬荔又在拿牛奶喂她的栗子猫，还把自己的一条粉色发带戴在栗子猫头上，把栗子猫打扮得像个小姑娘。黑虎故意虎着脸说：你怎么拿小猫当女儿养呢？张恬荔闻言大发脾气，对黑虎吼道：我养不起女儿，难道还养不起一只小猫吗？我就拿小猫当女儿养了，关你什么事？弄得大家面面相觑。

八点，周青瓷的“葬礼”就要开始了，但是关键人物——周青瓷的老公戴克然依然没有出现。李莽搓着手，不知该不该去叫醒“灵床”上的周青瓷问一问。他不会来了，我们开始拍微电影就是。张恬荔肯定地说。你怎么这么肯定，是他托梦给你了吗？黑虎问。张恬荔说，事情就是这样发展的嘛，谁都看得出来，戴克然不会来了。这时，李莽的手机响起了收到邮件提示音，周青瓷通过邮箱的定时发送功能，给他发送了一封邮件，说戴克然有要事耽搁了，赶不上她的“葬礼”了。但“葬礼”还是要继续，那就请张恬荔当一回她的妹妹，替她老公念一下讣告吧，作为感谢，等仪式结束，她会另外给她封一个大红包的。

张恬荔嘟着嘴，说自己不敢念。李莽说：既来之则安之，你连灵床都敢为她布置，念个讣告算什么。张恬荔说：这一家人都怪怪的，我鸡皮疙瘩都起来了，我不想干了，我马上回上海。李莽三求四请，说要是她不念，这个微电影就拍不下去了，微电影拍不了，就拿不到酬金，拿不到酬金，她就拿不到工资，相当于前段时间都白干了。

之前我们说过去巴厘岛旅行呢，还去不去？张恬荔居然还记得这件事。黑虎和兵勇心照不宣地挤了下眼睛。李莽笑了，丢给张恬荔一句模棱两可的话：打板的姑娘，我争取到巴厘岛去拍微电影，你争取到巴厘岛去打板。

张恬荔想了想，终于同意为周青瓷念讣告了。李莽打开手机，把事先准备好的哀乐——《青花瓷》放起来，这是周青瓷的意思。昨晚点的白蜡烛早已燃尽，烛台上留下两摊泪花般的烛油。李莽在烛台上燃起几支檀香，冉冉香烟升起在客厅里，呛鼻的烛火味令整个客厅飘起淡淡的哀愁，弄得在场的人都有点入戏的前奏。张恬荔拿起宣纸，磕磕巴巴地念起了讣告，念完了，不知是真情还是假意，顺手抹了一下眼角的泪。这一幕，刚好被李莽的摄像机拍了下来。李莽心想，张恬荔真不愧是电影学院表演系念了四年书的学生，的确是有点表演天分，说风就是雨，这眼泪说来就能来，看来以后要红啊。

张恬荔念完讣告，黑虎、兵勇和张恬荔分别对着周青瓷的“遗体”三鞠躬，并排队为她献上白菊花。这个桥段是剧本上原先没有的，可能这仨人入戏太深，把自己也当成客串演员了。咿咿呀呀，阿筑又来了，张恬荔狠狠瞪了他一眼，警惕地看着他。阿筑却完全没有理会张恬荔，顾自站在“灵床”旁边，不住地抹眼泪，嘴里哼着谁也听不懂的话语。总之，这场葬礼拍得太完美了，完全出乎李莽的意料。

仪式结束后，直挺挺从昨晚躺到现在的周青瓷苏醒了，伸手把被面上的白菊花一朵一朵拿开，放到枕头边，然后慢悠悠地从“灵床”上坐起来，说：太感谢你们了，幸亏碰到你们这样一支既敬业又富有人情味的团队，要不然，这场戏怎么演完都不知道。她说这些话的时候，眼神里还是空空的，好像有些该回来的东西还没回到她的身体里。

接下来我们是要到儿童福利院拍了吗？李莽的问话让周青瓷回过神来，说：大家辛苦了，你们先坐一会儿，我把客厅整理一下，要不然等下我的宝贝领回家，她看到这些东西会害怕的。

不知是睡饱了，还是这一场葬礼真如周青瓷自己所言，让她心里陡然放下了很多东西，“死”过一回的周青瓷看起来反而有了一丝活力。她换下了青花瓷旗袍，仍旧穿着那套青花瓷运动服，连脖子上的青瓷挂件也取掉了。

她开始整理仪式上用过的东西，李莽四人自然不能眼睁睁看着，便一起帮忙，搬的搬，拆的拆。阿筑扯着周青瓷的手，咿咿呀呀地说着什么。周青瓷哄孩子一般哄着说：噢、噢、噢，知道了知道了，姐都知道了。李莽不知道周青瓷真的听懂了没，反正他是半句也没听懂。也许他们姐弟情深，在三四十年的共同生活中，已经建立起了外人无法企及的默契？阿筑像得了莫大的安慰，拿起一朵白菊花，将花瓣一丝一丝扯下来，跳着、扔着，把客厅撒了一地花瓣。

整理完毕之后，周青瓷拿出一个红包，和那瓶被张恬荔放回去的兰蔻香水送给张恬荔，再三感谢她替自己解了围。张恬荔连连摆手：这香水我已经有了，你留着自己用吧！周青瓷微微一笑说，既然香水已经有了，那红包一定要收下，这是事先就说好的酬劳。张恬荔把厚厚的红包接了过去，甜甜地笑着，谢谢姐。

周青瓷把整理出来的垃圾打成一个包，往门口的垃圾箱提去。黑虎和兵勇嚷着要张恬荔打开红包看看，里面到底包的是多少钱，看这么厚的一个红包，应该不少于100张“毛爷爷”吧！张恬荔分别敲了一下黑虎和兵勇的手，说：看什么看，这是给我的，在这个世界上，当女人就是好，享有很多你们男人没有的特权，你们就是替李总扛三个月设备，也赚不了这么个红包。

李莽帮着把另一堆更大的垃圾提出去，和周青瓷并肩走着。周青瓷问：你怎么不问问，戴克然为什么不来参加我的“葬礼”呢？李莽说，有些问题，如果顾客不说，作为导演就不应该问，导演的天职就是把微电影拍好。

夜里，你到阳台上去了吗？周青瓷停下了脚步问。

……我喝了你放在阳台上的几罐啤酒，你可以从酬金中扣除。

那些啤酒是戴克然以前放在那里的。前不久，戴克然又打碎了一只青花瓷盘，跑到阳台上喝酒。我在阳台上哭了一夜，一边哭一边用指甲锉磨一块青瓷碎片。戴克然起先以为我要把瓷片磨尖利了拿来自杀，其实我是把瓷片磨平整了，做了个挂件。从那以后，戴克然再也没有到阳台上喝过酒。

原来这是戴克然喝剩下的酒，怪不得喝酒的时候，总觉得有个模模糊糊的影像在身边徘徊。李莽无法想象那吱吱的打磨声响了一夜，戴克然会是什么样的感受。李莽觉得周青瓷真的是戳到了戴克然的痛处，她用一块碎瓷片就轻易地击破了戴克然的铠甲，她是个聪明的女人。但是张恬荔呢，这个一脸清纯、浑身名牌、满心欢喜的女人，戴克然将如何处置她？

李导，那台望远镜好用吗？

从窥视者变成被窥视者，李莽浑身不自在，讪讪地干笑了一下，说他只是无聊，拿起来随便看看罢了。

但是，多了解一下微电影的主角以及主角身边的人，不是更有利于把微电影拍好吗？李导，其实之前我把你的作品反反复复看了好几遍，觉得你是能够把握好人物内心世界的导演，所以才特地请了你来拍我这部微电影的。

李莽默不作声，将垃圾扔进垃圾箱。拍了这么多部微电影，周青瓷算是他碰上的思维最缜密的编剧了，她没有给任何人难堪，脱离了既定的剧本，自编、自导、自演了一部完美的微电影。

丢完垃圾回来的路上，周青瓷说：其实我做完那个手术，就应该主动跟戴克然离婚的，他还年轻，有年轻人的需要。但是一旦离婚了，我没有工作、没有住处，就收养不到孩子。我跟戴克然说过，收养到孩子之后就离婚，孩子归我带，戴克然没有同意，他说他也喜欢孩子，孩子是他的命。但是就在我打磨那块青瓷挂件之后，戴克然突然提出说不准备领养孩子了，这辈子就跟我过。一个人连自己的命都不要了，那是什么？那就是心死了，我想我是个坏女人，杀死了一个男人的心。

你很喜欢孩子吗？李莽问。

戴克然非常喜欢。他说过，没有孩子，家里冷冷清清的没有半点活力，他甚至希望家里跑出来几只老鼠……他喜欢，弄得我也喜欢了。

其实，你们领养一个孩子也好的，这样一个家庭就圆满了。

如果，这个孩子本来就是戴克然的呢？周青瓷站定了脚，神色凝重，眼神一下子变得很深邃，又重复了一遍：如果这个孩子本来就是戴克然的呢？

李莽愣住了，半天回答不上来。周青瓷手术之后也有两年多时间了，这段时间足够改变很多事情，包括戴克然去包养年轻的女人，甚至包括，跟那个女人生个孩子。您当初，为什么不冷冻卵子呢？李莽突然冒出了这句话，据他所知，一些身患恶性肿瘤需要手术或放疗、化疗的年轻女性，为了拥有跟自己有血缘关系的孩子，在肿瘤治疗前，会取出卵子进行冷冻，之后再通过某些途径，实现自己做母亲的愿望。

周青瓷摇摇头说：当时，那个念头的确一闪而过。但是，用这种方法出生的孩子，该喊谁妈妈呢？

如果现在把这个孩子领回家，那么一切真的都顺理成章地圆满了。但是戴克然为什么突然又放弃了呢，难道他真的不再准备领回自己的亲生骨肉了？李莽还来不及把这件事情问得更清楚些，他们已经走到了家门口，阿筑手里抓着一把周青瓷准备送给福利院儿童的磨牙棒，放在嘴里“嚓嚓”咬着，发出令人窒息的声响，就像周青瓷描述的磨碎瓷片的声音一模一样。周青瓷笑着说：阿筑，你真是个孩子，真幸福。周青瓷就挂着这样的笑容，去阳台上收晾晒好的婴儿衣物，她抬头从衣架上取下一件衣服，弯下腰仔细折叠好放进行李箱，又取下另一件折叠起来，动作轻快有序。

李莽一直看着周青瓷收拾婴儿衣物，觉得这时候的周青瓷跟昨晚的周青瓷已然不是同一个人了。眼前的周青瓷，被一股母性的光辉充满着，这光辉令她看起来是如此的满足、快乐。这次拍微电影，虽说前半段拍的是葬礼，但李莽心里始终被一股暖暖的情感笼罩着，有一种非常奇怪的宁静感，即使突然知道了张恬荔的秘密，即使碰到了傻子阿筑，即使跟那个一直没有露面的戴克然喝了一场酒，都令他心里如溪水缓缓流过，又清亮又宁静，比拍婚礼的微电影来得更加有喜感。

五

周青瓷收拾好了一大包衣物，李莽帮她把行李放进汽车后备厢。后备厢里，已经事先放着两只大包，都是婴童用品。周青瓷临出门时，对拉着她的手咿咿呀呀的阿筑说：乖，在家别乱跑，我已经叫爸妈来接你回去了。阿筑咿咿呀呀叫得更响了。

天空还是昨天那般烟青色，远山笼在烟雾里，疏疏勾勒着几笔峰顶，像一副淡淡的水墨画。云层低了，看样子要下雨了，周青瓷一边开车一边说：我们得抓紧时间，要不然下雨天带孩子出来容易感冒。张恬荔坐在副驾驶座上，说：周姐，您虽然没有带过孩子，却好像什么都懂。周青瓷说：我之前也不懂的，为了领养这个孩子，看了很多育儿方面的书，学着学着就懂了。其实凡事都一样，走着走着，再难走的坎都跨过去了。

周青瓷告诉张恬荔，近四个月来，她每天都去福利院看孩子，看自己要领养的那个孩子，也看望福利院的其他孩子。这些孩子都是可怜人，要么有先天性疾病，一出生就被父母遗弃了；要么是父母因为某些不可告人的原因，不得已把他们遗弃的。周青瓷说：不知道他们的父母心里痛不痛，反正我的心里是痛了。看着这些孩子，我就觉得自己的父母很伟大，即使当年家里这么穷，阿筑又病成那样，还是一直不离不弃。张恬荔一直低头不语，手抚着栗子猫的头，像抚着婴儿的脸。

周青瓷要领养的这个孩子还算幸运的，虽然一出生就被亲生父母遗弃在儿童福利院门口，但是身体健康，长得又很漂亮，简直人见人爱。由于周青瓷不能生孩子，因此戴克然跟在福利院工作的熟人打过招呼，要是有身体健康的孩子被送到福利院来，要第一时间通知他们。四个月前，这个孩子深夜出现在福利院门口，第二天一大早，周青瓷他们就接到了通知。戴克然马上催我去看孩子，他想孩子都想疯了。周青瓷说：说来也怪，这孩子似乎跟戴克然特别亲，他一抱着孩子，孩子马上不哭了。看得戴克然那个心疼啊，直说孩子跟他有缘，要马上抱回家。但福利院有福利院的规定，一个孩子不能轻易给抱走，还要办很多手续，我们办了四个月，这次终于办好了。

张恬荔的目光一直望着窗外，听完了周青瓷的话，说：周姐，您跟您老公这么恩爱，现在再抱养个孩子，事情就圆满了。周青瓷点点头说：嗯，我也觉得很圆满，我肯定会像对待自己的亲生女儿一样对待她的，请你放心。请问，你喜欢孩子吗？

张恬荔轻声说，她没有接触过孩子，现在还谈不上喜欢还是不喜欢。依她目前的能力，她只够去喜欢那些小猫小狗的，这次拿了工资，她就要给城西的那家动物救助站捐二十包狗粮。

周青瓷笑了，这样挺好呀，有时候，动物跟人一样需要照顾，照顾弱小的动物，也就是照顾弱小的生命了。

李莽说：周姐，我看得出您是个善良的人，孩子跟着您不会吃苦。

黑虎和兵勇帮周青瓷把大包小包的礼物从后备厢取出时，儿童福利院的彭院长早已笑意盈盈地迎出门来，看得出来，周青瓷是这里很受欢迎的常客。彭院长一边陪同他们往里走，一边告诉李莽他们，周青瓷是个多么富有爱心的人，自从见到这个弃婴的第一眼起，她几乎天天跟老公一起来看孩子，为孩子买这买那，做这做那，简直就跟亲生父母没有区别，惹得别的孩子都很羡慕。周青瓷纠正彭院长说：她不是弃婴，请不要把我的孩子称为弃婴。彭院长爽朗地笑起来，是呀是呀，这个孩子有人疼着呢！

其实我们福利院还有个挺机灵的男孩子，长得也帅气，我们本来建议戴老板一家领养这个男孩子的，他们家里条件好，有个男孩子更体面，但他们就笃定心思要这个女孩子了……咦，青瓷，你老公怎么没来？彭院长正说着话，突然发现人群中没有戴克然的身影，领养孩子一定要夫妻双方都到场签字才可以的，我昨天不是再三跟你强调过的吗？

周青瓷说：我老公有急事出差在外，今天来不了，不过没事，我这几位朋友都已经来了，就把我跟孩子的微电影先拍好，孩子我改天再过来领吧。彭院长说，这样也好，便把他们带到一张小床前，逗着躺在床上的孩子说，妈妈来了，叫妈妈！周青瓷把孩子抱在怀里，从保育员手里接过奶瓶，娴熟地给孩子喂起奶来。

场记，张恬荔！李莽见张恬荔远远地站在人群后面，连忙招呼她打板，这么温馨有爱的镜头可不能错过。也许是昨晚睡得太迟，张恬荔一副无精打采的样子，虽然戴上了假睫毛，眼神看起来还是躲躲闪闪。“嗒”，连打板都打得有气无力。周青瓷喂过孩子，把孩子递到张恬荔怀里说：你帮我抱一下，我给孩子取块尿不湿。张恬荔明明是接住了孩子的，却又接了个虚怀，手一松，孩子差点掉到地上。一旁的保育员眼疾手快接了过来，年轻人没当过妈，连孩子都不晓得怎样抱，保育员一脸不愉快。“张阿姨，人家女孩子不懂得怎样抱孩子也是正常的，别怪她啦，”周青瓷说，“我带孩子换件衣服。”

换上新衣服的孩子看上去更加清爽可爱，周青瓷让张恬荔过来一起看孩子，带着母亲的骄傲，用充满慈爱的口吻告诉张恬荔，这孩子的眼睛多么大多么明亮，鼻梁多么高，皮肤又那么白，虽然嘴巴稍嫌阔了一点，但是跟大眼睛、高鼻梁搭配起来恰到好处。总之，她是多么娴静、多么惹人爱怜的孩子啊！

李莽凑过来看了一眼，总觉得这孩子有点面熟，却又想不起在哪里见过。黑虎和兵勇也凑过来看，黑虎突然说：打板的姑娘，这孩子长得跟你蛮像的呢，大眼睛、高鼻梁、白皮肤，虽然嘴巴不像你，嘴巴可能像她爸吧！张恬荔把手中的板“哗”一声扔到地上，揪住黑虎说：你个乌鸦嘴说什么呢，这孩子怎么会像我，怎么可能像我？黑虎连连求饶说：我是说这孩子漂亮，你也漂亮，我是夸你漂亮呢，你理解到哪儿去啦？

周青瓷解围说，孩子小时候长得都差不多的，都是雪白粉嫩的，哪有特别像谁的，只有长大了才真正看得出来像谁，你们别吵了，都把孩子们吓到了。张恬荔放开了手，像受了莫大的委屈，眼眶里含着泪，跑出去了。

李莽没有去追张恬荔，只是认真地举着摄像机。在镜头下，编剧、导演、演员、剧组人员，出现的、没出现的，大家都成了电影里的人。原来，这才是真正的微电影。

周青瓷对彭院长说，她要去追张恬荔，她是她请过来帮忙拍摄微电影的剧组人员，在这里人生地不熟的，一个人跑出去很危险。说完，她抱着孩子，转身就往门口跑去，眼看就要跑出大门了。孩子先留下啊，你们夫妻两个没到齐，字还没签呢。彭院长赶紧在后面喊道。周青瓷仿佛根本没有听到彭院长的喊话，抱着孩子越跑越远，李莽的镜头一直拉长、拉长，直到周青瓷完全消失在摄像机的镜头里。

那场等了好久的雨终于来了，滴滴答答，滴滴答答，一点一滴打在李莽的镜头上。而后，小雨滴变成了大雨珠，慢慢慢慢地从镜头上滑落下来。再然后，雨珠变成了一条条雨线，划过李莽的眼窝，爬满了他的脸。

日光之下

一

阳光晴艳的午后，临河的一幢三层旧楼房里，二楼主卧，木子萌端端正正地坐在床头，怀里抱着一只枕头，身旁躺着李厚燊。李厚燊似乎并没有睡意，却懒洋洋地躺着，带着一股心满意足的神情，伸出一只手抚摸着木子萌裸露的后背说：我真是个挺有福气的人。一般男人在这种时候，大概都会用“艳福不浅”来形容自己，但李厚燊却颇为文气地用了“福气”一词，可见他是没有把木子萌当成一般意义上的情人的。

木子萌却有些心神不定地说：有人，起先外面有人，我听到“咚”的一声响了。说完，她心有余悸地望向窗外。

这幢旧楼房是李厚燊的，他在海鲜生意做得最好的那一年买下的，一晃便二十多年过去了。窗外，是一楼附楼的房顶平台，也就是个平坦的空地，从二楼的花窗里爬出去，就能来到附楼的平台，那里摆着一只老式的 A 字型竹制大衣架，李厚燊在上面晒衣服、被子什么的。这只竹衣架是他母亲在世的时候给买的，也一晃用了十多年。李厚燊说，有时候浑然不觉时间竟过得那么快。李厚燊脸圆肤色黑，但不显老，只有微凸的肚腩让人窥见他的年龄。木子萌见过李厚燊抱着一床棉被、腆着肚腩爬花窗的笨拙模样，觉得挺滑稽。这房子当初设计不好，李厚燊憨笑着说。

李厚燊听木子萌这么说，也半坐起身子看向窗外，见那个大衣架还稳稳地立着，便道：哪有什么声音，那只衣架子不是立得好好的吗？

你看，一件衣服掉下来了，肯定是被谁碰掉下来的。木子萌还是惴惴不安。

李厚燊呵呵地笑起来：一件衣服嘛，肯定是被风吹掉下来的，难不成衣服是石头，掉地上会发出声音？你呀，真是做贼心虚。

显然，这一句"做贼心虚"激惹了木子萌脆弱的内心，一副"我是寡妇才受你们欺负"的表情迅速笼罩在她脸上。木子萌神色悲凄，捂着脸抽泣起来，嘴里喃喃自语。李厚燊想把她的手拉开，看看是不是真的哭了，却摸到了沿着指缝渗下来的丝丝泪水。

看到木子萌真的哭了，李厚燊于心不忍，左哄右劝，说尽无数好话，大骂自己口无遮拦、口德不好、一时糊涂，才脱口而出这句不是人话的话，活该掌嘴。

木子萌推开李厚燊，窸窸窣窣穿上大衣，对着镜子拢拢头发，连妆也没有补，说自己上课去了，下午三点有一节课，是这个学期的第一节课。

跨过屋檐下的台阶，便是大庭院。李厚燊的房子虽旧，院子却打理得很别致，种了各色花花草草。虽然还是春寒料峭，但每一株花草都茎叶茁壮、生机勃勃，再加上李厚燊根据它们的色彩、造型，精心设计了摆放位置，让众多花草显得高低错落、明暗协调。这一切，完全不像出自一个独身男人之手。简陋的旧房子配这样一座花园，似一个莽汉拖着一条彩色莲蓬裙，虽不协调，却也有引人深究的意味。木子萌第一次来这里，便被这个院子深深吸引住了。她对李厚燊的好感，或许就源于这个花园？

李厚燊的家里，缺少的只是一个女主人。关于李厚燊的过往，木子萌从他第一次做饭给她吃的时候就问过。

李厚燊之前有过一个同居的女人，按地方风俗举行过仪式，还没有领结婚证。虽然这种仪式没有法律效力，但在这个地方很多人都是这样做的，在左邻右舍的眼里，这个女人就是他李厚燊的老婆了。

不知是哪一天，左邻右舍们突然发现好久没有看到李厚燊的老婆在这所房子里出入了。李炎炎呢？刚开始一段时间，他们碰到李厚燊便会这样问。李厚燊回答，到外面做生意去了。

李厚燊的老婆其实并不叫李炎炎，她的名字是有来头的。有一回，一位新住过来的邻居老伯来收水费（他们这里都是大家轮流收水费的），刚好李厚燊不在家。邻居老伯对着本子看了半天，认不得李厚燊这个“燊”字，便问李厚燊的老婆：你老公叫什么名字？她回答说，叫他李炎炎好了。后来，这位老伯知道了李厚燊的真名，起先有点恼怒，感觉自己受了蒙骗，再一想，觉得李厚燊虽然木讷，他老婆倒是个挺风趣的人，便干脆叫她“李炎炎”。再后来，大家也觉得挺有趣，也叫她“李炎炎”，她的本名反而没人记得了。

那李炎炎到底是个什么样的女人？不管木子萌如何追问，李厚燊都闭口不谈，只说：不是个好女人，都过去了，没什么好问的。

渐渐地，木子萌便不再追问有关李炎炎的情况了。就像渐渐地，再没有邻居追问李厚燊：你老婆干什么去了？怎么好久没有看到你老婆了？大家在窃窃私语中，得出一个相对一致的结论，那就是李炎炎在外面做了很大的生意，赚了很多钱，看不上老实巴交的李厚燊了，不会再回来了。

这段同居生活没有给李厚燊带来孩子。当木子萌听到这里时，嘟囔了一句：这跟我有什么关系？你说没关系就没关系，但有关我的情况总得跟你交代清楚，免得日后说我骗了你。李厚燊嬉笑着说。

出了门，外面的阳光有些晃眼。这一带原先是城市的繁华地段，河对岸是当时全市唯一一个大型菜市场，从早到晚，人群络绎不绝。河里有满载货物的机动船“突突突”驶过，也有摇橹小船在水面划出一道道水波。那时候，木子萌还是个扎两支羊角辫的小女孩，跟母亲上菜市场买菜，也好奇又艳羡地张望过河对岸的房子。只是，她无论如何没想到，有朝一日，她会跟河对岸房子里的人产生交集。

随着城市新重心的崛起，这里逐渐凋敝下去了。菜市场早已搬迁到新城区，原先菜市场的地块上建起了高楼大厦。还是有一些“山面上人”挑了农家自种的作物、手工器具过来，他们不习惯将这么一点东西挑到菜市场卖，何况也交不起那个场租，便沿着李厚燊门前的河边摆了一溜儿，像个小集市。住在这一带的人临时缺个葱、姜、蒜什么的，可以出门买一点，但买其他菜蔬还得去菜市场。到了傍晚，小摊小贩像商量好了似的齐齐收了摊，整条街在刹那间就沉寂下来，像一位垂垂老去的妇人那样了无生气。河水变浊了，偶尔还有小船驶过，木子萌看着层层叠叠的水波徐徐而来，心头有说不出的喜欢。

这里的人为了不伤山区人的自尊心，喜欢把住在附近山上的人称为“山面上人”，而不叫“山头人”。李厚燊说：我曾经问一个“山面上人”：“面”不是长在“头”上吗，“山面上人”跟“山头人”有什么区别？对方回答：“面”还是靠下一点的，“头”更高，我住的山没有那么高。李厚燊对木子萌说：其实我才是真正的“山头人”，我是从很高的山上下来的，只不过我比他们早几年下来罢了。

一些人在李厚燊的房子周围活动，邻居，或者路人。木子萌知道，这其中或许会有一些认识她、但她却不认识的人，比如学生家长，他们或许还会在彼此的耳畔咀嚼一些什么话。但那又有什么关系呢？只要她不在乎，那是既不犯法也不悖德的事。

木子萌原先是一所初中八年级（4）班的语文老师兼班主任，这个学期，她担任的是美术老师一职，要教八年级（4）班、（5）班、（6）班三个班级的美术，教学任务还算轻松，但她对（4）班的学生是倾注了情感的，过去是，现在也是。

记得她刚接手（4）班时，不到一个月时间，甚至能够分辨出班上大部分学生的脚步声。木子萌以为自己会像往常一样，一直把这个班级带到毕业，考上本市一流或二流的高中，奔向新的前程，而她也继续保留“优秀班主任”的称号。没想到，第二学年才刚开始不到一周时间，木子萌的老公周文纬便因急性心梗去世了。去世前几天，他不知道怎么的特别爱睡觉，经常误了上班时间，有时一觉睡到傍晚。有一次，木子萌班上的学生侯家明忘了拿作业本，木子萌将作业本带回家，让他来自己家里取。侯家明过来拿作业本时，木子萌才想起作业本放在卧室里，便推门去取，侯家明伸头一瞧，看到床上有个人正蒙头大睡。临走时，侯家明悄悄问木子萌：木老师，您爱人生病了？

木子萌又好气又好笑，觉得侯家明真是个天真的孩子，说话都不懂得掩饰。在孩子眼里，一个人老躺床上睡觉就是生病了，但他不知道，大人们其实是非常忌讳别人动不动就说他“有病”。

奇怪的是，第二天，周文纬便睡过去了，木子萌哭喊着想把周文纬拍醒却无济于事。那一刻，她感觉天塌地陷，天地间仿佛有一个巨大的旋涡，要把她吸进一个黑暗的无底洞里去。木子萌的公婆长居北京，女儿也在北京念初中，课业非常紧，只请了三天假，安葬了父亲的第二天便坐飞机回了学校。公婆也是悲痛欲绝，怕触景生情，一天也不想在木子萌家多待，再加上还有孙女要照顾，这可是他们周家唯一的血脉了，因此他们把周文纬的遗物整理了一下之后，也回了北京。木子萌一下子变得孤独无依，整个世界似一件被风吹起的薄衬衣那般空荡荡的，这时候，她才深深明白了“遗孀”的含义。没有跟学生们道声别，木子萌直接向学校告假到放寒假，用这些时间来收拾心里的一堆烂摊子。

那段日子，木子萌沉浸在极度的痛苦、自责之中，直到遇见李厚燊。初冬，第一个寒潮来临的时候，木子萌下定决心去菜场买菜，其实她家已经很久没有开伙了，都是在各式快餐厅、面馆凑合着吃的。周文纬一走，似乎把家里的烟火气都带到了一个遥远的地方。但那天，她看着镜子里那张蜡黄失神的脸，着实吓了一跳，决定做顿好吃的来疗伤。东街五星菜场刚刚装修过，她双眼茫然，完全不知道肉在哪里、鱼又在哪里，在嘈杂的人声中穿梭了几个回合之后，才买到两个白萝卜、几只基围虾。虾在尼龙袋子里活蹦乱跳，发出“哗哗”的声音，木子萌已经心烦意乱，突然看到前面一个男人的手里提着一只白色大尼龙袋，一堆红艳艳的肉骨头清晰地从袋子里映出来。木子萌便拉住了那个男人问：肉骨头在哪买的？对方回过头来，笑笑说：这是羊蝎子，我刚从一个朋友家拿到的，是最好的货，只供应给几个老主顾，你要的话分一点给你？

于是，木子萌从对方手里分到了几块羊蝎子，他坚决不收钱。作为回报，她把一个白萝卜给了对方。当天晚上，她、他，分别在家里煲羊蝎子白萝卜汤喝。当然，这是后来他们回忆当初的情景，才挖掘出来的一个桥段。

这个男人就是李厚桑。李厚桑后来问她：陌生男人给的肉骨头，你也敢拿来煲汤喝？

毒死了才好呢！做人都做厌了。木子萌嘴上这么说，可事实上，当时她因为逛菜场逛得毫无头绪，见李厚桑手里的肉骨头卖相这么好，便分了几块来。回到家，她如梦初醒，打开袋子一瞧，只见一堆肉骨头正从断面处往外渗着血水，一红一白，晃得木子萌头晕目眩。她越看越觉得可疑，颤抖抖地拎着袋子来到街对面的羊肉面馆，问掌勺大厨：我买的这几块羊蝎子可好？言毕，她心虚地望着厨师的脸。幸好厨师只瞟了一眼便说，这个羊蝎子很好，煮出来的汤会很清味，女人这个季节吃最好啦。

木子萌这才把羊蝎子拿回家，用清水冲洗，再过一遍开水，然后煲了一锅羊蝎子白萝卜汤。

喝了羊蝎子汤的那一夜，木子萌睡得特别深沉，第二天醒来时，不知道是羊蝎子的滋补作用，还是睡眠质量好的缘故，她的脸色看起来明亮多了，身上也舒坦起来。大概就因为这个原因，木子萌喜欢上了喝羊蝎子汤。既然喜欢喝汤，就还得买羊蝎子，还得去东街五星菜场。果不其然，木子萌又在菜场碰到了李厚桑。他手里照例拎着一大袋斩好的羊蝎子，正在跟一个摊贩谈价钱：今天的羊蝎子特别壮，价格也比昨天每斤高一元。

留五斤给我。木子萌说。

李厚桑留了五斤羊蝎子给木子萌，其余的都被那个摊贩收购了。他们并肩往菜场外走去。木子萌问：你是做羊蝎子生意的吗？

是我朋友在做羊蝎子批发生意，我加了个小股份，有几个经常联系的大客户，给送一下货。你以后也不用来菜场买了，我直接给你送过去。

木子萌“呵呵”一笑，找了个借口推辞了。她依旧天天在固定的时间上菜场买羊蝎子，跟李厚燊寒暄几句，再回家做饭炖汤。李厚燊总是把最好、最新鲜的羊蝎子留给木子萌，用两层尼龙袋子装好，里面一层用白色袋子，卫生；外面套个红色袋子，说是图个喜气。木子萌心想：李厚燊该不会是知道些什么了？菜场里人多嘴杂，如果有心打听个人，还是很容易的。

一段时间后，木子萌的老母亲不慎摔伤住院，木子萌要去医院照顾，没时间再来菜场买菜了。李厚燊再次提出，可以为她送货上门，其他还需要什么菜，他一并给她送过去，反正也顺道，保证不抽回扣。

在半推半就中，木子萌答应下来。每天，李厚燊到楼下时，就会按三下门铃，木子萌只需下楼取菜、在微信上转账就可。对于独居的木子萌来说，等门铃响竟也成了一件挺有盼头的事。

木子萌的母亲也喜欢上了吃羊蝎子，但老人家口味重，吃了几次后，见木子萌天天只会清炖煲汤，像个孩子似的撒起娇来，让木子萌给换个花样。都说伺候老人如同哄小孩，木子萌没办法，便试探着问李厚燊：除了清炖，羊蝎子还能怎么烧？

李厚燊说，这就问对人了。他给木子萌发了很多视频，一步一步教她烧羊蝎子，秘制羊蝎子、浓汤羊蝎子、香辣羊蝎子火锅……视频都是李厚燊自己一边烧菜，一边拍摄的，讲解极详细。木子萌如法炮制，果真样样味道纯正，她母亲吃得直点头。

有一天一大早，母亲打来电话，让木子萌赶去医院陪她去做CT，等李厚燊送羊蝎子过来时，木子萌已经出门了。木子萌让李厚燊先回去，等她回家了就联系他。没想到，当木子萌回到家，李厚燊还在她家楼下徘徊，说羊蝎子不新鲜了就不好吃，得尽早送到木子萌手里。木子萌心里有些感动，也不好意思打发李厚燊就这样回去，便邀请他上楼坐坐。李厚燊见木子萌一副疲累的模样，提出由他下厨。饭菜都烧熟的时候，李厚燊说饭点到了要回去，木子萌愈加过意不去，挽留他一起吃个便饭，客来添双筷嘛。

那天，李厚燊正坐在原来周文纬坐过的位子上，半个屁股落在椅沿上，只低头往嘴里拨饭，不夹菜，一碗饭很快就见了底，早早停了筷子。等木子萌吃完，李厚燊马上挽起袖子，动作利落地收拾碗筷。木子萌阻拦不住，拿了条围裙给他。白底碎花围裙衬得李厚燊的脸更圆、肤色更黑，令木子萌联想到了动物园的大熊猫。

木子萌的母亲早出院了，木子萌和李厚燊的交往模式却保留了下来。木子萌完全不用自己动手做饭了，每天，李厚燊给菜场送完货，便带着余下的羊蝎子和买好的菜来到木子萌家，烧好了，和木子萌一起吃。然后，他洗完锅碗盆勺回家。木子萌见李厚燊为人厚道，而且这么一段时间交往下来也算知根知底了，为了方便他送货，便给了他一把大门的钥匙，这样万一她不在家，李厚燊也进得来。

木子萌毫无征兆地做起了十指不沾阳春水的女人。这样子像什么呢？每次李厚燊走后，木子萌都要怔怔地想很久，却没能下个定义。

木子萌自然还是念想着周文纬的，他们毕竟有十几年的夫妻情谊，还有一个共同的女儿。但是李厚燊把买菜做饭、洗碗拖地这些原来都是她操持的家务活给包揽了，让她对李厚燊产生了一种依赖感。一个合心意的保姆在家里做久了，主雇都会对她产生依赖感，何况是一个男人呢？眼看就要奔四了，还能过上衣来伸手、饭来张口的日子，那是木子萌过去想也不敢想的事。我跟李厚燊，也就是一起吃个饭这点事，这跟去饭馆吃男厨师做的饭是一样的性质。木子萌这样安慰自己。

一个寒假就这样过去了。可能是因为吃了太多羊蝎子，木子萌明显圆润起来，这令她看起来有了一些生机，原先紧锁在眉宇间的抑郁之气消退了。开学前几天，学校召开教职工会议，当木子萌回学校报到时，校长原本还打算让她当原来班级的班主任兼教语文，毕竟她当时算是学校里教语文的一把好手。但是备课、讲课、考试、拼排名，木子萌已经完全不能适应这种高强度的竞争节奏了。失去了老公的木子萌似大病初愈，到处都小心翼翼。幸好，木子萌的哥哥是美术学院的教授，她这么些年耳濡目染，也算得了哥哥的一些真传，还能写写画画，学校便安排她去教美术。

二

开学的第一堂美术课，学生们看到进来的是木老师，多少有些惊讶。木子萌不再分辨得出学生的脚步声了，世界于她，已经没有之前那么清晰明朗。但她还清楚地记得侯家明这个孩子，她有时候甚至想，如果当时听他一句话，让周文纬去检查一下身体，或许事情就不会是现在这个样子了。课上，木子萌特意用目光在众多学生中寻找侯家明。侯家明的眼睛还是亮亮的，身板也还是瘦弱，但个子长高了不少，比同桌高出一大截。

课后，木子萌让侯家明留一下，她要跟他谈点事。同学们都一阵风似的跑出去了，侯家明站在木子萌身旁，已经超出木子萌一个头了，嘴唇上方冒出了一横绒毛，脸上也有了一些羞涩的表情。他不再用亮晶晶的眼睛盯着她看，反而用沙哑的声音颇大人气地问：木老师，大半个学期不见了，您近来还好吧？说话间，他脖子中间的小突起一滑一动。

侯家明比班上的同学年长两岁，听说是因为读小学时转过一次学，留了一级；后来又因为调皮摔断了腿，休学了一年。不过半年时间不见，侯家明就出胡须、长喉结了。其实班上的学生都像被一阵春风抚过，都在蓬勃生长，只不过这风吹到侯家明身上，让木子萌多了几分感叹而已。

木子萌淡淡一笑，反问他：你呢？

侯家明低下头想了想，又抬起头说，不好也不坏吧。

侯家明的双手在小腹前反复绞着，右手捏着左手，又用左手捏着右手。看看实在没合适的地方放，他把双手藏到了身后。

侯家明是个身世可怜的孩子。开学之初，木子萌拿到班级花名册，阅览到“侯家明”这一栏时，见“父亲”一栏写着：亡故；“母亲”一栏写着：侯小姗。但木子萌从来也没有见过侯小姗，班级召开始业教育家长会时，别的家庭都是父母双双过来，毕恭毕敬地听木子萌讲话，只有侯家明是只身前来。他对木子萌说：我妈妈长期出差在外来不了，我代表她听您讲就是了。

在这个家家户户都把孩子考重点高中、重点大学当成家庭首要大事的社会，那些家长的眼睛都亮嗖嗖的，生怕漏掉从木子萌嘴里吐出来的一句金玉良言。侯家明大约是因为没有压力的缘故，显得比其他孩子都轻松些，看上去并不落寞，反而带着一股稍稍油滑不羁的神情。木子萌凭自己当了多年班主任的经验，知道这种状态对于一个尚未有强大自制力的孩子来讲并非好事，因此在家长会结束后，问侯家明：你能把你妈妈的联系电话给我吗？

她没有联系电话，我也不知道怎么联系上她。当她想回家的时候，自然就回来了。

那她是出去做生意还是公干？木子萌知道的确有很多家长长年在外头做生意，做电器品牌代理、服装买卖、布料批发，不论钱赚得多少，但一年到头跟孩子见面的次数真没有多少。

我也不知道她出去到底做什么，反正有一天，突然有人告诉我她出差了，到现在已经一年多没回家了。

那谁来照顾你的生活？

住校，饭在食堂里吃，寝室由阿姨打扫，出一点钱，衣服也可以由阿姨洗了。木老师，我很好，你不需要可怜我的。我有几个哥们，父母都忙着做生意赚钱，他们三岁读幼儿园开始就被全托在老师家里。他们有父母，跟我又有什么分别？

侯家明说得轻描淡写，木子萌听得差点流下泪来。

那次家长会后，木子萌格外关心起侯家明来：天还没真正凉起来，她早早为他准备了两套秋衣；周末喊他来家里吃饭，给他烧糖醋排骨；当只有两个人的时候，她甚至喊他“阿明”。木子萌自己的女儿远在北京，身上的母性被这个身世可怜的侯家明呼唤得淋漓尽致。后来丈夫猝死，木子萌在请假期间，对外界很多事情都浑浑噩噩，但“侯家明”这个名字还是经常会浮现在她脑海里。

现在，木子萌看到侯家明长高了，发育得有点男子汉的味道了，心里暗自高兴，那感觉，就像看到自己的女儿出落得婷婷玉立一样。她对侯家明还有一丝她自己也说不清、道不明的情愫，当她盯着他看时，甚至模模糊糊地看到了一个熟悉的影子。这种感觉很荒诞，她心里想道。

周末还来木老师家吃饭不？反正学校食堂周末没有开饭。

不了，现在作业很多，连周末都没得空。我就在学校旁边的快餐厅吃一点，抓紧时间多学点东西。

那老师下周一过来带好吃的给你。

看到侯家明这么懂事，木子萌心里很宽慰，心想，兴许这就是大家常说的“穷人的孩子早当家”了吧。不过，她又觉得侯家明不来她家吃饭也好，每个周末，她整天都会跟李厚燊待在一起，什么也不用干，就看着李厚燊忙里忙外，把她家里打扫得干干净净，把被子晒得又暄又软，连内衣内裤都一件件擦上香皂洗好晾起来。偶尔，她们也会做夫妻才会做的事。李厚燊对这事似乎并不热衷，并不像其他男人找情人那样急不可耐，而是很有规律地间隔一段时间才要求一次。大多数时候，他们之间是平和的、平静的，像那些相处多年的夫妻一样。这令木子萌心理感觉舒服一些，毕竟老公去世还不久，跟其他男人亲热时，心里总有一丝莫明的错位。

至于当初还以为自己终生不会再嫁，怎么会这么快就跟李厚燊在一起了这个问题，木子萌也思索过无数次，但每次都想不出个结果来。他们之间似乎是很自然地就在一起了，就这样。木子萌跟李厚燊的关系，原本说穿了也无非是厨师与食客、男保姆与女主人的关系，直到去年大年夜那天，木子萌去北京跟公婆、女儿一起过年了，楼下的邻居打电话来说，她家漏水，把他家的天花板都洇湿了，现在虽然他已经帮忙把水龙头阀门关了，但木子萌家里的积水得赶快处理，否则他家的天花板就毁了。大过年的，碰到这种事情真糟心！邻居很不高兴。木子萌第一个就想到了李厚燊，而且他有她家大门的钥匙，也是顺理成章的事。她避开公婆和女儿，发了条微信给李厚燊，几乎就在她按下“发送”键的同时，李厚燊就回复过来了，说自己马上去处理。木子萌捧着手机感慨万端——女人身边真的还是得有个男人的，不论他个人条件好赖、能力大小，只要她事无巨细都能向他开口要帮忙，而他事无大小都愿意去做，有这种安全感就足够了。

木子萌回来时，发现李厚燊已经把她家整理得井井有条，地板擦干了，爆裂的软管换好了。她下楼向邻居道歉，那位平日里看起来古板刻薄的老学究推了推眼镜说：你这个男朋友不错，脑子灵光，做事情活络，跟他过日子可以的。这位老学究一直挺欣赏周文纬，老是夸赞他家境好，有教养，为人谦和，周文纬去世时，他还"啧啧"地摇头惋惜。

这个结论，在老学究说出来之前，木子萌已经总结出来了。

虽然李厚燊没有已经去世的周文纬长得好，个人条件也不好，但是跟他在一起，他很能照顾木子萌，用一句俗语来讲，就是知道"疼老婆"。木子萌自己有房子有汽车，挣的钱也够花，因此对李厚燊的物质条件倒并不在意，她在意的是，李厚燊一直没有把老婆的行踪明确告诉她。

你老婆到底去哪儿了？真的像别人说的那样，赚了大钱看不上你了？我看是给你戴绿帽了，跟人跑了吧？为了逼李厚燊开口，木子萌把最伤男人自尊心的话都问了出来。

李厚燊沉默了好久，终于闷闷地吐出一声：是。

木子萌愣了一下（其实她对这个答案是已经肯定的，但是李厚燊这副艰难、痛苦的表情还是令她难过），然后轻声问：那你们之间已经算是两清了吗？

李厚燊激动起来：我待她不薄，是她自己在外面跟别人勾三搭四的，现在一跑跑出去一年多，先别说她回不回来，就算回来，我还可能念旧情吗？我跟她，还有什么旧情可言？现在，只要你愿意……

木子萌带着心机被窥破的赧然说：我刚才又没说什么！

"好了，我的情况都跟你讲清楚了，"李厚燊同样赧颜地笑着，"感觉配不上你，你不嫌弃？"

嫌弃？说实在话，木子萌心里偶尔也会浮起这个词，如果一开始李厚燊就对她表现出十分的好感与热情，追求她，她肯定会远避三舍，但李厚燊只是心甘情愿地从小事做起，采取微渗透原则，在木子萌没有任何防范的时候，就延展到她生活的方方面面了。这大概就是所谓的日久生情吧，在一起久了就顺了。就像很多夫妻，女方嫌男方懒惰，男方嫌女方粗俗，但嫌弃归嫌弃，日子还是照样过下来了。何况李厚燊并不懒惰，木子萌也不粗俗，因此他们的日子也照样过下来了，而且貌似比一般夫妻还更融洽些。

李厚燊没有其他爱好，一得空便在院子里莳花弄草。他有一盆叫“魏紫”的牡丹，种在一个古朴的土黄色大瓦罐里，瓦罐一面雕着一龙一凤，另一面飘着一句狂草：谷雨三朝看牡丹。李厚燊院子里的花花草草名贵者有之，但以普通花木为多。贵的玩不起，李厚燊说。但这盆“魏紫”可真的是名品，出自五代洛阳魏仁博家，等她开了花，花量大，花朵丰满，跟一只只紫红色的皇冠一样，那个美呀！我嘴拙，形容不出来，但大家都称“魏紫”是牡丹中的“花后”，我看一点不夸张。

李厚燊把双手凑到院子里的水龙头底下，用清水冲了又冲，才开始为牡丹浇水。侍候牡丹时手一定要干净，而且不能有人工的香味，这样等她开花时，才会有天然的香气，他说。

提起这盆“魏紫”，李厚燊一改往常木讷又略带小油滑的本性，话语明显多起来，知识似乎也丰富了。更重要的是，李厚燊对待牡丹花的一言一行，将他细腻温和的一面展露无遗。木子萌仔细想了想，自己似乎没有什么称得上“爱好”的物事，便觉得李厚燊有这样一项“高雅”的爱好亦是件好事。

但是，如此名贵的牡丹，是哪里来的呢？李厚燊说：全市也只有两盆“魏紫”，本来都在市牡丹协会会长家里，当年，我帮了他一个大忙，他为了表示感谢，又知道我喜欢种花，就把其中的一盆送给了我。

那是什么忙呢，值得他送这样一盆罕有的牡丹给你？木子萌追问道。

忘了，记不得了。

既是大忙，还得了牡丹，你怎么会记不得？

真记不得了，这几年记性差了，等我想起来了，一定告诉你。我有什么事情瞒过你，没有吧？

木子萌自然不会相信李厚燊是真记不得了，暗自思忖了一下，打算以后有机会的时候再询问，但心里自此落下了芥蒂。

三

时间很快过去了两个多月，这个周二下午，木子萌来到（4）班教室的时候上课铃还没响，语文老师兼班主任还在教室，正对侯家明发脾气：你看看，让你们周末写一篇作文的，你这篇也叫作文？还有，科学老师让你们写周边空气质量调查报告的，你的在哪里？另外……

侯家明一声不吭，但脸上分明挂着一副不屑的表情，一条腿的膝盖弯曲，紧绷的牛仔裤在微微颤抖。这个时候，他居然还有心思抖脚？如果换成木子萌当班主任，肯定也是气不打一处来，但她现在已经不是班主任了，只是一名可有可无的美术老师而已。自从上学期木子萌请假后，学校临时给（4）班换了个班主任，是个刚从学校毕业的年轻小伙子，有冲劲、有干劲，但由于尚欠缺与学生打交道的经验，总是带着一股棱角未磨的张力。作为一名资深班主任，木子萌知道，这种张力带着尖锐的杀伤力。如果这时候碰到一个同样锐利的学生，两人一碰撞，势必两败俱伤，于学生尤甚。

正所谓“没有教不好的学生，只有不会教的老师”，真正的教育，是要沉下心去因材施教。但眼下，木子萌也不能说班主任是个“不会教”的老师，只得把气急败坏的班主任叫到门口，劝他消消气，调皮的学生个个不同，侯家明原本是个乖巧的孩子，可能是家里没人管教，一时误入了歧途吧！

正因为没人管教，所以我才要好好管教他！班主任没有遵循木子萌营造的和谈氛围，提高了嗓门说。

木子萌还是轻声劝道：孩子也是有自尊心的，不要当着同学们的面对一个学生发脾气，何况他们已经不是孩子了。侯家明这个孩子（木子萌刚刚说过他们已经不是孩子了，但一转眼又称侯家明为“孩子”，这说明她已经有意无意地把侯家明当成了自己的孩子），由我来说说他吧。

班主任进了教室，瞪了侯家明一眼，愤愤地收起一堆作业本走了。

这节课，木子萌上得有点心不在焉，学生们在画画时，她时不时地转到侯家明身边瞟一眼。侯家明趴在桌子上，许久没有动笔。等木子萌转完一圈回来，发现侯家明已经斜倚在桌子上睡着了。这个时候，纵然木子萌不是那个“青头”班主任，心头的火也“噌噌”冒起，在木子萌的课上也敢睡着，那在其他老师的课上，他还能认真听吗？

下课铃一响，木子萌的一道目光就“嗖”地锁定了侯家明，并且随着距离越短，目光越犀利。侯家明在美术课上睡了一觉，似乎精神饱满，正单手撑着桌子，从椅子上一跃而过，准备离开教室。见木子萌来寻，他只得很不情愿地跟在她身后，往她的车里走去。

木老师，我知道错了，我会改的。还没等木子萌开口，侯家明已经抢先认错。

认错快，忘得也快，木子萌心里想道，问侯家明：周末来木老师家吃饭吧，我给你做最喜欢吃的糖醋排骨。

不了，周末我有几个同学约好了一起玩。

玩什么？

就男孩子玩的一些东西，比如打电玩。

未成年人，能进电玩室？你还是来木老师家吧，我帮你把上周欠下的作业补起来。

侯家明像看穿木子萌心思似的微微一笑：木老师您放心，作业我自己肯定给补上的，我只是没管住自己，贪玩了一点，接下来我会注意的。说完，他转身欲走。

你妈妈还没回来吗？去年年底有没有回来过年？

侯家明停住了脚步，缓慢地转过身来说：我妈，大概回不来了吧？

木子萌心里一惊：什么意思？

没什么意思。她这么久不回来看我，当她死了。

“别瞎说。”木子萌打断了侯家明的话，“看你妈回来不揍你！”

侯家明呆呆地站着，仿佛在等待一双看不见的手挥过来。突然，他像脸上已经挨了一巴掌似的，收起呆滞的表情，大步走开了。

看着侯家明离开的背影，木子萌感觉一阵心慌袭了过来。这个孩子变了，在熟悉之中，一些陌生的味道渐渐地浓了。这是不是就是所谓的孩子“长大”了？木子萌想起了自己的女儿，自从一起过年之后，又有将近三个月没见到她了。虽然每天晚上她们都会在视频上见面，但网络那端的女儿总让人感觉不真实，或许，这个周末要去一趟北京看女儿才对。自从老公逝世后，总有一股倦怠感萦绕着木子萌，让她只想慵懒散漫地待着，哪里也不想去，什么也不肯想。好在女儿有爷爷奶奶照顾，自己又每天通过视频与女儿联系，总归比侯家明的状态要强得多。木子萌这样一想，心里总算宽慰一些。

回到李厚燊家，李厚燊已经把饭做好了，见木子萌脸色有点难看，便问怎么了。木子萌把侯家明的情况跟李厚燊说了说，但没有提及侯家明的名字，这也是她当班主任时养成的习惯。对于一时不怎么上进的学生，她都不会在任何人面前提起他们的名字，怕当他日后长进了，但听的人还会翻出他的陈年糗事来，这对学生的成长不利。老师应该保护学生的隐私，不是吗？

李厚桑听过之后说：每个人都有自己的福气，这福气是与生俱来的，你也不要太担心啦。想当年，我高考成绩是全县第二，是“山头人”的骄傲，但后来学了自己不喜欢的专业，做了自己不喜欢的工作，都过不惑之年了，人却越活越疑惑了。

木子萌觉得他们之间今天的对话闷闷的，就像谷雨时节的天气一般潮腻不爽。她说自己周末想去一趟北京看女儿，李厚桑说好的，要不要他给准备行李呢。其实木子萌心里还在想着侯家明，说爱打电玩的孩子往往控制不住自己的，看那孩子上课无精打采的模样，肯定不止在周末打，该不会平日晚上也在打电玩吧。说到这里，她捉急起来，表示吃过饭就要去附近几个电玩室看看，她的学生在不在那里。

你毕竟只是个美术老师呀，不要弄得跟老妈似的，学生学习之外的事不归你管，他有父母管，有班主任管。李厚桑夹了一块羊蝎子，用筷子头戳出里面的骨髓，搛到木子萌碗里。从一点来说，李厚桑的确比周文纬要好得多，跟周文纬结婚这么多年，他从来都是一派中规中矩的作风，一家人吃饭，他坐在桌子上首，跟他的父亲坐在一起，两个人摆出一副封建家长的威严，木子萌跟女儿坐桌子下首，一点夫妻的味道都没有。但周文纬都已经是逝去的人了，自己怎么还老拿眼前的人跟他相比呢？

木子萌摇摇头：我跟你说过了，这个学生的爸爸去世了，母亲也几年没在家了。

哦，其实你也别太担心，天底下只有不会管教的父母，哪有长不大的孩子?

李厚燊，你以为养个孩子这么容易?养不教，父之过;教不严，师之惰。我可背不起误人子弟这个罪名!

当一位老师连名带姓地叫一个人时，往往表示她已经很不高兴了。

夫人教训得是。李厚燊略带油滑地说。这种油滑，估计是每个女人都喜欢的，木子萌哑然地笑了。

饭后，木子萌跟女儿通了电话。女儿正在吃饭，在电话那头含糊地说：不要来，妈妈你不要担心，我都很好，这个周末有一个作文邀请赛，我要去参加比赛，没有时间的啦!

你看，儿孙自有儿孙福吧!李厚燊在背后说。

木子萌的身上这才轻快起来，仿佛萦绕着她的潮腻气息被女儿驱散了。

这一晚，木子萌没有回去。他们看了六集电视连续剧，看完已经十一点半了，两个人都懒得动身，李厚燊说，夜深了，外面有点凉，别回去了，当心路上着凉。木子萌默认了。

这是她第一次留宿李厚燊家。

她们刚认识那阵子，都是李厚燊买了菜到木子萌家来。当他们之间有了某种默契之后，李厚燊提出说到他家去，因为在木子萌家里，他总感觉有双无形的眼睛盯着他，这让他非常不自在。其实第一次去李厚燊家，木子萌也很不自在，但李厚燊跟她说：你就当是回自己家，把自己当成女主人，这样，你的头就抬得起来了。但木子萌那时候还没办法把李厚燊的家当成自己的家，每次去他家都像去宾馆，勾着头进去，低着头出来。好在小集市人来人往，她每次进出，都很快融入到各色人群中，倒也不怎么显眼。

第二天一早，木子萌醒来时，系着围裙的李厚燊就把早餐端进来，放在床头柜上，让她刷刷牙，就在床上吃。据说，在国外，这是贵妇才能享有的待遇。李厚桑说：你就是我命中的贵妇人。

木子萌想起小时候听父亲讲过，她们这个“木”姓原是一个少数民族的贵族，但几十年不咸不淡的日子过下来，尤其是去年老公遽然逝世，木子萌觉得自己的命运悲苦至极，认为自己这个“木”姓，简直就是木然的“木”、木头的“木”，自己就是一段木然存于世上的木头罢了。是李厚桑让她渐渐回忆起了父亲讲过的话，并且越来越清晰。此刻，木子萌有片刻的恍惚，抬头看看带着霉迹的天花板，才确定自己不是在做梦。

吃罢早餐，李厚桑送木子萌上班。庭院里，清亮的阳光正无边无际地倾泻下来，花花草草都笼罩在这层薄纱里，葱茏而温润。木子萌惊讶地发现，“魏紫”已经开出了第一朵花，紫红色花冠在青枝翠叶的扶持下，如一位雍容华贵的古典女子从纱帐里款款而出。李厚桑说他已经算准了“魏紫”今天会开花，所以昨晚特地多看了几集电视剧，顺理成章地把木子萌留下了，就是为的今天给她个惊喜。木子萌心中漾起欢喜，嘴上却不言语，只将鼻子凑近花心闻了闻，果然一股异香拂鼻而来。

李厚桑说：等到花开得最热闹的时候，院子外头的人都能闻到香味呢。这花好，也只有你才配得上这花。说着，他用一把把手上缠了红丝带的小剪子将花铰下来，插在木子萌的发束上。木子萌“吃吃”地笑骂李厚桑老不正经，说自己是人民教师呢又不是村姑，伸手要将花拿掉。李厚桑说，这样一朵花就要上千元呢，先戴着，等到了学校门口再摘下来不迟。

木子萌一走进教室，就发现学生们的目光都齐刷刷往她头上看。她这才想起，戴在头上的“魏紫”居然忘了取下来，她的脸顿时红得比牡丹花更娇艳了。那一堂课，女生们都不能好好上课了，老是用一种羡慕又揶揄的目光看着她。是什么事情让平日里一本正经的木老师头戴鲜花来上课？毫无疑问，大家都心知肚明。好不容易挨到下课，木子萌匆匆忙忙收拾好学生绘画本回到办公室，正想打开包拿手机埋怨李厚燊几句，却看到包里塞着一张从绘画本上撕下来的纸，上面写着几行字：

不要轻易相信你眼睛所看到的，你正在交往的男人也许并不可靠。你可知道他的老婆到底去了哪里？你可知道他在你之前，有过几个女人？

看得出，这人是费了一番气力，将字写得横平竖直没有笔锋的，连木子萌也揣摩不出这是班上哪个学生的笔迹。木子萌的脑袋轰然一声响，没有比学生知道她也许并不光彩的隐私更难堪的事了。到底是哪个学生了解她的情况呢？对方究竟要暗示她什么？木子萌把收上来的绘画本都翻了一遍，没有发现缺页的，数一数数量，也没有少的。她翻绘画本发出的“嚓嚓”声惊动了邻座的同事，她端着一张好奇的脸，凑过来问：你在看什么呢？木子萌懒得理会这张随时可能唾沫横飞的脸，一言不发，一甩挎包扭头走了。

这一次，木子萌没有像往常那样尽量缩小身子，轻快地闪进李厚燊家里，而是怒气冲冲地闯了进去。刚进门，就听见干脆尖利的“砰——砰——”声，像有什么东西被生生砍断了。木子萌循声跑进厨房，只见李厚燊正背对着她，身穿一件泛着油腻的旧衬衫，系着皮围裙，双脚叉开，左手扶案板，右手举起一把白晃晃的大菜刀……他本身就长得皮肤黝黑肌肉敦实，那个瞬间，木子萌只感觉眼前立着一个剽悍的屠夫，正挥刀相向，不由得双眼一黑。

“砰”！李厚燊手起刀落，一块鲜红的骨头滚落到木子萌脚边，血水马上从断面处渗出来。木子萌尖叫一声，李厚燊闻声丢下菜刀转过身来。木子萌在惊惧中看到刚转身的李厚燊还是一副龇牙咧嘴、眼球暴凸的模样，过了好一会儿，他的五官才慢慢回缩、合拢，恢复了原状。

木子萌脸色煞白，用颤抖的手，虚无地揪住李厚燊问：你原来到底是干什么的？

我，原来在机械厂上班呀，后来工厂倒闭了，厂房租出去了，我们工人每个月能发一点基本工资，我就出来做点小生意了。这些，我之前都跟你讲过的呀？

你怎么会剁肉骨头的？

这，今天我朋友店里忙着了，没空剁羊蝎子，我就拿了一个回来自己剁了。剁肉骨头是个力气活，一般男人使点力都会干的，你该不会认为我原来是个屠夫吧？唉，你今天怎么提前回来了？以前你每次回来，我都已经干完这活了，也不会吓到你了。

木子萌发觉自己刚才太过激动，以致在喉咙口游走的气息都有点微弱，便深吸了一口气问道：你老婆到底去哪里了？

这……她早已不是我老婆了行不？何况这问题你已经问了不下十遍了，脚长在她自己身上，她去哪里了我真不知道，要是知道，还能像现在这样吗？

你在我之前，还有过几个女人？

李厚燊将双手在围裙上擦了擦，想搂木子萌的腰又看看自己的手，然后放下了。他让木子萌坐在沙发上，给她泡了杯茶舒舒心，又向她解释了一大通，大致意思是说“那个女人”毕竟失踪了这么久，出于男人的生理需要，他是找过几个女人，但只有遇见木子萌之后，才算是动了真情，早已经跟那些女人断绝来往了。他对木子萌是真心的，当然，话可以造假，但有些事情是假不了的，这从他平时的眼神、行动中就可以看得出来。他真的只对她一个人好，这种感觉是之前从来没有过的。

李厚燊的话在情在理，木子萌也不好再说什么，但她还是假装不高兴，板着脸，扭过身子不理李厚燊。李厚燊抚着木子萌的肩，千哄万劝，总算把她心里的怒火平息下去了。不过吃午饭时，她捧着饭碗，看到那一大碗羊蝎子汤便觉得腻味，胃里翻涌不已，一想大约是眼下已经过了谷雨时节，天气渐渐潮湿，已经不适合喝羊蝎子汤了，便叫李厚燊接下来不要再烧。李厚燊答应下来，说记住了。

吃过饭后，李厚燊洗好了碗，跟木子萌一起在院子里赏了一会儿花。“魏紫”又绽出了很多花蕾，他们猜测着哪朵会最先开。李厚燊说：天要热起来了，牡丹喜凉爽，我有空得搭个凉棚，把她移过去。他们像多年的老夫妻一样，谈明天吃什么，谈孩子的学习成绩，谈办公室里鸡毛蒜皮的琐事，虽然并没有太多激情，却有一种相濡以沫的感觉。这种感觉很奇怪，木子萌在前一段持续了十几年的婚姻中，也未曾体会到。

四

这一天傍晚，李厚燊出去办事了，木子萌一个人在家，坐在凉棚底下赏花。“魏紫”正是开花最盛的时候，李厚燊说过，过几天就把“魏紫”搬到木子萌家里去，让她家也沾沾喜气。突然，响起一阵敲门声。这个辰光，会是谁呢？李厚燊平时往来的亲友并不多，也鲜听他提起。隔着上半部分镂空的大铁门，木子萌看到一张朴实粗糙的中年妇女的脸，正使劲贴在栅栏的空隙处，朝里张望。见木子萌出来，她发出了一声谦恭、谨慎的问话：请问老板娘在吗？

老板娘？哪位老板娘？木子萌打量了一下她的衣着打扮，已经可以猜测出对方是“山面上人”了。

哦……我说差了，你也是老板娘哪！挺好的，挺好的。那女人似乎悟出了一点什么，手足无措起来，指指放在脚边的一堆东西说：这些是我们“山面上人”自己种的，送给你们吃。

你找李炎炎对吗？

李炎炎？不晓得嘞。好像，别人是这么叫她的？

木子萌把门打开了，让中年妇女进来坐坐。

那老板娘是好人，你也是好人，你们城里女人心眼好。中年妇女把一只红白相间的编织袋拖进院子，打开来让木子萌看。你瞧，四季豆、小葱、老姜，都是我们自己田头园角种的，番薯丝是自己刨的。我说老板娘哪，是个好人……

中年妇女显出了山里女人爽直泼辣的本性，嗓音变得清亮松脆，叽叽呱呱说了一通。木子萌听了半天，终于明白了，这中年妇女前几年一直在李厚燊家门前的小集市摆摊，李炎炎经常在她的摊头买些凉茶草药，因此就认识了。两年前，她得了胆囊结石，因经济困难，没有去医院看，仍旧来摆摊。李炎炎知道了，二话不说就转身回家，拿出了一千块钱，让她赶紧去看医生。

老板娘说，有什么别有病，身体是自己的，你把病看好了，自己想做什么都方便。老板娘这话说的，多体贴多实诚！中年妇女说着眼眶红了，抹了一下眼角道：我养了两年时间的病，现在总算好了，可老板娘去哪儿了你知道吗？

她离婚了，我不清楚她去哪了。听说李炎炎长得很好看对吧？

其实，根本没有任何人向木子萌提起李炎炎的具体情况，李炎炎到底长什么样？木子萌一直想知道的答案，中年妇女毫无保留地提供给了木子萌：她可是个很讲究的人哪，你知道她经常来我这里买凉茶草药是做什么用的？做美容哪。听说她喜欢养花，人也长得跟朵花似的，皮肤保养得可滑溜了。讲话声音也好听，每天她一出来，这条街上就活络起来了，卖东西的、买东西的，都喜欢跟她讲话。就是，就是衣服穿得清凉了点，我是不好意思盯着看的。听说，她还被老公打了，我听旁边那个卖芦花扫帚的人说的。事情倒是真的，我亲眼看见她眼眶都乌青了。不过她自己没承认，说是起夜的时候没开灯，碰墙角了。唉，她离婚了，老板娘是个好人哪，依我看，是她老公不对，男人打女人就不对……

中年妇女连连摇头，惋惜了一阵，猛然一拍大腿，像想起了什么似的，“啊呀啊呀”地叫起来说：我认错了地方了，认错了，不是这里，应该是再往西边过去一点的那户人家，那老板娘叫什么来着？

中年妇女起身，拎起拖了几里山路带下来的土产，向木子萌道过歉，就寂寂地走了。只是她这一拍大腿，把木子萌拍进了一个云里雾里的世界。直到李厚桑回家，她还是木愣愣的。李厚桑听过她的描述之后，皱了皱眉，责怪她不该轻易给陌生人开门，说这一带往来商客多，他又是这里的老住户，难免有些坏人故意来探听情况，万一趁他不在家时伤害到木子萌怎么办。木子萌的思绪还在一个虚无的世界里兜转，没有应答李厚桑。

一顿心不在焉的晚饭过后，木子萌和李厚桑一起散步，踱出家门来。

此时的街市早已散了，小河边几无行人，跟白天判若两处。河埠头只点着一盏昏黄的白炽灯，微弱的光束摇曳在黑暗里，像一枚皱巴巴的柿子。小河在夜色中看起来特别袅娜缥缈，水波上漾着一片薄薄的月亮，在细长的河面上显得妩媚而高冷。

木子萌看得呆了，李厚桑却叫她大晚上的不要看河水。木子萌问：为什么晚上不能看河水？我妈晚上不让我照镜子，说会越照越丑变成鬼。你说晚上为什么连河水都不能看，会变成水鬼？

李厚桑把木子萌的手握得紧了一些说：手有点凉，大晚上的，别乱说话。平荣街新开了一间酒吧叫“桃花醉”，听说格调不错，咱们去那里坐坐吧，这么久了，我们还没一起出去玩过呢。

两人一起往“桃花醉”走去。走过一段黑魆魆的小路之后就进入了大街，明亮的路灯让木子萌不自在起来，她一晃肩，甩掉了李厚桑的手说：你先去订个小包厢，我再过去。这，大概是像他们这种关系的人常用的约会方式。

不一会儿，李厚桑发来微信，说订座迟了，包厢已经没有了，他在大厅的一个木屏风后面订了个位置，将就着坐吧，酒吧里黑，大家也不会太注意。再说，就算注意了又怎样？

“桃花醉”的装修如同名字一般醉人，这里只售两种酒：桃花酒和桂花酒。桃花酒是用桃花瓣酿的，呈现出酽酽的酒红色；桂花酒顾名思义就是用桂花酿的，带着淡淡的亮金色。两种酒都好，各来一瓶，李厚桑说。酒是装在一个曲线型陶瓶里的，50 毫升。他们坐下才喝了不到半瓶桃花酒的工夫，台上出来一个歌手，顶着红棕色的爆炸头，遮去了大半个脸，上穿黑骷髅头 T 恤，下穿破洞牛仔裤，怀里抱着吉他。歌手虽然打扮很潮，却分明有股未脱的稚气。

如此有格调的酒吧，居然请这种不入流的歌手？李厚桑颇有些不屑。

不料，歌手一开口，那富有磁性的声音便把木子萌深深吸引住了。他唱的是《其实都没有》：

我也曾经憧憬过　后来没结果
只能靠一首歌真的在说我

是用那种特别干哑的喉咙
唱着淡淡的哀愁
我也曾经做梦过　后来更寂寞
我们能留下的其实都没有……

歌手双眼微闭，唱得声情并茂，木子萌也听得痴迷入醉。这首歌，好像是特意唱给她听的。歌声如浪涛，一晃一漾地将木子萌推向绵软的沙滩，她的双眼也迷离起来，一时之间，竟然分不清是醉酒还是醉歌了。李厚燊拉过她的手放在自己膝盖上，似在温暖着她这双清瘦微凉的手，也似在安慰她那颗敏感受伤的心。

木子萌的身子正在沙滩上越来越软乎，越来越沉重，却突然撞在了一块坚硬的礁石上，尖锐、疼痛一下子袭来。她睁大眼睛，“呼”地站起身来。你干吗去？李厚燊吃惊地扯住了木子萌的手。

在台上唱歌的这个是我学生！小小年纪不好好读书，居然跑酒吧里来卖唱！木子萌情绪激动，仿佛一个母亲为孩子费尽了心力，却现场抓住了不学好的孩子时那种歇斯底里。李厚燊更慌了，悄声劝木子萌冷静点，说旁边的人都往这边看了呢。果然，最后一句话起到了震慑作用，木子萌终于安静下来了。

歌手退了场，木子萌本想跟过去，李厚燊在她耳边劝道，大庭广众，不是教训学生的时机，等回去再说吧。

木子萌再也无心在酒吧里坐下去，李厚燊结了账，顺便把喝剩下的桃花酒和那瓶还未开启的桂花酒都一起拎在手里，跟在木子萌身后出了酒吧。木子萌没有回头，却厉声说：你把这些剩酒残羹带过来干什么？我再也不想喝这里的酒了。

李厚燊不自然地干笑了两声，说这酒拿来做菜很好的，比如煮桂花丸子时可以放桂花酒，炒西芹百合时可以放桃花酒。

虽然木子萌跟李厚燊就是因为“吃”而结缘的，但今天听李厚燊不合时宜地把“吃”讲得头头是道，不由得一阵恼怒，甩下李厚燊，顾自朝前走去。李厚燊紧走几步追上木子萌，说：不要气坏了自己的身体，学生的事明天去学校里再讲，一定要注意语气，他是你的学生而不是儿子。

你说，我只是他的老师，看到他在酒吧里摇头晃脑的样子，心都焦得跟炭烤一样，要是他妈妈知道了，该有多伤心？我是他的老师，却没能把他管教好，我很惭愧。不，他妈妈也不对，父母在孩子成长过程中的地位，就像母乳一样是不可代替的。当然，这孩子自己也不懂事，他怎么就不知道让大人省省心的？

木子萌也不知道到底该埋怨谁，便把一腔怨气都发泄到了李厚燊身上，说自己再也不想看到他了，一定要回自己家去。怨我，怨我，李厚燊赔着笑，把木子萌送回家去，并说明天一早来接她去上班。木子萌说了声“才不要”，“啪”的一声将门关上了。

是夜，木子萌一夜都在辗转反侧，曾经做过美梦的长夜，醒来后真的比梦中更寂寞，她现在憧憬的事情，以后会不会有结果？在半睡半醒中，木子萌一直想着这些不得而知的事，直到起床时头还是晕乎乎的，似乎昨晚桃花酒的醉意还未消散。她带着这种醉意早早来到学校，在晨读时间就把侯家明叫到办公室。侯家明的脸上有一道长而明显的红印子，却满不在乎地龇嘴对木子萌笑了笑，把红印子拉得更长一点了。木子萌怎么也无法把眼前的侯家明跟昨晚酒吧里卖唱的歌手联系在一起，一旦稍稍能联系在一起了，胸口又丝丝缕缕牵扯着疼起来了。

你的脸怎么了？木子萌觉得在开口教训之前，还是得先表示一下关心，怀柔政策在教育学生方面还是具有明显优势的。

没事，昨天晚上不小心被一条疯狗咬了几口。

疯狗？那你去打过狂犬疫苗了吗？

呵，木老师您真幽默，您应该明白我说的疯狗并不真的是条狗。好了，您别担心了，没事的。

“咳，咳，”木子萌尴尬地干咳了两声问道，“你近来手头缺钱花吗？”

木老师为什么这么问？

我……你，在酒吧里唱歌？我还真不知道你歌唱得这么好听呢。但你只是个初中生，怎么能到酒吧唱歌的？你要以学业为重，如果真需要零花钱，木老师可以资助你。

侯家明从口袋里掏出一张身份证，在木子萌面前晃了晃说，花点小钱就可以办一张，很方便。他神情复杂地盯了木子萌一眼，说他最尊重的老师能去酒吧听他唱歌，他觉得很荣幸，虽然他平时打网游买装备、同学交往也确实需要钱，但他在酒吧唱歌并不单纯是为了钱。他谢过木子萌的好意，说以后如果真有用到钱的地方，他会向她借的，那时候，她不要恕不相借就好。说完，他向木子萌鞠了个躬，回教室了。

侯家明，或者说这个世界变化得太快了，木子萌完全没有反应过来，便被甩到一边，心头涌起一股深深的无力感。看来，她卸下班主任一职是完全正确的选择。但她还是不能很好地完成角色转变，以致中午跟李厚桑吃饭时，还在对侯家明一事发表长篇阔论。

这些话，其实昨晚从“桃花醉”出来时，木子萌已经唠叨过一遍，但李厚桑一直耐心地听着木子萌翻来覆去地唠叨，不去打断她。他曾说过，爱一个女人，最好的表达方式就是做得了家务，听得住唠叨，哄得住眼泪。如果一个男人能够对一个女人同时做到这三点，那必是真爱无疑。当木子萌倾吐完毕之后，李厚桑才叹了一口气道：一个学生，居然让你拿着卖白菜的钱，操着卖白粉的心，唉！

说到这里，木子萌又想起了自己的女儿，眼泪扑簌簌掉下来，说当初就不该答应让孩子去北京念书。女儿是小棉袄，揣在自己身边才贴心。李厚桑又是好一阵哄、劝，才让木子萌稍稍收住了眼泪。木子萌决定周末去北京看女儿，李厚桑说他也有空，不如陪木子萌去北京，她先去看女儿，然后他们一起去北京几个著名的景点转转。木子萌虽然去过好几次北京，但还没有正式到景点游玩过，心想有李厚桑陪着一起去也好，就当带了根自拍杆，何况他肯定会鞍前马后地照顾着，便答应下来。

木子萌像个马上要参加班级郊游的孩子一样兴奋，催促李厚桑收拾行李，要带哪些衣物，要买哪些零食路上吃。对于木子萌来说，此行既是看望女儿，也像是新婚夫妇度蜜月，何况还是他们第一次结伴出游，自然要郑重其事些。李厚桑像领了圣旨般连连点头，拿着一个本子、一支笔，一一记录下来。

五

从北京回来后，木子萌跟李厚桑之间的关系又似进了一步。李厚桑说想去看看房子，这些年也攒了一点钱，是时候买套大的公寓了。木子萌说她还是喜欢现在的房子，这个院子多美，一旦住了公寓，这么多花花草草怎么办。有人说过，不生长花草的地方，不适合人们居住。还说过，居宅没有花草，主人庸俗易老。

李厚桑说她是被这个院子迷了眼，其实这房子有很多缺点，比如太旧，结构也不好；门前的集市白天出摊时吵闹，晚上收摊时路面肮脏；最糟糕的是门前的小河，冬天阴森森，一旦到了夏天，河水老臭、蚊子又多，恐怕会委屈了木子萌。

冬天阴森森？不觉得呀，我到这边来的时候就是冬天。

李厚燊说：在北京的时候，你不是说过连帝王将相都只能留下一座空殿，我们都该对自己好一点吗？对你好，也就是对我自己好了。我把这房子卖掉，再买个新的房子，房产证上写咱俩的名字，弄个大阳台，也种这么多花花草草，你看行吗？

木子萌还能有什么意见呢？李厚燊把她想说的话、想做的事都考虑好了，她能做的，就是好好憧憬接下来的美好生活了——比如，能不能让李厚燊再种一盆“魏紫”呢？李厚燊家里的“魏紫”已经暂且搬到了木子萌家里，李厚燊说这花有灵气，放在谁家，就能给这家带来富贵之气。

这段时间太阳正好，李厚燊每天都拉出一袋羊蝎子骨头，摆在一只大米筛里，放在太阳底下晒。远远看去，日光底下白森森一片。李厚燊告诉木子萌：牡丹喜肥，开花前一个月要施“花前肥”，开过花后半个月内要施一次“花后肥”，在入冬前再施一次“越冬肥”。肥料很重要，特别是“越冬肥”，施骨粉最好。什么叫骨粉？就是将动物骨头放在夏天的毒日头底下晒干，再用小火焙焦，捣成黑灰。过段时间，家里也许会有焙骨粉的焦味，你不要害怕，当然，我尽量等你上班去了再焙。

木子萌也不知道李厚燊何时收集了这么多骨头，听他这样说时，仿佛有一股焦臭味直冲鼻端。她无端地感觉喉咙受了刺激，禁不住咳嗽起来。虽然只是羊骨头，但这一堆堆森森白骨就这么直白地铺在眼皮底下，还是令人心中忐忑。木子萌心想：这时候牡丹怎么又不怕人工的气味了？何况还是臭味呢。看不出这风姿卓绝的牡丹，竟长在这样的土壤里！这样一想，她对“魏紫”的好感一落千丈。

木子萌并不害怕什么，记得和李厚燊一起去北京游玩时，其间有个自由活动时间，团队中有个男子提议道，每个人出点钱，让导游带大家去定陵看看。李厚燊的胆子似乎比木子萌还小，说：陵园，有什么好去的啊？一想起来就毛孔倒竖。算了吧，咱不去？是木子萌坚持说，那不一样，那是皇家陵园，既然来北京了，就得去看看。李厚燊这才默认下来的。

在进地宫前，导游特意吩咐，地宫里的东西都不能摸，更不要拍照。有人问：为什么？导游说：反正地宫里的东西都不属于阳间的，你们记住我的话就是了。木子萌不信这个邪，故意伸手摸了摸石椅背，被李厚燊一把拉开了。你忘了导游的话吗，地宫里的东西不能摸。李厚燊在木子萌耳边嗔怪道。

从地宫出来后，李厚燊神情奇怪，整个人看起来空空的，连平常走路惯有的橐橐声都消失了。木子萌打趣道：怎么了，碰了石椅的人没事，没碰的人反而中邪了？李厚燊神情恍惚地说，地宫里的阴气那么重，真令人不舒服呢，今天真不该来这里的。

木子萌仔细回忆了一下地宫里的陈设，从哪扇门进去，经过几个殿堂、几条甬道、几扇券门，都清清楚楚地回放在眼前，似乎并没有什么特殊的气味，李厚燊何以如此敏感呢？

眼下，木子萌看着满地羊骨头，似乎有点明白李厚燊当初所谓的“阴气”从何而来了。

这个下午，（4）班有节美术课。木子萌很清楚，无论是其他任课老师还是学生，对美术课都越来越不重视。她越发有一种慵懒感，赶时上班的念头日渐耷拉下来，甚至希望学校干脆取消美术课得了。话虽如此，课还是要上的，木子萌强打精神，给院子里的花浇了水，才来到学校。课上，她发现侯家明的位子空着。下了课后，她问班主任：侯家明今天请假了？班主任回答说，侯家明昨天就没来上课了，也没有向他请假。他看看四下无人，压低声音对木子萌说：昨天我看到几个人来学校找侯家明，看起来来者不善。

为什么事？木子萌吃惊不小，脸上立刻恢复了当班主任时养成的警觉神情。

不知道呢。对方没有找到侯家明，就走了。

怪不得侯家明连今天都没来上课，到底出什么事了？放学后，木子萌心绪纷乱地来到李厚燊家，李厚燊正在接电话，见木子萌进来，便挂了电话去炒菜，说，今天有点事耽搁了，饭做迟了，得稍等会儿。木子萌说没事，反正她这会儿也没什么胃口。她正想把侯家明的事跟李厚燊说，李厚燊却看看她，欲言又止的样子。他这副模样，弄得木子萌也没心思开口说话了。

这顿饭吃得很别扭。终于，李厚燊开口问：你今天看到侯家明了没？

你怎么知道侯家明的？

我刚刚才知道他是我的一个远房亲戚。起先你刚回来时，我接电话说的就是这个事。听说他这几天没来学校，是这样吗？

远房亲戚？挺远的吧，要不然，怎么会到现在才知道？

是呢，算是拐了好几个弯的远房亲戚。之前不知道也算了，现在知道了，还是要关心一下的。你知道他出了什么事吗？

听班主任说，侯家明已经两天没来上课了，还有一些校外的人来找他，不知道出了什么事？

想不明白到底会出什么事情呢，他家里也不知道。唉，你也知道的，他父亲没了，母亲也不在家，这个家也算不上是家了。现在他出点事，我们这些亲戚心里头都不好受呢。

侯家明，现在不仅仅是她的学生，还是李厚燊的远房亲戚，从某种意义上说，很快会变成他们共同的远房亲戚。木子萌再也没心思吃饭了，硬拉着李厚燊到附近几个电玩室、网吧找人，找到侯家明的迫切想法令她完全不畏流言蜚语了。“肯定会在这些地方，这个孩子，一定是打游戏买什么装备欠下了钱，现在躲起来了，”木子萌说，“如果找到了，你可千万别骂他，欠多少钱，我给还上就是了。”李厚燊答：我知道的，眼下先把人给找到。

遍寻无果。木子萌又拉着李厚燊去“桃花醉”，这个时间点，晚睡的酒吧还没开门营业。

木子萌和李厚燊垂头丧气地回到家里。李厚燊在四处打电话，木子萌坐在院子的阴凉处等消息。几只蚊子在腿上撞来撞去，她拍一下左腿，蚊子又转战到她的右腿，搅得人心更加烦躁了。看来李厚燊说得没错，过去门前有条小河可以数鸭子，现在门前有条小河全家人都得喂蚊子，得赶快去看新房子了。

一直到傍晚，都没有任何消息传过来。由于近来天气渐热，木子萌没有准备单薄的换洗衣物在李厚燊家，便准备回趟家，并且晚上就不再回来了，叫李厚燊不要来接，在家守着等消息。

出了门，只见河边乱糟糟一堆人，都步调一致地伸头往河里看。看什么呢？木子萌问围在外层的人。围在外层的人问围在前面一层的人：看什么呢？谁也说不清楚，有人说是在看捞鱼，有人说是刚刚有个女的跳河了，有人说在河里发现了尸骨。木子萌打了个寒噤，没心思看热闹，也没时间等最后结果公布出来，踩着水泥桥面，虚一脚、实一脚地走了。

由于这段时间都没怎么在家，都是打游击一样转一下就走，家里显得有些脏乱，木子萌一边设想侯家明到底去了哪里、惹了什么祸，一边整理家务。当她忙完家务，洗漱完毕，已是深夜十一点。木子萌打了个电话给李厚燊，想问问有没有侯家明的消息，电话却一直无法接通。这是自他们交往以来从未有过的事情，木子萌心乱如麻。门铃在这样的夜里尖锐地响起来，刺得头皮神经异常疼痛。木子萌一激灵，随手抓起一件外套披在身上，连拖鞋都来不及穿好就跑到可视门铃前。是侯家明，正站在她家楼下东张西望。

几天不见，侯家明头发凌乱、胡子拉碴，看起来非常邋遢。他进了门，还不等木子萌开口问他，便急着说：木老师，我想向您借钱，一万元。

木子萌吓了一跳：侯家明，你到底惹了什么祸，需要这么多钱？

木老师，我知道您是个好人，有时候我都把您当成我妈了。您放心，我借了您的钱一定会还，我多去酒吧唱几首歌就赚回来了。

我并不担心你还不还钱，而是担心你到底惹了什么祸。

我不告诉您的话，您就不会借钱给我了对吗？

木子萌看着侯家明的眼睛，微微点了点头。

侯家明急躁起来，低着头，在客厅里没头没脑地转了几圈，像只困住的小猛兽。终于，他下定了决心，抬起头说：那好吧，我告诉您。我女朋友怀孕了，现在她的家人到处在找我，我只能暂时躲起来了。女朋友看起来整个人都要变形了，她很慌张，我要尽快带她去做人流，还要给她买营养品，需要一笔钱。

木子萌惊呆了，简直不敢相信自己的耳朵，但眼前这张长了几粒青春痘、有点紧张却努力故作镇定的脸却告诉她一切都是真的。她像每一位愤怒至极的母亲一样，想抽手给他一个巴掌，侯家明却将她高高扬起的巴掌攥住了，说：您不是我妈，没有权力打我。

这句话，击中了木子萌的软肋。她跌坐在椅子上说：要是你妈知道了怎么办？你爸在地下又会怎么想啊？

侯家明甩了一下头发，擦了一下眼角说：我妈，估计也不可能知道了……

自从侯家明的爸爸去世后，他妈妈跟了另外一个男人，那男人对她还可以，但他们经常吵架，还打架。侯家明听得出来，那男人是怀疑他妈妈在外头还有别的男人。有一天晚上，他们从家里吵到家外，一直扭打到小河边，侯家明怕妈妈吃亏，就从楼上跑下来准备帮助她。但当侯家明跑到河边时，却没有看到他妈，只有那男人一个人站在河边。问他，他说侯家明的妈妈走了，跟别的男人跑了。从此以后，侯家明再也没有见过她。

当年，侯家明去报过案，但是没有结果，所以他决定自己去找线索。侯家明清了清嗓子说，此后，他每天都去那个男人的房间外偷听他打电话或者跟朋友聊天，想找出点什么蛛丝马迹来。但是什么都没有，那个男人竟然绝口不再提跟他妈有关的任何事。不多久，他妈用过的东西一点一点地被那个男人清理出去了，虽然不是大张旗鼓，但很快就销声匿迹了。为此，他还与那个男人吵了一架。但那男人说，是他妈妈做出不要脸的事情在先，这样的女人，不值得等她回来。

侯家明说到这里，禁不住哽咽起来。

那男人这句话，一定如一枚扎在侯家明喉咙里的鱼刺，梗在最软弱的地方，咽不下，吐不出，时不时地冒犯他一下。此时，木子萌发觉他还真的只是个孩子，却承受了太多跟年龄不相称的东西，是这些不甚美好的东西把他压弯了。

木子萌给侯家明倒了一杯热水。水杯在侯家明的双手间冒出一团水汽，氤氲到他脸上，他眼眶里就泛出晶莹的光泽来。

侯家明继续告诉木子萌，他受不了这样的气，但为了找出母亲的下落，一直忍辱负重。好不容易升上了初中，离开学还有一个星期，侯家明就早早搬起铺盖住到学校了。但是，他忘不了自己的使命，只要有一点空余时间，甚至不惜翘课，他都会潜回家里。当然，这个时候，那男人早把家里的钥匙给换了。不过这点小事根本难不倒他，每次，他都会爬上那男人家一楼附楼的房顶平台，从这个平台再爬过一个花窗，就是那男人住的地方了。刚开始他爬得很困难，后来熟练了，只消两分钟就能爬到平台上。也就在那时候，他发现那男人找了好几个情人。他羞辱自己妈妈的话又清晰地浮现在脑海里，侯家明这时有了一个邪恶的想法，就是要把这一切都记录下来，等有一天，他要狠狠地把这个本子掷到那男人脸上，叫他自己睁开眼睛看看，某年某月某日他跟某女人之间的风流韵事……

木子萌听到这里，耳畔响起一声巨响，“咚”！那块当时让她心神不宁的巨石，现在从头顶砸下来了，滚过她的胸腔，重重跌在地上，碎成一地粉末。轰隆隆的声音在胸腔里回响，漫漶不清的往事萦绕过来。“木老师，”侯家明说，“李厚燊有一点没有骗您，的确，他认识您之后，跟其他女人都断绝了来往，也只有您戴过他种的‘魏紫’。”木子萌似听非听，只是感觉眼前的一切都在摇晃，那盆摆在茶几上的“魏紫”摇晃得最厉害，黑红色的花瓣纷纷飘落下来，落在哪里，那里就像沾上了凝固的血点。

一股狰狞的血腥味弥漫开来。木子萌摸了摸口袋，想要掏出什么东西来，却听到门外响起了急促的敲门声。整个屋子都开始摇晃起来了，这一回，连侯家明都感觉到了。剧痛从木子萌身体深处的裂缝中迸出来，还有心中那种嘈杂不堪的感觉，一起往上升腾。侯家明回过神来，一下子就蹿进了她家的储藏室。储藏室的折叠门关上了，但没能关得很严实。那扇门，早在周文纬在世的时候就已经坏了，周文纬修了两次都没能修好。木子萌走过去，把折叠门使劲一拉，“啪嗒”一声，门居然奇迹般地关紧了。原来，之前只是松了一枚螺丝，关门的时候，一直没能卡到正确的位置上去。很多事情，说简单很简单，说复杂也很复杂。就像李厚燊与侯家明，分别是独立个体的他们，和牵扯上关系的他们，中间隔了多少故事啊！

木子萌看看这扇紧闭的门，又看看满地落英，感觉自己的身体逐渐变轻，轻得像一团清爽而虚无的轻烟，没有希望，也没有痛苦，正在被一股冷风悄悄吹散。

没有终点的绿皮火车

一

一大早，凌宵就在QQ上告诉俞早：本城著名的心理咨询师邹一洲近来再次祭出新招，向市民抛出五个幸运号，抢到号的可以免费向他咨询三个问题。全市才五个名额，居然被我抢到了，我是五号幸运者，俞早，这是我为你抢的哦！凌宵用了三个捂嘴偷笑的表情，以表达他掩饰不住的兴奋。

不要，我好好的，没什么问题需要咨询心理医生的。俞早面露不悦。对于一个自命优雅的女人来说，给她介绍个心理医生，还不如给她买瓶名贵香水，香氛一起，就什么心理问题都解决了。

当然，凌宵的脑子是拐不过这个弯的。他是个精打细算的小男人，买双袜子都要货比三家，经常搞些幸运大转盘、集赞、转发有奖的事情，似乎世界上最不值钱的就是时间。有一次，他为了集两张价值六十元的电影票，连续三天在朋友圈转发链接，集满五十个赞，再趁着午休时间，冒着瓢泼大雨，绕过大半个城市来到那家奔驰 4S 店，硬着头皮听完车售人员热情洋溢的新车推荐，才领到两张电影票。结果在回来的路上，由于雨大视线差，右前车轮陷进了缺盖的窨井里，毫不客气地爆胎了。

凌宵后悔不迭，跟俞早讲起这个故事时，又再三强调俞早不能笑话他偷鸡不成蚀把米。俞早嘴上安慰他说这是意外的意外，心里的不快意却一波接一波地涌上来：一个男人的档次，无形中决定了他身边人的品味。凌宵如此，那么自己呢？

俞早不知道自己到底算是凌宵的什么人。一对朋友在网络上聊得久了，渐渐地就跟现实生活中的夫妻没有二致。就像眼下，凌宵抢到个免费心理咨询的名额，也拿过来给俞早享用，就跟他在单位里发了一提纸巾，下班了就提回家一样。见俞早没有表现出多大热情，凌宵便起劲地向她介绍起这位心理咨询师来：你知道邹一洲在心理咨询界是什么概念吗？是一小时咨询费一千元，还要排队排到半年后的角色。我这次是深夜十一点五十五分闹钟闹响，马上起床打开邹医生的公众微信号，编辑好抢号信息，然后一直盯着手表，一秒一秒地看，一直到跨入零点的那一秒，马上按下发送信息……

按理说，凌宵这番表白应该是比任何甜言蜜语都更激动人心的，但进入俞早的耳朵，却像一片羽毛漂在了湖水上，还来不及激起一点涟漪，便缓缓顺水而去。俞早突然觉得自己真的需要心理医生了，她脑子里冒出了不止三个问题，正思考着要问其中的哪三个比较合适。

听到俞早终于愿意去咨询了，凌宵松了一口气说，难得的名额总算没有浪费。他再三叮嘱俞早：只要跟邹医生说你是五号幸运者就可以，我抢号的时候留的是你的手机号。

周末，俞早早早起床，挑了一件带有碎花的绿色连衣裙穿上，像赴约似的来到森林公园，挑了一个无人往来的僻静处，拨通了邹一洲的电话。

邹一洲问：五号幸运者，请问你要咨询的主题是爱情、事业、亲子关系还是其他？

情感。俞早斟酌了一下，觉得她与凌宵的关系，总是点到即止，无法深入地交往。因此，用“情感”这个词来描述是得体的。

OK，你接着说。

我可以向您提三个问题？

当然可以，我已经有言在先，按照这次活动的规则，你可以向我提三个问题。

呃，不，其实我想说的是，我可以跟您讲三个跟当事人有关的故事？

故事可以一个一个讲述出来，问题也可以随后一个一个提出来，OK？

对方的声音里有一种陌生的温和。

那么，你会不会把我讲的故事拿来做茶余饭后的谈资？

你要是了解什么是真正的心理咨询师，就不会问这个问题了。心理咨询师都是那个吞噬秘密的树洞，吞进的秘密最终只能在树干中化作一缕轻烟。唔，我都能听到你那边传来悦耳的鸟鸣声了，今天天气不错。

邹一洲这么一说，俞早心里面的紧张感突然获得了缓释。有些话好像非说不可了。

OK，问题来了，你是希望我分别回答你的问题呢，还是等你三个问题都问完了再一次性回答？

俞早选择的是由邹一洲分别回答她的三个问题。

OK。

二

俞早讲的第一个故事是：

二十年前的一天，念高中的Y小姐突然收到了一封陌生来信，对方称自己叫X先生，是老铁介绍给Y小姐当笔友的。老铁大名叫周铁，是Y小姐的同班同学，X先生的哥们。Y小姐跑去质问老铁：你怎么不经过我同意，就给我介绍笔友？老铁涨红了脸说：他是我哥们，挺不错的一个人，你们随便聊聊，随便聊聊。

算起来，X先生跟Y小姐已经结识二十年，头七年书信往来，偶尔寄张照片；中途十年莫名失联；后三年别后重逢，是Y小姐从老铁那里问来了X先生的手机号，互加QQ，才重新聊上的。前十九年他们都是纸上谈兵、指间谈情，今年见过三次面。中途失联十年的原因不详，问了很多遍，X先生都只回答：我不愿提，你不愿听，不说也罢。

X先生曾经问过老铁：为什么要介绍Y小姐给他当笔友？老铁笑而不答。X先生跟老铁情同手足，他们小时候喝同一碗粥，一起爬树下河，长大了一起赌钱、喝酒、吹牛，甚至津津乐道地谈某个女人的身材，但是不知道为什么，他们从不谈起Y小姐。

X先生在QQ上说了无数次的“我想见你”，Y小姐每次都回答说：以后再说吧！那么，退而求其次，你发张照片给我行吗？X先生央求道。Y小姐还是回答：以后再说吧！X先生翻箱倒柜，把Y小姐当年寄给他的照片找出来，指着那张婴儿肥的脸说：如果你不发张近照给我，我就当你现在还是那个丑丫头。Y小姐颇有哲理地说：我们二十年的交情，我现在就像你衬衫的第二颗纽扣，不管好不好看，你都得牢牢扣上。

Y 小姐生日前夕，X 先生又问：我能给你庆生吗？Y 小姐看了一眼那个拿到台历时就画上的红圈圈，愣了一下。二十年来，很多问题他们都讨论过无数遍，其中就包括 X 先生的生日。巧合的是，似乎每次问起，都是在 X 先生生日之后，Y 小姐便随手记在台历上，提醒自己明年一定要记得。结果台历翻完了，终究忘了记到新的台历上，一年生日便又错过了。

他们只谈过一次 Y 小姐的生日，X 先生便记得清清楚楚。Y 小姐心里不免微微有些感动，嘴上却说：我都坐三奔四的人了，又不是坐等玫瑰花巧克力的小姑娘，过不过生日都无所谓的。X 先生再三纠缠，Y 小姐只得像打发要糖吃的孩子一般，随口应承说等她生日过后，随便哪天，X 先生要是有空就可以来。

在 Y 小姐生日的第二天，X 先生就驾车来找 Y 小姐了。Y 小姐住在 W 城，距 X 先生家大约有一小时的车程。X 先生从小便对这个地名耳熟能详，印象中，这是座被各种各样的电器产品、旁若无人的方言和行人脖子上麻绳般粗的金项链充斥的地方。如今第一次踏上这片土地，X 先生心里竟恍惚产生了故人般的感觉。

他们约定见面的地点是 Y 小姐的单位门口。之前，X 先生不同意在单位门口见面。Y 小姐说：最危险的地方，就是最安全的地方，何况我们又不做坏事，谈不上安全或危险。X 先生只得把他那辆灰旧的大众车停在 Y 小姐单位门口那条熙来攘往的大街上，在一群行色匆匆的汽车和行人当中，焦灼地等待他的 Y 小姐。

这时，X 先生看到了一个气质高昂的女子从大门里款款而出，她的头昂得很高，但眼神却很温润，在微微张望中，似一湖春水泻了开去。X 先生一下子觉得周围的人群都被这湖春水淹没了，下意识地按了下喇叭。那个女子就微微笑了，没有迟疑地朝他走过来。山毓水秀人杰，X 先生脑海里毫不吝啬地冒出了对这座城市的赞美。这大约就是所谓的“因为一人，结缘一城”吧，X 先生事后想。

Y 小姐的到来，让 X 先生觉得自己的车厢越发逼仄，还有那些凌乱的物品、陈旧的地毯，想藏也藏不住。X 先生终于理解了 Y 小姐为何从不答应给他照片，如果之前就看过 Y 小姐的照片，很可能他此趟前来，就应了 Y 小姐常说的“男人都好色”的言论了。

Y，我跟你想象中的一样吗？X 先生问。

嗯，基本符合我的想象。

X 先生笑道：一个三十五岁其貌不扬的男人，开着一辆其貌破旧的车，对不？

是的，Y 小姐也哈哈笑，其貌不扬的男人，其貌破旧的汽车。Y 小姐努力在脑海中回忆二十年前 X 先生给她寄过的照片，那时候的 X 先生还没有眼下的一身肥膘，也不像现在这么老气横秋，但肯定也是难看的。也许当初通信七年，就是看了他的照片，两个人的关系才一直不温不火的？Y 小姐在心里摇了摇头。

X 先生只能在 W 城逗留半个小时。出来之前，他跟领导请了假，说要去局里办点事，所以他要赶在下班之前回到单位打个卡，再去菜场买菜。这半个小时里，他感觉自己有很多话要说，有很多事要做，甚至想玩一点浪漫的小把戏，但紧张让他忘记了在心里默背无数遍的台词，只磕磕巴巴地说了一句：Y，请先闭上眼睛。

趁着 Y 小姐闭眼的工夫，X 先生拿出了早已准备好的礼物——一根红绳拴着两颗纯金珠子的手链，放在 Y 小姐的手心里。

Y 小姐看了一眼，评价这是一件非常土气、非常没有创意的礼物。

X先生倒也不生气，说他知道有点土气，但是一个朝九晚五上班、下班了就给家里买菜做饭的男人，还能阳春白雪到哪里去呢。X先生说金子金贵，Y小姐在他眼里就是那么金贵的一个人，他要亲手给她戴上。一根红绳拴着两颗珠子，就像那个月老的红线拴着什么来着？他说自己特后悔中间断了联系的那十年，反正他现在再也不想松手了，害怕这次一松手，这辈子就再也无法牵上了。

也许是X先生的这番表白打动了Y小姐，她顺从地伸出了那只葱白细腻、盈盈一握的手。X先生握着这只手，细溜的红绳不断从他手里逃脱，他不断抓住，当那枚玉扣子终于扣进去的时候，X先生的额头隐约有些发亮。Y小姐娇笑着说：看你把我的手都掐红啦！X先生其实还想虚虚地搂一下Y小姐的肩，哪怕帮她揉一揉被掐红的手臂，当然，由于初次见面，而且还是在Y小姐的单位门口，他这些念头憋在心底里大气也不敢出。

半小时后，X先生踏上了回家的高速公路。一个小时后，他回到自己的城市，打卡下班，直奔菜场，去买老婆喜欢吃的菜。他在路上就已经想好了，晚上的菜是牛肉芋头煲和香酥鸭。X先生做得一手好菜，结婚这些年，家里烧菜洗碗的活儿都是他一手包揽。他下了班就去菜场买菜，买了菜就径直回家，一样一样搭配起来，能烧出很多花样。老婆从不用过问家事，只管饭来张口，X先生烧什么她就吃什么，反正一周也不会重样。据说X先生最拿手的菜是蒜蓉爆虾、香酥炖鸭，让人一吃就忘不了的那种，但Y小姐没吃过，所以也无从体会那种被烧得一手好菜的男人抓住胃、从而抓住心的感觉。

当天晚饭后，老铁来电话，说要带两个人来打麻将。虽说老铁经常邀人来他家里打麻将，但今天X先生刚刚见过Y小姐的面，他就说要来打麻将，X先生无端感觉他是嗅出了某种气息。X先生那晚的麻将打得格外心不在焉，当他摸到一张“红中”时，这一白一红，无端地让他想起了今天Y小姐雪白手臂上的金珠红绳，手一抖，麻将牌掉到了桌下。X先生趁着弯腰捡牌的空当，做了个深呼吸。

老铁就“咯咯”地笑了起来：兄弟你今天不对劲啊，被女人勾了魂了？

X先生明知老婆已经出去做美容了，还是往棋牌室外张望了一眼，然后不置可否地在喉咙里“唔”了一声，生生切断了这个话题。

自从跟Y小姐见了一面之后，X先生在老铁面前就仿佛有点底气不足，打麻将老输。因为他一看到那些红红白白的麻将牌，眼前就会浮现出Y小姐那只藕节般的手臂。从此，X先生果断把麻将给戒了，他不愿意看到“红中”在其他男人手里被摸来摸去。

Y小姐问的第一个问题是：X先生和Y小姐到底应该继续保持网友关系，还是进一步发展成男女朋友？

“OK，”邹一洲说，“听了你的提问，我感觉自己好像是在电台做情感热线节目。呵呵，我也可以给你讲一个小故事：从前有个懦弱的男人，很喜欢他漂亮的女同学，却不敢表白。于是，他请他最要好的哥们帮忙搭桥牵线。结果，这个哥们跟男人心仪的女同学聊了很多年，哥们早已娶妻成家，这个男人跟他的女同学却一直连说话的机会都没有。更奇怪的是，哥们从此就装聋作哑，仿佛他们之间从来不曾有那个女同学存在。请问：这个哥们到底算不算哥们？”

用一个问题来回答另一个问题，也许就是答案了。

俞早若有所悟地说：我明白一点了。

说这话的时候，她的手指绞着腰间垂挂下来的果绿色飘带。现在她忽然明白，自己挑这件绿色连衣裙的用意了。这种颜色与树叶的颜色是一样的，会给她带来安静的气息。

三

俞早讲的第二个故事是：

他们见面后的第二天，Y小姐就给X先生发来了一张照片，没有脸蛋，只横着一只戴着金珠手链的雪白手臂。Y小姐给照片取的题目叫“执子之手”。其实Y小姐已经把“与子偕老”这四个字打上去了，想了想，又一个一个地删掉了。

Y小姐的照片上虽然没有写后半句，但他们毕竟见了第一面，令X先生每每回想起来，就心头温暖，他感觉自己执意要去见Y小姐一面的决定是完全正确的。当然，生活还是以平静为主，并不因为他们见了一面而起大的变化。他们还是那样一天到晚都挂着QQ，有空时望望对方的头像，偶尔聊上几句。但有些东西又似乎因为那一面，明明地发生了变化。这天早上，X先生要送老婆去上班，他先下的楼，坐在车里等老婆，老婆打开副驾驶座的门坐进来的时候，奇怪地问道：你怎么在听W城的新闻？X先生这才如梦初醒，是啊，他也惊觉自己怎么在听W城的新闻却浑然不知？

月底的时候，Y小姐在QQ上说自己肚子痛。X先生问：怎么了，是吃坏肚子了吗？要是换在以前，Y小姐的回答都是：是的，没事，过几天就好了。X先生就真以为她是吃坏了肚子，还三催四请让她早点去看医生。但这次，Y小姐扭扭捏捏地告诉X先生，她是来月事了。X先生一听恍然大悟，马上向单位请了半天年休假，跑到菜市场里一个十年姜糖老店，一口气买了十斤九蒸九晒姜红糖，就过来看Y小姐了。

这是他们见的第二面，还是在Y小姐单位门口。特殊的日子，Y 小姐的脸色有些晦暗，不像第一次见到的那么光泽。X 先生很想用双手去捧她的脸，却又不敢，便双手把红糖递到 Y 小姐手里，千叮咛万嘱咐，女人特殊日子的这几天，一天要喝三次，早上、中午、下午各喝一次，平时一天喝一次，晚上不能喝，晚上吃姜胜砒霜，这样以后慢慢就不痛了。Y 小姐开玩笑说：你啊，只差用开水冲好，拿把勺子喂到我嘴巴里了。

我还真想能亲手喂你。X 先生在心里说。

X 先生买的姜糖果然特别好喝，但 Y 小姐喝了几口，突然想到：一个大男人，怎么会对买姜糖这些事这么在行的？一股不悦的情绪陡然浮上 Y 小姐的心头，她一把将杯子里的姜糖水倒进了洗碗槽。

但 Y 小姐喝过 X 先生买的姜糖，X 先生就感觉 Y 小姐真是他的女人了，一个需要他疼的女人。X 先生的聊天内容也变得大胆缠绵起来。他们原本就是无话不谈的，工作、生活、饮食，什么都能拿来畅谈，除了男女。但如今，X 先生的谈话内容里渐渐地掺和进了一点男女的味道，比如，在每天工作收工、聊天也要收工的时候，他会发个拥抱、亲吻的表情——亲，抱一下好吗？乖，亲一下好吗？但 Y 小姐的回复，一律都是一个笑脸。这些略带油滑的网络语言，让 Y 小姐有一种粗粝的恶感。

X 先生还好几次用央求的语气，提出要在网上见 Y 小姐一面，哪怕只看一眼。现实生活中见的这两面，让 X 先生心底的某种情愫快速膨胀。可是 Y 小姐每次都闻言遁形，头像马上就黑了。她连用表情符号表示一下亲昵都不肯，更别提视频通话了。

其实这也不能怪 Y 小姐心肠硬，两个人在 X 先生尚未成家之前就已认识了，前七年都谈得好好的，后来突然就断了音讯。如今 X 先生携妇归来，他们却才见了两面，就希望 Y 小姐像网络上那些浪女一样，朝那个虚无的对象喊“老公、老公”，可能吗？

Y 小姐也曾经做过无数次的设想，想到如果有一切都推倒重来的一天，那么蒜蓉爆虾、香酥鸭都不再是传说，甚至姜糖，也可以叫 X 先生泡好了，亲手喂到她的嘴巴里了。但是那一天，始终没有来，甚至连一点风雨欲来的迹象都没有。

失望之余，Y 小姐故意将 QQ 隐身了一天时间，躲在网络背后，看 X 先生在网上声嘶力竭地呼唤：Y 小姐你在吗，你在吗？一直喊到傍晚，直到 X 先生给她留了一条“我在绿皮火车上，去一趟西湖”的消息后，QQ 头像就一直没有再亮起。

三天后，抓狂的Y小姐才在QQ上找到已经回家的X先生。此时的她，已经吓得什么问题都问不出来了，只问了一句：你从哪里找到的绿皮火车。在这座交通发达的城市，Y 小姐甚至不知道哪里可以看到绿皮火车的踪迹。

X 先生说：这是我们这里唯一一趟过路绿皮车，平时用不到也不会去关注，这次刚好派上用场了。

你要坐一列这么慢的火车派什么用场？

X 先生说，他需要一种慢的感觉，慢慢坐，慢慢想。

Y 小姐又问：你去西湖做什么？

X 先生说，为了缅怀坠入湖水的理想。

X 先生没有告诉 Y 小姐他被湖水吞噬的理想到底是什么。居然还有成年人用这么豪气的方式缅怀逝去的理想，Y 小姐很震惊。她长久地思量自己的生活，只差也像 X 先生那样坐着绿皮火车去杭州。她曾经的理想是白天上班，下班给老公孩子做饭，有空就坐在阳台上晒太阳喝茶。如今却发现，太阳依旧是从前的太阳，茶叶也依旧保存着往日的清香，但这日子却走了味，理想中的生活离自己越发遥远了。

X 先生给 Y 小姐发来了一篇洋洋洒洒的《坐绿皮火车之攻

略》和一张照片。他在攻略里写道：坐绿皮火车，一定要做好三个准备。一是带足吃的喝的，火车上几乎什么也没有，能把你饿死渴死。二是夏天要带上扇子，否则会闷死；冬天要穿两件羽绒服，否则只恨身边的人无法让你抱着取暖。三是要学会忍耐旁边男人女人的体臭，坐绿皮车的，很难找出个养眼的。鉴于以上三点，坐一趟绿皮火车，负气出走的青年就变成了愤青，有点浪漫细胞的青年就变成了文青，单身青年不用说，就是失恋青年了。而如果一个人既忍辱负重、又有一点未曾熄灭的理想，那简直就要破窗而出了。当然，如果身边坐着的是个秀色可餐的美女，那么上述三点统统可以忽略不计。

X 先生给 Y 小姐发的照片是在夕阳下的西湖边，一男一女肩并肩依偎在洁白长椅上，身后暮光四合。X 先生说：我曾经以为爱人应该是这样的。Y 小姐笑骂道：真该死，这种侵犯别人肖像权的事情也敢做，万一这是一对露水夫妻呢？骂完了，她却把这张照片做成了自己的 QQ 头像。

俞早问的第二个问题是：故事当中这两个被现实压垮的人，还能找到他们共同的理想国？

“OK，”邹一洲说，“我们继续上面的话题。当年，那个男人和他的哥们同时喜欢上了那个女同学，但后来那哥们结婚了，新娘却不是她。你知道其中的原因吗？念高中时，那个哥们一直盼望着早日考上大学，早日向心上人表白。在他刚考上大学的第一个周末，他跑到西湖边的商业街，准备买件仿古风簪向心上人表白。结果，当他怀揣簪子在西湖边闲逛时，看到一名女子跳湖轻生。那个长发飘飘、身穿白衣的背影，像极了他心目中的姑娘，不会游泳的他冒着生命危险救她上岸，却发现那是个患有轻度抑郁症的女子。也许是他英雄救美的壮举太动人，被救女子表示要以身相许，从此非君不嫁。丈母娘一家只有这么一个宝贝女儿，一齐请求他应下这门婚事，他要什么都可以答应。其实他倒也不想要她家什么东西，只是怕再次逼出人命，此生难安，只得勉强应下这桩婚事。都快二十年了吧，这个男人虽然知道心上人一直都跟他的哥们在联系，但他还是在心底里呵护她。其实他多想揍这个所谓的哥们一顿啊，但他还是跟哥们做了好兄弟，因为看到哥们的一举一动，就可以知道哥们背后那个女同学的喜怒哀乐。”

邹一洲避重就轻，讲完了这个故事，然后在电话那头像是当头棒喝似的说：所谓理想国，其实并非遥不可及，有时候，你胆子大一点，向前跨一步，你要找的一切就会自然呈现。

俞早停顿片刻说：我又明白一点了。

四

俞早讲的第三个故事是：

三个月后，当X先生告诉Y小姐说他有私事要去趟杭州的时候，Y小姐居然撒着娇，说她也要一起去。X先生以为Y小姐说的是玩笑话，不料Y小姐说自己是认真的，并仔细地谋划起行程来。X先生的心狂跳起来，要说男人不期待这一天绝对是假的，但这一天突然来了，反而让他头晕目眩。Y小姐又问X先生：会不会给他家里带来麻烦？此时此刻，还有什么麻烦能够阻挡X先生的脚步？X先生再三表示这件事好比天空只下点毛毛雨，赶路人却穿上雨衣雨靴外加打把雨伞那般保险，保证滴水不漏。

Y小姐又撒娇说，她要跟X先生一起坐绿皮车去杭州。X先生当然什么都答应，只要能在一起，就是下雪下铁他也愿意。说到“下铁”，X先生突然想起了老铁：呵呵哥们，你替弟兄搭的桥不错呵！谁说我的唇永远吻不到所爱的人，你才是！但是老铁至今未婚，X先生却要开始享受齐人之福了，X

先生觉得自己亏欠了兄弟什么。

有了上一次坐绿皮车的经验教训，X 先生为这次坐车做好了充分准备。吃的喝的用的，甚至连盖的毯子穿的拖鞋束头发的发圈都替 Y 小姐准备好了。他们约定在火车站会面，然后一起坐上了绿皮车。X 先生买的车票自然是相邻的，他们很自然地入了座，很自然地耳谈起车厢里神色各异的乘客，就像交往已久的情侣。神交二十年，他们早已在网络上把对方嘴里的烂牙洞都讨论了十八遍以上，还有什么不知道的？

车至半途，不知道是因为车厢空气太差，还是人声太嘈杂，Y 小姐居然晕车，脸色煞白，就势轻依在了 X 先生肩头，长长的头发盖下来，盖住了她的脸，也盖住了 X 先生的肩。X 先生轻抚了一下 Y 小姐的长头发，想拿出发圈把它束起，却又让它顺势垂了下来。那一头浅咖色的柔软直发散发着幽幽暗香，Y 小姐告诉过他，她头发的这种浅咖色是天然的。因为平素不喜欢用养发品，所以发尾有点开叉，但 X 先生就喜欢这样直白的女人，他努力挺直背，让人感觉他是正襟危坐的，却悄悄把头侧向 Y 小姐这边，把耳朵贴在 Y 小姐的长发上。Y 小姐的肩膀一耸一耸，竭力遏制不愉快的东西夺口而出。X 先生抚着 Y 小姐的肩，轻拍她的背，Y 小姐终于没有吐出来。

坐落在西湖西面的国宾馆三面临湖，一面靠山，让以往一出差就直奔街头巷尾经济型酒店的 X 先生顿觉惊艳。与高贵风光相生的高贵房价，X 先生也没时间去肉痛了，他手一挥，说：你看下行李，我去办手续。说完便踏步有声地往前台走去。等等，Y 小姐说着，掏出自己的身份证和一张银行卡递过去。X 先生稍稍愣了一下，接了过去。

两个房间，Y 小姐住十楼，X 先生住五楼。X 先生等 Y 小姐一番洗洗漱漱之后，带她出去吃晚饭。X 先生点的菜都是 Y 小姐爱吃的，他已经从平日的聊天中，对这些信息了然于胸。

服务员送菜过来，X 先生把菜分到 Y 小姐碗里，然后自己也尝了一口，随口说道：味道不如我做得好，以后有机会我做给你吃。这是 X 先生的口头禅，他对自己的厨艺太过自信，到哪里吃饭，都觉得那里的厨师做菜技术不如自己，然后都会貌似盛情地说一句“以后我做给你吃”。

但这话在 Y 小姐听来，却有了另外的一层含义。她捧着碗，半天没动筷子，眼眶里居然渐渐就有水雾漫上来了。X 先生不知自己哪里说错了话，更不明白一个女人的表情变化怎么会如此迅雷不及掩耳，大庭广众之下，又不好给她擦眼泪，只得眼巴巴地看着她，用轻得不能再轻的声音问：怎么了，怎么了？人家都看着呢。

当 Y 小姐再次抬起头来时，眼眶已经干了，只有上眼皮微微带着一抹桃红。X 先生再问她什么话，她就拿出手机，在 QQ 上回复他。X 先生只得也拿出手机，用 QQ 回复 Y 小姐。面对面，还像电脑对电脑，头像对头像，现实中的他们，还笼罩在网络浓重的阴影之下。

X 先生说：你不觉得大家都像看怪物一样看我们？

我们就是一对寄居在网络上的兔子，看起来蹦蹦跳跳，实则一有风吹草动就胆战心惊。Y 小姐话题一转。晚上做什么？去看电影？

X 先生说：好，去西湖文化广场看 IMAX 电影吧。你说你还没看过 IMAX 电影，总得给我个第一次。

IMAX 电影只剩下《一代宗师》还有余票，那就看这个。其实看什么并不重要，只要是他们在一起看一场电影就好。他们排在购票队伍的末尾，周围全都是情侣或做情侣状的男女，搂肩搭背，情意绵绵。X 先生和 Y 小姐，像两个木头人一样僵直站着，显得如此格格不入。为了打破僵局，Y 小姐逗起了前面女生怀里的贵宾犬。贵宾犬不时转过头来，用舌头在 Y

小姐手上蹭来蹭去。细微的痒感让Y小姐把身体慢慢靠近X先生。当它张开嘴，作势要在Y小姐手上蹭一口时，Y小姐迅速把手臂插进了X先生的臂弯里。X先生把这只手臂往里紧了紧，用自己的臂弯夹紧了。

直到电影结束，X先生也没琢磨出到底放了些什么内容。但X先生跟Y小姐都不约而同地记住了电影里的几句话：人生所有的相遇，都是久别重逢；一约既定，万山无阻；念念不忘，必有回响。很经典，说得真好，在回宾馆的路上，Y小姐一直都在念叨这几句话。X先生感觉今晚这场电影就是为他俩放映的，连台词都这么应景。

回到宾馆，已经是深夜11点多，他们一起进电梯，X先生一直垂着手，没有去按楼层按钮。5楼，10楼，Y小姐只得伸出手指按下了按钮。X先生回了自己房间，简单洗漱之后就开始跟Y小姐聊QQ。Y小姐说，在洗脸，敷面膜，洗澡。X先生眼前浮现出了一个绾着头发、敷着面膜的雪白娇躯，他怕自己想入非非，赶紧换了个话题。没聊几句,Y小姐就说累了，要睡了。X先生再发过去，Y小姐的头像就没有再亮起。这个女人，居然这么快就睡着了？ Y小姐心无旁骛到这个程度，X先生却睡不着，他知道自己没有对Y小姐动弯念头，或者说，弯念头在蠢蠢欲动，但是没有让它破土而出。

凌晨三点，Y小姐房间的电话持续响起。她在万分迷糊中被吵醒之后，就明白是谁这么执着地将她从睡梦中唤醒，而且不用看手机也知道，X先生一定拨打过她的手机，只不过手机被她调成了无声。X先生在电话里说，他想去Y小姐房间，但他再三强调自己绝没有其他不良想法，只是想去坐坐、聊聊天。可是我想睡觉。Y小姐的思绪还在迷糊中悠游，含含糊糊地回应道。我可以看着你睡觉，我马上过来，敲五下门，这是暗号。X先生果断地说。Y小姐只得揉着眼睛、趿着拖鞋给他开了门，又迅速钻回到被窝里说：好困，我继续睡觉了。X 先生说：行，你睡吧，我就坐旁边。

X 先生一眼不眨地看着被被子挡住下巴的 Y 小姐，她浓密的头发又挡去了大半个脸，只露出一小块白皙的肌肤以及一张微噘的小嘴。这张嘴让人感觉她很小，还是个小姑娘，让人无奈地按捺住呼之欲出的欲念。

反正你已经被我吵醒了，聊几句。X 先生很想在这种暧昧的环境下，跟她面对面聊聊天。

那些话我们平时都聊过了，现在我好想睡觉。要不，你想说什么，发我 QQ 吧，我睡醒起来再看。

这样说着，她就把整个头缩进了被窝。一层薄薄的被子在那一瞬间仿佛变成了一堵厚厚的墙壁。X 先生半躺半坐地偎在床沿上，对着 Y 小姐的 QQ 头像喃喃自语。天亮起来的时候，Y 小姐醒了，用被子把自己裹得更严实一点，然后对 X 先生说：你该回房间了，我要洗脸，换衣服。咫尺似天涯，X 先生刚刚发完这句，如梦初醒，明白自己不是在家里，眼前这个女人，也不是家中的老婆。老婆洗澡、换衣服甚至上厕所，都从不避开他的视线，如今 Y 小姐叫他回避，这个距离显而易见地就在那里了。

什么事都没发生。但对 X 先生来说，没发生的事变成了一件让他难以言明的心事。斜靠在床头看 QQ 消息的 Y 小姐已经察觉到他的郁闷了，想发一条信息安慰他，但又作罢，心里面满是一种花非花雾非雾的感觉，也已经说不清楚了。

俞早问的第三个问题是：我讲完了这个故事，不知道第三个问题是什么了。

“问题都已经隐藏在故事里了，”邹一洲说。“那么，我们继续上面的话题。那个男人因为一直念着心中暗恋的女人，三十多岁了还没结婚。如今他也算事业有成，不乏主动投怀送抱或者背后秋波暗送的女人，可每次他都拒绝说：我心里已经有人了。OK，我们现在把话题再拉回来，你关注的是 Y 小姐与 X 先生之间的情感纠葛，却忽略了另一个人。你现在应该知道那个人是谁了吧？”

俞早擦了下眼睛说：我完全明白了。

五

见了三面之后，俞早心里似乎根本没有要跟凌宵再见面的欲望。有些人即便不见面，也很交心；反过来，有些人即便常常见面，也不能交心。对俞早来说，她跟凌宵是天天见面的陌生人，陌生的旧相识。她把自己的一些想法埋得很深，交心是一件很困难的事。而凌宵不同，他好像恨不得要把整颗心交出来递给她。每天早上，他会提前五分钟到单位，跟她聊一点诸如昨晚睡眠质量、今日天气阴晴、单位勾心斗角之类鸡毛蒜皮的事；下午上班时也会提前五分钟，例行公事跟俞早道别，然后去菜场买菜。

然而就是这么一个规矩死板的小男人，居然决定要去援疆了。援疆的事情，其实凌宵已经准备了挺久，考前准备，考试，面试，他一直都没有告诉俞早。因为他知道，就算他在阿克苏待上两年，只要他不说，估计俞早也不会知道，因为他们本来就是虚拟世界里两个无法分辨真假的人。

省教育厅公布援疆人员名单的文件一直没有下来，凌宵既盼望早点收到，又隐隐希望这份文件来不了。在纠结中，听前一批驰援阿克苏的同事说，这边已经在整理宿舍了，看到凌宵的名字了。那么，看来此事已是尘埃落定。凌宵决定来看俞早一次，他的决定一下，确定援疆的文件也同时到了。

周末有空吗，我准备过去看你。凌宵在 QQ 上问俞早。

我们才见过面，怎么又想到来看我？

因为，我要去援疆了，很快就要出发，接下来要准备很多东西，安排家事，趁这几天有空，先来看你。

为什么不早告诉我，现在文件都到手了才说？俞早惊讶中带了深深的埋怨，追问凌宵为什么要扔下她去援疆。

凌宵说：援疆需要两年时间，而我也需要两年时间。

俞早不明白凌宵需要两年时间来做什么，她只感觉有件一直抱在怀里的东西突然被人抽走了，心里怅然若失。两个人对着屏幕沉默了许久，俞早说：听说我们一起坐过的那趟中国最后一列跨局运行的绿皮车要迎来收官之旅了，不如到时候一起去看火车吧！

这个消息凌宵之前也听说了，但他一直不愿相信这是真的。如今凌宵说要来看俞早，俞早却说要一起去看火车，凌宵只得答应了。

那天，凌宵穿上了跟俞早一起坐绿皮车时穿的黑色大衣，从对面走来的俞早，也穿上了那次坐绿皮车时穿的米色羊绒衫。两人见了面，看着对方的穿着，不约而同地微笑了。发车时间快到时，检票口一开，看着如潮的人群往里涌去，凌宵的心仿佛也涌了出去。嚓嚓嚓，他仿佛听到车轮吻着相伴了半个世纪的铁道发出的声音，关于这趟列车的所有记忆都涌上心头，俞早披散的长发，耸动的肩膀，都一一在脑海里飘浮。

最后一次的运营，让这列绿皮车获得了此生不曾有过的注目。据说这事件引起了不少国人的怀旧情绪，在网友晒出的关于绿皮车的照片或者旅行记忆里，所有曾经的抱怨，此刻都变成了集体的怀念。但凌宵却把对它的怀念，变成了埋怨——它怎么可以说不开就不开了呢？

绿皮车再慢，还是能带你到达你想去的地方。时光的脚步再快，也只能把人远远甩在身后。我们都是被时光甩下来的那个人，绿皮车将成为一个时代消逝后留下的最后印记，那么什么东西能成为我心里最后的印记呢？俞早边走边想。

在并肩回来的路上，两人都沉默着。默然地走了一段路，俞早停下脚步，平静地说：凌宵，在外面一切都要顺利哦。俞早的语气平淡无味，似乎不掺一点情感，这令凌宵很意外。其实援疆不算是件小事吧，要有两年时间待在一个需要转两趟飞机的地方。凌宵想起家里的那个女人，天天牵着他的衣袖依依惜别，而眼前这个他飞身想来见一面、恨不得装在旅行箱里带走的女人，却表现得云淡风轻，不免让他生出很多伤感来。

又默然走了一段路，俞早问道：如果我叫你留下来，你会留下吗？凌宵很认真地想了想，说，不会。俞早说：我就知道你不会，所以我给你的，只有祝福。

他们一直走到凌宵的车旁。“上车吧，”凌宵说，“我给你带来了一碗杨枝甘露。”凌宵原来并不知道这碗黄糊糊的东西叫什么名字，只知道俞早爱吃甜品，她说甜品可以疗伤，所以出来前，就绕道“糖佰福”甜品店，点了一份。

看着俞早伸着舌头吃甜品的样子，凌宵又想起在杭州那晚，俞早在被窝里露出的微噘的嘴巴，心里竟有了一点甜丝丝的感觉。只是俞早始终不再提凌宵援疆的事，仿佛那事根本就不存在。俞早，你还记得老铁吗？凌宵打破沉默问道。俞早说，自从高中毕业后，自己唯一一次跟老铁联系，是为了问凌宵的手机号。

“不，你们近来也联系过，”凌宵说，“你这么聪明的一个人，肯定早已经知道了邹一洲就是周铁。”

俞早微微一笑说：我要回去了。凌宵说：好的，我送送你，我也是最后一次开这台车了，这车太旧了，我出去两年都不开它，回来时它可能都走不动了。我今天回去就将它锁起来，把你留下的气息永远封存在里面。

可是眼下，凌宵的车子就走不动了。他起劲点火，点火，始终无济于事，只得说：我打电话叫老铁送你回去行不？俞早摇摇头，兀自下车走路。凌宵只得跟着下车，紧跟在她身后。走了一大段路，凌宵说：这里是郊区，我们打不到车的。俞早不说话，继续在前头走。凌宵在后面跟了几步，又说：你这样走，三个小时都走不到市区，老铁就在附近，我叫他好吗？俞早的微笑变得越发莫测，说：我自己打电话给他就行。

俞早坐上老铁的车走了，凌宵发动自己的汽车慢慢驶了出去。汽车驶进车库后，他将全部的车窗都密闭好，锁上车门，然后爬上二十层楼顶，将车钥匙往天空扔去——我是学汽车发动机设计专业出身的，俞早，你忘记了吗？

捕风者

一

夏日的某一天午后，陈布森坐上了一列去往S市的动车，二等座。一等座与二等座的票价相差三十块钱，他大约已经有两年时间没有坐一等座了。到底是为了节约这几十块钱，还是更喜欢二等座车厢里的那些人与事，陈布森说不上来。

五年了，陈布森的大部分时间都是在坐车和闲逛中度过的。在他眼里，一座城与另一座城并无区别，都是如风一样的存在，如果把它们统称为S市也并非谬误。起先，他抱着非常明确的目的赶往某个S市，就是为了找到某个人。在经历了无数次失败之后，这种目的性渐渐淡了。虽然一旦得到一点线索，他还是会启程、寻找，但他内心里非常明白，还是会以失败告终。并且，一切都将归于乌有。他无以填补内心的虚空，或许只能不停地依靠列车奔走，来记住什么，或者忘却什么。

二等座车厢拥挤、喧闹一些，这已经是常识，但今天这节车厢特别嘈杂。陈布森没有座位，他买的是无座票。其实他并没有什么要紧事必须马上赶到S市去，但是他又觉得一刻也不能耽搁，得马上赶到S市，才有一丝希望找到他要寻找的那个人。虽然这希望像蛛网上的蛛丝，蜘蛛一跳下，丝便断了。那个人恰如一阵风，刚刚还存在，可能倏然就吹到了别处。

近来，身体的不适感有加重趋势，也令他有些懒于动身。陈布森拿出一枚一元硬币，玩了个很古老的游戏——将硬币抛起，落下时如果是正面，他就去；反面，不去。硬币在风中旋转，落下，是正面。他便遵循冥冥之中的意愿，即便没有座位，也“站”上了这列动车。

车厢前方和后方分别有一个小男孩在不停地哭闹。一个约摸两岁，吵着要吃巧克力；另一个看起来有五六岁的样子，嚷着要看 iPad。他们的父母都不同意孩子的请求，他们便不停地哭闹。身旁的一个中年妇女从上车开始便在打电话，口音浓重，身上的气息也很浓重，却紧紧贴在陈布森身旁，像在借助他的力量使自己站得更稳当一点。

另外几个同样站着的人大概是站累了，便找了个角落，铺张报纸坐下来。陈布森还是挺直腰杆站着，紧紧扶住一根扶手。虽然坐下来会省些力气，但他宁可站着，只有站着才让他感觉更有尊严。虽然此时谈尊严有些可笑，如果别人得知他的情况，他大概早没有尊严可言了吧？

动车驶出两站后，陈布森感觉窗外的景物飞逝得有些慢了，渐渐慢下来的景物却缥缈、模糊起来。一阵眩晕袭来，肠胃绞动，酸水涌上喉咙，陈布森暗觉不妙，紧紧闭着嘴巴，想快走几步到卫生间，却迈不动腿，终究没能阻挡秽物当众夺口而出。令人不愉快的酸腐味立刻在车厢里弥漫开来，令陈布森措手不及。一个大男人，在大庭广众之下呕吐在车厢的地面上，实在是件很丢脸的事情。中年妇女被突如其来的“哗哗”声吓了一跳，停止了打电话，扭头看了陈布森一眼，身体立即弹了开去。那几个坐在地上的乘客跺着脚站了起来，拍拍衣服，又拍拍裤腿，确定没有被秽物溅到后，纷纷往另一节车厢迁徙。连那两个哭闹的孩子都被这动静吸引住了，车厢里呈现出一片难得的安静。

这安静令陈布森更加尴尬。他喜欢坐二等座，很大程度上是喜欢车厢里这种拥挤实在的感觉，以及在各个座位间流动的喁喁人声。现在这一切都消失了，理所当然地令陈布森心头惶惶然，一时间，他竟然愣住了。

陈布森看到了一双手，打开一包餐巾纸，抽出一张雪白的纸巾，按到了那一堆秽物上，开始擦起来。呕吐过后的陈布森已经舒畅了一些，看清蹲在地上的是一位年轻姑娘。她剪着齐耳短发，身穿一件鹅黄色的连衣裙，领口和袖口都绣着细碎的十字绣。陈布森连忙蹲下身子说：我来擦，我来擦，你快起来，当心弄脏了裙子。他一边说着，一边从姑娘手里拿过纸巾包，也抽出一张来，将纸巾摁进污物里。那位姑娘又抽出另一张纸巾，陈布森几乎是吼起来：不要动！脏！姑娘被吓得一哆嗦，退后一步，双手紧扣。车厢里的其他乘客纷纷对陈布森侧目而视，目光里满含鄙夷，那意思很明了——对一个刚刚伸手相助的姑娘这么凶，还是个男人吗？陈布森感觉到自己的失态，语气缓了缓，歉疚地说：真的太脏了，怎么好意思叫你打扫呢！说完，他又伏下身子擦着这堆秽物，姑娘跑开去了。一会儿，列车员提着清洁工具，跟在姑娘身后，朝这节车厢走来。

陈布森和姑娘一前一后地去盥洗室洗手。不知从哪里飘来一阵微风，清凉的、夏天的风，将姑娘像荷叶般的裙裾吹得微微摇摆。姑娘们都会喜欢这种风。但陈布森身子发冷，微风像根根小刺，让他毛孔倒立。从风里走过，浑身空洞洞的。

等他们洗好手回来时，原先的地方已经打扫得干干净净，但是没有一个人站在这附近，那一堆秽物已经在大家心中落下了阴影。姑娘请陈布森坐到自己的位子上去，陈布森摇摇头说，现在感觉好多了，已经没事了。他谢过那姑娘后，仍旧站在原来的地方，扶着扶手。那姑娘便轻盈地越过外面一个乘客，在中间的座位上坐了下来，侧着脸望向窗外。窗外，是清朗的日光。

当“前方即将到达S市站”的语音响起时，已是傍晚时分，陈布森看到那姑娘也从座位上站起来。他们有了他乡遇故知的默契，相视一笑。

出了车厢，一股慵懒的热气扑面而来，但是已经没有正午的热量，如退潮的海浪一般在沙滩上逶迤着。姑娘拖着一只绘着阿狸的蓝色小行李箱，万向轮在地上轻快地滚动着。陈布森只带了一只随身双肩包，出于礼貌，他问那姑娘：需要我帮你拿行李吗？

“不用呀！”姑娘爽朗地笑起来说，“就一只小箱子，没什么东西，很轻的。”

陈布森反而有些不好意思了，空着双手跟在她后边出了站，问：你怎么走？

我的室友们来接我。拜拜！

姑娘朝陈布森挥挥手，陈布森也朝她挥挥手，往打出租车的地方走去。

这是一场浪漫的邂逅，或者只是一次寻常的偶遇。陈布森在最难堪的时候遇见了这位姑娘，所以绝不愿意动用“艳遇”这个词。

陈布森让出租车司机把他带到了某个广场附近，在那里下了车，漫无目的地逛着。陈布森来S市的目的是明确的，结果却很渺茫，因此，来了之后，他也不知道自己能够做些什么来消磨这无聊的时光。广场上有风，掠过后脑勺，短发楂竖起，脑壳里一阵发紧，似有一本书，其中一页纸将翻未翻地卡在那里。纸上，应该有个模糊的男人的影子。他想努力把这个影子定格下来，却无论如何做不到。那页纸，总是在风中抖动，窸窸窣窣。

左侧裤兜里的手机响起，他不用接也知道，大抵是那些推销甚至诈骗的电话。没有任何熟人知道他现在用的号码，连罗安安都不知道。年初的时候，陈布森路过一家手机店，正有三个店员在门口做促销活动，陈布森便买了一只新手机和一个新号码，预备慢慢地停用原来的旧号码，反正这几年也一直在外面走，与原先的朋友渐渐断了联系。

连陈布森自己都无法给罗安安的身份下个定义，她到底是他的女友，还是前女友？五年前，陈布森挂掉那个令他此后人生骤变的电话后，马上打了个电话给罗安安：晚上一起吃个饭。

罗安安在电话那头愣了好一会儿问：怎么了，有事吗？

罗安安的心思还是挺细密的，陈布森跟平常稍有不同，她便感觉到了。换在平常，陈布森若要请罗安安一起吃饭，都会问："晚上有空吗，一起吃个饭？"那个傍晚，他把前半句省略了，罗安安就感觉到了。没有了前半句，意思也就是：你一定要来。陈布森没有过多地解释什么，罗安安也没有再问，只是在约好的时间点上，到了约定的地点，一家意式餐厅。

那天还是初夏时分，天气却格外闷热，陈布森先到餐厅，坐着等罗安安时，感觉呼吸都有些困难。

你怎么了？罗安安从外面进来，还来不及把包放下便问道。罗安安个子娇小，不算漂亮，口舌也有些木讷。概言之，就是个挺无趣的人。但陈布森就是喜欢这样循规蹈矩的女孩子，在接到那个电话之前，他认为他的生活也会这样一直循规蹈矩地过下去。

没什么，就一起吃个饭，顺便回忆一下旧事。陈布森翻开菜谱说。

罗安安做了个惊讶的表情：旧事？

陈布森和罗安安交往不过将近半年时间，一直如温吞水般不冷不热，从相亲、互发微信到一起喝茶吃饭看电影，就用去了四个月时间。第五个月，他们才开始牵着手逛公园。朋友们都认为陈布森傻到家了，如今社会，不管娶不娶回家，还有哪个男人愿意花这么多时间，来用心与一个女人交往？在众口一词的大环境下，陈布森也曾深深怀疑过，自己到底是身体上哪个功能出了差错？第六个月，他们还在继续牵着手逛公园还是去哪里度假之间徘徊，陈布森居然开始回忆往事了。聪明人都知道，回忆往事往往是事物式微的开始——要么是青春逐渐衰微，要么是人际关系即将败落，陈布森和罗安安显然属于后者。

陈布森叫来服务员，点了个海鲜烩饭套餐给罗安安，他自己则要了一个十四英寸的比萨，灿黄滚圆，像个大月亮搁在桌子上，上面铺满了香肠和层层叠叠的各色酱料。陈布森举起一支明晃晃的大叉子，往比萨上狠狠一刺，饼皮发出了一声松脆的“咔嚓”声。他吊诡地笑了一声，放下叉子，直接用手捏起一块比萨塞进嘴里。

你怎么了？你今天很奇怪。罗安安又问。

安安，我今天特别想跟你回忆一下往事。你记不记得我们交往以来，我有没有喝醉酒的时候？喝醉的时候有没有做出对你不利的事？我真记不得了。我的意思是，如果我真喝醉了酒，做出什么不利于你的事，我是记不得的，只有你记得。

没有。罗安安干脆利落地说，用勺子挑开酥浓奶油蛤蜊汤上的黄色酥皮，一股热气随之冒了出来。

嗯，那么说就是没有了，对吧？那么，我们只是在上个月逛公园的时候牵了下手，对吗？

罗安安脸上闪过一丝难堪的表情，不再说话，低下头喝汤。

安安，那你记不记得，我上次拔了阻生牙的时候，你有没有吃过我碗里的菜？

没有，那天你吃的是青椒炒肉片，这两样我都不喜欢吃。你这是怎么了？罗安安像受了莫大的伤害，想提高声调说话，却无奈她的嗓音就只有那么大。

“我们的事情已经回忆好了。”陈布森说，“你看，我们之间值得回忆的事情真的不多。”

“我明白了。”罗安安推开汤碗站了起来说，“你的意思是，你跟我交往很无趣对吧？你要分手对吗？好，我同意。”说完，罗安安便背起挎包，头也不回地走了出去。

陈布森没有起身相送，继续坐着咔嚓咔嚓吃比萨，喝罗安安喝剩下的汤，直到十四英寸的比萨外加一碗汤都落进了他的肚子，才摇摇晃晃地站起身来，像个醉汉一样走了出去。其实他来之前，就已经仔细地回忆过了跟罗安安交往的细枝末节，现在又跟罗安安本人核对了一遍，他才感觉一块石头已经落地了，踏踏实实地回到家蒙头大睡。

陈布森以为罗安安就此恨透了他，真的像她表现出来的那样干脆利落，不再理他了。没想到，当天晚上，罗安安就打了十几个电话来，一边哭一边说，她会改，她会努力改，她会改得更好，如果他要她穿高跟鞋她就穿起来，要她穿包臀裙她就去买，要她发嗲她就学着发嗲，总之会痛改前非，满足他一切的要求。

罗安安一边哭诉，陈布森一边拒绝：我不喜欢女人穿高跟鞋，我不喜欢女人穿包臀裙，我不喜欢女人发嗲。

那你喜欢什么？罗安安抽泣着问。

我不喜欢你。

电话里传来忙音。陈布森胃里涌上了一阵恶心感，跑到卫生间哗哗呕吐起来。剧烈的呕吐令他一度怀疑晚餐时喝的那碗汤，到底是蛤蜊汤还是一碗烈酒。吐过后，他回到床上继续睡觉。一会儿，恶心的感觉又上来了，他又跑去卫生间。就这样一夜折腾到天亮，陈布森已经像根隔夜的油条一般浑身发软。

自此以后，陈布森的睡眠质量就变得很差，夜晚到了他这里，经常性地断断续续。每次他睡意正浓时，却像有一阵电话铃声诡异地响起，他在惊悚中醒来，摸过手机一看，却没有任何来电。即使他把手机打在静音上，或者干脆关了手机睡觉，还是会如此。

陈布森认为自己已经与罗安安摊牌了，该说的都说了，该拒绝的也拒绝了，但罗安安还是会每天早上八点发一条短信给他，短信内容一如她的性格般平淡无奇，问的无非都是：吃早餐了吗？昨晚睡得好吗？天冷了，添秋衣了吗？冬天了，记得多盖条被子。罗安安曾在短信里说过，这既是问候，也是闹钟，是催陈布森起床上班的闹钟。他们正在交往的时候，陈布森要是前一晚写程序写晚了，第二天就会赖床。罗安安就每天打一个电话给他，响三声就挂断，算是提醒他起床。这么多年来，她把这个习惯一直保留了下来，只不过“叫早”方式从电话改成了短信而已。

陈布森已经把偌大的广场转了三圈，腿有些发酸。暮色渐渐合下来了，热气一层一层从城市上空剥离，微凉的风从各个角落里汇集，波浪般缓缓漾过来。在薄暮的风中，一切都看不真切。

从广场出来时，陈布森看到一个面容憔悴、浑身肮脏的中年男人站在广场的入口处，胸前挂着一张海报，上面印着一个小男孩的照片，写着几个大字：宝贝回家，寻子五年。下面是很多介绍孩子情况和自己艰辛寻子的文字。过往的路人都停下脚步，读着海报上的字，有些用怀疑的目光看看中年男人，加快脚步走开了；有些同情地摇摇头，叹息一声，也散去了。

五年，也是五年。陈布森在离开之前，掏出口袋里的一千元钱，递给了中年男人说：老兄，只要有一线希望，就继续找下去。中年男人下垂的眼角涌出了泪花，陈布森加快脚步，离开了这个跟他一样悲凄的男人。

二

陈布森在广场边上的一家便捷酒店订了个单人房。

进入房间后，陈布森先是开窗通风，接着马上开始做清洁工作——打开双肩包，拿出随身携带的床单被套枕巾以及口杯牙具毛巾一一铺好、摆好，然后烧一壶开水，冲烫洗脸盆，最后打开一张一次性马桶坐便纸，将马桶圈包得严严实实。做完这一切准备工作，他才安心地躺了下来，双手枕在脑后，身体渐渐地沉静下去。只有思绪还像坐在列车上飞驰，掠过一座座稀疏的房屋以及天际一朵朵云彩。

第二天早上八点，陈布森塞在右边裤袋里的手机响起一声鸟鸣。他知道，是久未谋面的罗安安在唤他起床。现在，这只手机响起的频率也越来越低了，只有罗安安执着地每天问候他一声。他到底是该感动呢，还是该后悔跟她提分手？都说女孩子的青春伤不起，在当地，一般来说女孩到了二十五六岁，是谈婚论嫁的黄金时期，也是关键时期，如果错过这个时期，就等于跨入了大龄青年的行列，用老一辈人的话来讲，就是黄鱼卖过了正午——只能贱卖了。陈布森回想了一下，罗安安认识他的时候刚好二十四岁，那么今年该是二十九岁了。不知道她家里到底有没有逼婚催嫁，或者她已经嫁人了，只不过习惯性地每天发一个短信给他而已？

罗安安一定知道陈布森早已不在原来的那家IT公司上班了，但她会认为陈布森是在某家她不知道名字的公司里上班，因为他曾是一名很有灵感的软件工程师。她也许意料不到，陈布森近几年并没有去上班，而是一直坐着列车奔跑，从南到北，从西到东。但陈布森还是非常开心收到罗安安的短信，虽然他看过就删除，没有回复一条，也没有留下一条。他之所以没有马上把原来的号码停机，这是唯一的理由。装着旧号码的手机硬邦邦地塞在右边的裤兜里，令他很有安全感。

昨晚睡得并不好，当然，睡眠不好是老毛病了。在朦朦胧胧间，他听到好几声纸片擦着水泥地面飞进来的声音。早上起床一看，果然地面上躺着好几张小卡片。不用看，陈布森也知道上面写着什么。近几年来，陈布森每逢出去都住便捷酒店，每晚上这几声细微的“嗖嗖”声是免不了的，像异物刺激鼻子一般令人痒痒。当然，陈布森即使睡眠质量再不好，也不会起床查看这些卡片，第二天也不会看，直接就丢进垃圾筒了。

洗漱完毕，陈布森下楼去肯德基吃早餐，要了一份鸡肉卷和皮蛋瘦肉粥，点过餐后，他迅速从双肩包里拿出一个盖碗，让服务员把粥装在这个碗里。服务员起先面露难色，后来看看陈布森坚决的目光，终于将碗接了过去。

陈布森找了个角落坐下来，打开双肩包，拿出一副餐具——筷子、调羹和叉子。他先用叉子在鸡肉卷上刺一下，拔出来，然后在粥里也刺几下，再搁到一边。那样子，跟旧时皇帝用膳前，太监用银针给饭菜验毒一样。自从那天跟罗安安吃最后的晚餐时，陈布森拿叉子刺了比萨之后，便把这个习惯一直保留了下来。做完这个动作，他才一手捏着鸡肉卷，一边持调羹，一口一口，飞快地将粥和鸡肉卷吞下肚子。等东西都吃完，整理好餐具，放进背包里，这一餐才算结束。

每一次，陈布森换一个新地方时，只要他待上几天，宾馆和附近小餐馆的服务员都会对他印象深刻。混熟了之后，还经常有人半开玩笑半认真地问他：你是不是得了传说中的洁癖症啊？在他们眼里，陈布森体型清瘦、服装整洁，到哪都尽量用自己的随身物品，这一切都符合洁癖症的特征。

陈布森也装作认真地想了想，点点头承认了。

听说有洁癖的人不喜欢跟女人做那事，觉得很脏。那你有女朋友吗？又有人大着胆子揶揄道。

陈布森摇摇头说，没有。

大家哄然一声笑。在这样不怀好意的笑声中，陈布森很落寞地走开了。

也有人说陈布森这种表现不是洁癖，跟洁癖没什么关系，而是心理有问题。用叉子吃固体食物还能理解，用叉子去刺粥、刺牛奶，这不是有毛病是什么？

现在，陈布森早已经习惯了这些或同情或取笑的目光。他很淡定地吃过早餐，外面的阳光有点耀眼了，想着出去也没有什么事，他便在店堂里多坐了一会儿，看了一下手机新闻。看完新闻，他又觉得老坐着也不是个事，便在服务员意味深长的注视下踱出店来。

他漫无目的地踱着步，不知不觉踱到广场上。

“先生，请您关注一下艾滋病防治知识！”伴随着这句清脆的女声，一份宣传资料递到了他面前。陈布森感觉脑门被什么碰了一下，身子不由自主地向前倾斜。他将手伸向双肩包，想掏出什么东西来，但又抽了回来，他看到站在他眼前的，正是在动车上认识的那个姑娘。她穿着一件粉色的护士服，披着红色的志愿者马甲，印着几个黄色大字：行动起来，向“零”艾滋迈进。别在她胸口的红丝带像一簇火焰，刺痛了陈布森的眼睛。

再次相遇让他们都相信这是缘分。姑娘说，在生命中，有些人就是要相遇的，有些事就是要发生的。他们简单交流了一下个人信息，陈布森得知她叫吴小桐，是S市一所护理学院的大四学生，马上就要毕业了，这次她是和同学们一起在这里宣传艾滋病防治知识。陈布森告诉吴小桐，他是IT公司写代码的。由于那天说了太多的话，很多内容显得漶漫不清，他已经记不得，他到底有没有表明那是“曾经”的事情了。

陈布森没有接下那份宣传资料。他说自己懂得很多防治艾滋病的知识，肯定比这份资料上写的更加全面，就没有必要浪费纸张了。这份资料，还是留给有需要的人吧。

吴小桐撇撇嘴说：那我考考你啊，艾滋病的传播途径有哪些？回答完全正确才给分，漏答一个不给分。

陈布森阴郁的脸上勉强现出一丝笑容，问吴小桐道：那你先回答我，你为什么要来做志愿者？

陈布森以为吴小桐会拿献爱心、参与社会实践、关注民生之类的标准答案来交差，没想到她脸上漫过一层很重的忧虑，停滞了片刻说：我们去找张椅子坐一下。他们坐在一张长椅的两头，刚好坐在一大蓬树荫底下。

去年下半年，吴小桐去一家医院实习，在注射室为病人打针，原本做得挺开心的，还得到了医院护理部主任的夸奖，真正体会到了当白衣天使的感觉。但是有一天，在快下班时，吴小桐突然发现自己的手指不知什么时候被针头扎破了，而当天她经手的就有一个是艾滋病人。

听吴小桐说到这里，陈布森陡然感觉自己的左手一疼，像有一块玻璃狠狠地嵌进了他的手指，鲜血汩汩而出。他用右手心捂住了左手背。

你怎么了，脸色这么难看？吴小桐问。

哦，没什么，听你说手指被扎了，我就想到了鲜血。我，说来不怕你笑话，我晕血。

瞧你那么高的一个人，还晕血呢。但我刚才只是描述了一下当时的情景，又没有真的流血呀。吴小桐侧着头，看着陈布森的眼睛。

那是臆想晕血吧。陈布森说。

那个瞬间真是天旋地转，去死的心都有了。吴小桐回忆起当初的情景，还是掩饰不住满脸恐慌。陈布森也听到了一个响雷打在头上的声音，他抬起头看看天，太阳正艳。他知道自己又出现了幻觉，近段时间，他经常会听到一些原本并不存在的声响。他拍拍吴小桐的手说：HIV 职业暴露，当事单位应该马上有应急处置措施吧？

吴小桐惊讶地看着陈布森：你说得很专业，我现在相信你懂得很多这方面的知识了。

吴小桐实习的医院非常重视，第一时间就把预防性用药送到她嘴边。吴小桐回忆起当初服用抗病毒药物进行干预性治疗时，产生的口唇起疱疹、脱皮、浑身燥热等等副反应，还是痛苦不已。但她说，最痛苦的还不是肉体上的病痛，而是内心的折磨。这一年来，吴小桐寝食无味、坐立不安，生怕第二天一睁开眼睛就成了艾滋病人，以致整夜整夜地不敢入睡，那种感觉就像一把钝刀在心上慢慢割着。幸好，一直到第十二个月，吴小桐的血样检测 HIV 抗体仍为阴性，可以排除职业暴露后 HIV 感染。

最后一次结果就是昨天出来的，我们在动车上碰到的，我就是回实习的医院拿报告单的。虽然之前医院领导已经打电话把结果告诉我了，但只有把那张化验单捧在手里，才真正感觉到踏实啊！那感觉，那感觉怎么形容呢？就像是套在身上的紧箍咒一下子脱掉了那般爽快。吴小桐说着，哈哈大笑起来，笑声朗朗悦耳。

有一口笨钟在陈布森耳畔敲。第四周，第八周，第十二周，第六个月，第十二个月……吴小桐曾经掐着时间，一周一周过日子，陈布森现在也是数算着时间，一天一天甚至一小时一小时地过日子。他深知这种日子痛苦难熬，因此竭力装作非常认真地在倾听，不时点点头表示理解或赞同。

我捧着化验单看了又看，生怕看花眼了。看完之后，我掏出所有的零花钱，请同学们大吃大喝了一顿，把那个小饭店的菜都吃光了，服务员看得目瞪口呆。吴小桐说完，又兀自哈哈地笑了一阵。

“所以，今天你就来做志愿者了，对吧？”陈布森微笑着说，“这真的很有纪念意义。”

是的，我以后会把这件事一直做下去。吴小桐又咧开嘴想笑，终于忍住了，只露出一排细小的门牙。

年轻真好，陈布森冒出了这句话。虽然陈布森眼下正值最好的年岁，但他近来对“年轻”“年老”有了个新的定义——应该按人生一卷的终结倒计时来确定年轻或年老，更合适吧？

吴小桐说，在这样一个值得纪念的日子里认识了陈布森，真是一件非常值得纪念的事情。加个微信？吴小桐晃晃手机。

陈布森说：我来S市出差，只待一周就回去了。

只是加个微信，又不是叫你做我男朋友，难道你还想天长地久？

陈布森犹豫了片刻，从左边裤袋里掏出那只新手机，打开微信二维码，让吴小桐扫一扫。吴小桐扫完、添加之后，收起手机说：我去找同学们了，我们今天要把这些宣传资料都发完才回学校。说完，她踩着地上斑驳的树影，像小孩子玩跳格子游戏一般，欢快地走远了。

陈布森也起身回酒店。吴小桐有毕业手续要办，有工作要做，还有美好的未来要奔，而陈布森什么也没有，什么也不想做，便趁着日上中天之前，回到酒店躺着。他在酒店前台订了七天的房，在这七天里，他准备像往常一样，躺一会儿，出去逛一会儿，再躺一会儿，再出去逛一会儿。至于七天之后去哪里，去做什么，接下来再做打算。

如果长年累月在同一个地方待着，肯定会有很多人对陈布森产生好奇之心——年纪轻轻，每天就这样躺一会儿、逛一会儿，靠什么吃饭？他们可能还会以此作为反面教材，教训自己的儿女，好吃懒做，以后有得苦头吃！喏，就像这个陈布森一样，天天吃吃逛逛，连精神头都没了，这是活生生的例子。

只有这样经常在不同的地方漂着，才不会有这些猎奇的目光。这大概也是陈布森近几年一直在外面“漂”的原因。

三

无所事事的人是没有重心的人，过的是一种头重脚轻的生活，陈布森就是如此。不知道是身体原因，还是心理作用，他经常感觉自己双腿发虚，站立不稳。

吃、逛、躺着或睡觉，陈布森终于把日子“漂”到了来 S 市的第三天。

早上八点，陈布森正靠在床上似睡非睡，左右口袋里的手机居然同时响起。右口袋里的手机铃声是鸟鸣，左口袋里的手机铃声是一声马嘶。天马行空，这是陈布森特意设置的。陈布森思索片刻，还是先掏出右边的手机，罗安安依惯例问候他：起床了吗？陈布森把短信删除了，重新将手机塞进裤袋。他又拿出左边裤袋里的手机，吴小桐发了一条微信给他：上午十点，有空在上次遇见的那个广场见面吗？跟你谈件事。

广场是陈布森每天必逛之处，在广场上跟吴小桐见个面只是件顺带的事，他便回复道：好。

不到九点，陈布森就在广场上逛了，他反正没有事情可做。十点，吴小桐来了，神神秘秘地问陈布森：你出差的事情都办好了吗？

好了，过几天我就回去了。

这么说，你这几天都有空喽？可不可以借用你几天，和我们一起演个情景剧？

陈布森说：演戏？不行，这个我不内行。

吴小桐告诉陈布森，确切来说不是演戏，是她们学校毕业汇演，她们班级想演个有关艾滋病防治知识的情景剧，需要一位男主角。大家都知道的，护理学院本身就没有几个男生，吴小桐她们班级更是连一个男生都没有，只能请个外援了。吴小桐是这个情景剧的女主角，男主角就由吴小桐自己找，吴小桐就想到了陈布森。

陈布森还是面露难色：你还是问一下你在S市的其他同学朋友吧？我是真的没有表演天分。

吴小桐用不容置疑的口吻说：要不是看在你懂一些艾滋病防治知识的分上，你想跟我演戏我还不同意呢！走吧，去我们学校礼堂，我的同学都在等你了。说完，吴小桐伸手叫了辆出租车，把陈布森推进车，自己也坐了进来，叫司机往她的学校开去。

到了学校礼堂，吴小桐的同学们都好奇地围了过来，上下打量着陈布森。一个个子高大、吴小桐介绍说是她们班长的女孩子，还考了陈布森几个跟主题相关的问题，见陈布森对答如流，才点点头表示面试通过了。

陈布森也抢在正式确立合作关系之前，问了吴小桐她们一个问题：你们为什么要排练这个情景剧？这一群刚刚还叽叽喳喳的女孩子都沉默下来，班长抹了一下眼角，吼道：叫你来演个角色而已，要演就演，不演拉倒，哪来这么多废话？

吴小桐把陈布森带到礼堂角落里，叹了一口气说：你别怪班长说话太重，我们是心里难过。我们之前有个同学，人很善良，长得也很漂亮，交了个新加坡富商男友。交往了一年多时间后，她男友莫名其妙地失去了联系。我同学打听了好久，才得知他得艾滋病死了。我同学非常恐惧，一查，自己也染上了艾滋病。她万念俱灰，留了封遗书，说死不可惧，但实在接受不了这种死法，然后就服下了过量的安眠药。

你那同学后来怎样了？

后来被室友及时发现，送医抢救，人是救过来了，但休学了，我们再也没有见过她，她父母都几乎要疯掉了。

陈布森长吁一口气，郑重地点点头表示同意。

之后的几天里，陈布森终于找到了事情做。他每天九点就赶到吴小桐学校的礼堂排练情景剧，中午由吴小桐班级管饭，他们一起坐在礼堂的台阶上吃盒饭。陈布森吃饭速度很快，总是第一个吃完，吃得一点不剩，然后盖上盖子，轻轻地丢进垃圾筒里。而那几个女孩子吃得很慢，一边吃一边聊天，还互相吃对方饭盒里的菜。有一次，一个女生还准备将筷子伸到陈布森的饭盒里来夹菜吃，陈布森很是反感，后来分到盒饭就远远地一个人坐着吃。有一回，吴小桐想看看陈布森饭盒里装的是什么菜，她端着盒饭坐到陈布森身边，却发现他饭盒里已经空空如也。吴小桐一愣，问：一个盒饭够不够，要再加一个吗？你这么瘦，得多吃点，你这身材要是给我们女生就好了，省得减肥。

陈布森苦笑了一下说：我只是习惯性吃得快、不长肉而已，显得我像是来你们这儿混饭吃的一样。

吴小桐扑哧一笑。

陈布森虽然没有医学背景，但他对艾滋病防治知识了解比较全面，而且他本身的表演天分也不错，排练进行得很顺利。前台服务员见陈布森这几天都早出晚归，有些诧异，小心翼翼地问：你找到工作了？陈布森回答说，是呀，在一个剧组里跑龙套，中午管盒饭。

排练进行到第五天，他们一直合作默契。但就在情景剧接近尾声时，他们却出了点分歧。在“消除偏见与歧视”一章中，按照剧本要求，陈布森要和吴小桐表演握手、拥抱等几个情节，来表明正常的社交活动不会感染艾滋病。陈布森皱了皱眉，说自己没有与陌生人握手、拥抱的习惯，再说这个环节也未必一定要由男女主角来完成，可以换成女主角跟其他女配角来演。吴小桐的班长一听急了，说那这个情景剧演起来还有什么意思啊。我们这是在宣传艾滋病防治知识，又不是在宣扬同性恋！

吴小桐一阵愕然，脸色涨得绯红，问陈布森：我们认识这么久了，算是陌生人吗？

几个女生围上来大声说：就算是陌生人，人家女生都愿意，你一个大男人，扭扭捏捏的算什么？

陈布森无言以对，以一种决绝的姿势逃离了礼堂。阳光一无阻滞地从天空奔腾下来，直泻到陈布森的眉际，汗珠从他额头密密麻麻地渗出来。打车回到酒店，陈布森就直奔房间，将空调开到最低。空调压缩机嗡嗡地响起来，一团白气挟带着冷风从出风口涌出来，他这才感觉稍稍舒服了一点。在这样一阵直逼心窝的凉意里，陈布森睡着了。

这一夜睡得特别沉，第二天，当陈布森被两只手机一前一后的铃声唤醒时，他发觉麻烦事情来了。陈布森有个极不好的习惯——哪个夜晚睡得特别沉，往往就是感冒要来的前兆。这一次也一样，他感冒了，鼻塞流涕，看什么都是模糊的叠影。他掏出右边裤袋里的手机，发现居然躺着两条信息。一条是罗安安的，信息有点长，他只看了前面的，照例是一些问候的话语，他没有点开看接下去的内容，就将信息删了。另一条，是公司高管发来的，只有几个字：你做的软件出了点问题，速回公司一趟。陈布森也将信息删了。

陈布森又掏出左边裤袋里的手机，吴小桐给他发了很长的一条微信。陈布森努力地举着手机，终于看清了密密麻麻的字。吴小桐在微信中道歉，说应该尊重他的意愿，她已经说服了班长，情景剧最后一幕就换成她跟另一位女生演了。陈布森费了很大力气，才在手机上打出几行字：我感冒了，得休息一阵子，连情景剧的前几幕也无法演了，你们换人吧，耽误了你们的汇演，非常非常地抱歉。

生病加上内疚，陈布森的手指移动得很艰难，又一阵虚汗从后背冒出来，将他的睡衣都洇湿了，潮腻腻地粘在身上。陈布森打开淋浴龙头，裸身站在水流中，水珠沾在灰白的皮肤上，像无数只虫子粘在身上。这时，陈布森发觉自己似乎又瘦了一点。这几年虽然一直漂泊不定，但陈布森对饮食还是讲究的，一日三餐尽量定时定量，热量补充足够，但人还是不可遏止地消瘦下去。陈布森很悲哀。

手机沉默了很久，陈布森想象，吴小桐一定在摔东西，大发脾气，年轻女孩碰到烦心事时都喜欢这样。没想到吴小桐回复说，临时换演员没关系，反正这几天排练下来，同学们对剧情都了解了，只要大家重新调整一下角色就可以。陈布森稍稍心安了一点，跟吴小桐开玩笑道：我吃了你们五个盒饭，这账怎么算呢？

手机又沉默了一会儿，吴小桐居然打了电话过来，让陈布森大为意外。吴小桐嗔怪陈布森道：你还有心思开玩笑！该不是你昨天冒着大太阳从礼堂跑出去，然后吹了空调，一热一冷，才感冒的?

陈布森不承认也不否认，在心里说，这样讲话像个老妈子。

吴小桐说要来看望陈布森，陈布森无论如何不同意，他认为女人生病楚楚可怜，男人生病面目可憎。但吴小桐却不知怎么的就到了他所住的宾馆，敲响了房间的门。陈布森怎么也回想不起来，到底何时泄漏了自己的住处。但眼下要面对的问题是，吴小桐已经在门口了。

门开到一半，门外是走廊里射进来的光束，门后是晦暗的阴影。一明一暗如刀割般分明，吴小桐就站在这半明半暗的光线里，脸上亦是一半明一半暗。陈布森穿着睡衣，趿着拖鞋，头发凌乱，看起来比前一天苍老了三岁。

房门一关上，一男一女站在房间里便有了些尴尬。还是在广场上见面来得自然。陈布森赶紧去拉开窗帘，打开窗户，窗外的热浪和微风涌了进来。

我这是重感冒，你得离我远一些，站到窗口去，那里空气流通些。陈布森像交警一样指挥吴小桐在窗口通风处站好，从双肩包里拿出一只一次性口罩，举在空中，却不知道该给自己戴，还是给吴小桐戴。想了想，他还是展开口罩，罩在了自己的鼻子和嘴巴上。

吴小桐嘻嘻笑起来，指着放在桌上的餐盒说：我给你带了馄饨。

陈布森不想矫情地说自己回忆起了母亲做的馄饨，念起了儿时的味道，眼下，他就想吃一碗馄饨。他真的饿了，隔着口罩都能闻到馄饨的香味，看来他的嗅觉还没有坏掉。陈布森又从双肩包里拿出一只全新的口罩，说委屈吴小桐先戴上，免得把感冒病毒传染给她。说到这里，他说：咱们再顺便玩个小游戏，你看窗外，能看清对面楼上的那个红点是什么吗?

吴小桐果然非常认真地望向窗外，陈布森趁机拿出叉子，对着馄饨刺了几下。吴小桐看了好久，始终没有发现什么红点，只能郁闷地转过头来说，看不到呢！

哦，看不到就算了。陈布森对那个红点显然没有兴趣，埋着头，捧着碗，吃得稀里呼噜。

吃饱后，陈布森松弛皮肤上的沟壑看起来浅了一点，他擦擦嘴，对吴小桐说：我要回去一趟。

吴小桐一点也不意外，陈布森是来S市出差的，回去是迟早的事。但是，你感冒这么重，能坐车吗？是不是再待几天，等感冒好点再走？她问道。

陈布森说时间到了，该回去了，他还撑得住。以后应该会再来S市吧？如果再来，就联系吴小桐。

吴小桐点点头，想帮陈布森一起整理行李。陈布森拒绝了，说别人放的东西，他会找不到。他仍旧让吴小桐待在窗口，自己动手收拾起来。陈布森的行李铺开来很多、很大，但整理起来也不过是一只随身双肩包的分量。

这是什么？吴小桐问。

只不过是一幅画，是陈布森前几天没事的时候，随手画画的。那天，他看了广场上寻子男人胸前挂着的照片，回来就开始画这幅画了。画的似乎是一个男人，但是很模糊，整个人都像裹在一阵狂风里。陈布森想把他画得清晰一点，却怎么也做不到，脑子里剩下的，就只有这么一点记忆。一把大叉子正对着那束似风又似头发的物体，要落下去。

酒店桌子上，正有一把这样的叉子。

陈布森让吴小桐先走，吴小桐不同意，一定让陈布森先走。陈布森在总台结账时，总台的小伙子暧昧地看着他笑，趁着打印机吱吱打印发票的空隙，悄悄问陈布森：那是你女朋友吧？他咧开嘴，发出一声令人费解的“哈！”

陈布森未置可否。

吴小桐也下楼来了，让陈布森站着别动，拉开陈布森背在背后的双肩包拉链，将一样东西塞进去，悄悄在他耳边嘱咐道，酒精就放在内侧右边的小兜里，别忘了。总台小伙子一直盯着吴小桐看，直到陈布森拿眼睛瞪他，他才将目光收回，装模作样地低下了头。

陈布森没有和吴小桐告别，更没有跟她一起走出酒店的大门，他从来没有在酒店门口跟女性告别的习惯。在吴小桐的注视下，陈布森独自一人背着包，坐上了去往动车站的出租车。

四

陈布森其实已经没有真正意义上的家。跟罗安安分手后，他就从父母家搬出来，在城乡结合地带租了套一室一厅住。房子原先是一套大商品房，房东把它隔成了两套一室一厅，分别租给了两户房客。房租不是很高，房东是个黑胖的中年男子，态度很和善，对陈布森说，他不图几个钱，就喜欢把房子租给像陈布森这样长得清爽、看起来有档次的人。陈布森不知道该对房东的评价作何表情，只得尴尬地笑笑。

陈布森在楼下绿化带旁边碰到房东，房东正把一卷陈旧的地毯和一个破箱子扔进垃圾筒。房东看到陈布森回来了，很热情地跟他打招呼：怎么很长时间没有看到你啦！陈布森对他点点头说，是啊，近来有点事出差去了。陈布森曾无意间听到房东跟村民聊天，说房子就租给陈布森这样的房客最好，单身，又大部分时间不在，这房租收得舒心。

陈布森坐电梯上到十二楼，看到住他旁边的房客正站在门口大声打电话，粗声说，要么他马上搬走，让房东把房租退还给他；要么以后对面的房门、窗户都不许打开，真是晦气死了。对面的房子也是这个房东的，也隔成了两套一室一厅。陈布森听到楼梯上传来了房东唯唯诺诺的声音，以及爬楼梯时发出的喘气声。也只有房东舍不得坐电梯，每天爬几百级楼梯去巡视他的出租房。

陈布森问隔壁邻居：怎么了？

邻居嚷嚷道：你这段时间不在，还不知道吧？住我们对面的那个男的，听说是个同性恋，怪不得我经常看到他跟一个打扮得妖里妖气的男人一起进进出出。有一次，他给那个男的开门，我还看到他穿着大红色的女式内裤。我当时就觉得不对劲了，原来真的是同性恋。

陈布森问：现在呢，搬走了？

是的。

那你生什么气？

邻居把嘴凑到陈布森耳边说：男男同性恋最可怕了，谁知道会不会有艾滋病？从这个房间里出来的空气，都带着病毒吧？我这一想，心里就发毛啊！

房东喘着粗气爬上了十二楼，先对陈布森的邻居挤挤眼睛，又赔着笑脸对陈布森说：你出差辛苦了，快回房休息吧！陈布森也真的感觉自己累了，不想再跟邻居和房东说话，就进房去了。

陈布森其实是极不愿意去医院看病的，他在床上躺了几天，想等自己的免疫系统打败感冒病毒。但感冒始终无法自愈，陈布森只得起身去医院，去呼吸内科看感冒。分诊台护士听陈布森陈述完自己的症状，立刻塞给他一支体温计，让他先量体温。陈布森知道是那个叫 H7N9 的病毒引起了大家的恐慌，对护士说，出门前已经量过体温了，三十七点八摄氏度，只是低烧而已，这个体温已经持续了挺长一段时间。护士又问他流行病史，得知他没有禽类接触史，才迟疑地说：先看呼吸内科，要是医生让你转感染科看，你就到后面那幢小楼里看。

感染科，一个令人望名生畏的名字。其实，感染科的那幢小楼特别漂亮，围着漆成绿色的铁栅栏，大簇大簇的凌霄花从栅栏里伸出来，热情蓬勃。但是从感染科出来的患者或者陪同的家属，脸上大多没有什么笑意。病情的迁延不愈，实在是件令人厌恶的事情。就连从感染科楼前经过的路人，也多是行色匆匆，侧目而过。

接诊医生是个年轻的小伙子，当陈布森跟他说自己得了感冒时，他拿出压舌板压住了陈布森的舌头，看看陈布森的喉咙说，有点红，不过还可以。他又拿听筒听听陈布森的心肺，说，好的。陈布森看不到自己发红的喉咙，但听到医生这样说，心里很宽慰，终于可以不用去感染科看病了。他以前在感染科看过病，从里面出来时，明显感觉路人射过来的眼神有些异样。

医生有点不以为然地笑起来，年轻人嘛，感冒了也不一定要吃药，多喝水就行了。陈布森说，不，感冒很严重，好久了都没好，开点药吃吧。医生仔细盯着陈布森看了看，问：之前的病历有没有？陈布森说没有。医生若有所思，敲敲键盘，开出一大堆化验单、胸片单，让陈布森先去做些检查。

陈布森在窗口排队结账，脑子里在盘算大概需要多少钱。突然队伍骚乱起来，他前后左右的人都跑光了，呼啦啦堆到了其他窗口。他正诧异间，后面一个白色的庞然大物走了上来，直接走到前面，递了个就诊卡过去交费。那庞然大物戴着一次性医用帽子、一次性口罩，架着一副大眼镜，穿着一次性手术衣，双手戴着乳胶手套，浑身上下没有一寸肌肤露在外面，像套在一个巨大的一次性袋子里。看那人的身高和走路的样子，陈布森判断应该是个女人。在这样的盛夏，这个女人打扮成这副模样，陈布森想起了每次用叉子刺破食物时的快感，竟产生了一个邪恶的念头——如果用叉子刺一下她裹着的一次性装备，是不是会喷出汗水来呢？陈布森知道这个想法很污，但他确实是这样想了。

及至这个女人离开后，队伍又骚动起来，大家都在纷纷议论这个女人的来头。陈布森听明白了，这个女人的老公得艾滋病十年了，今天来医院看病时，因不堪疾病的折磨，竟趁妻子不注意，从医院最高的楼顶跳了下来。现在人还趴在地上呢，他掉下来时，砸了下面一个雨棚，雨棚上刚好有块玻璃，现场真是鲜血和玻璃飞溅，惨不忍睹，不信你们去看。队伍中有个小伙了说。当然，大家都信了，因为谁也不愿意去看现场。

鲜血，玻璃，鲜血与玻璃飞溅。陈布森不敢再去想像这些场面，眩晕的感觉又上来了。眼前经常出现幻象是件很可怕的事，也看过好几位医生，有的医生说是感觉神经末梢病变，有的医生说是反应性精神紊乱。不管怎样，医生给出的结论是相同的——药物充其量只能缓解这种症状，不要再差下去就是万幸了。

医生的话犹在耳边嗡嗡响着，在周围的喧闹声中，陈布森看到一辆卡车越过分隔线，呼啸着向他们的商务车冲过来。两车瞬间相撞在一起，电光石火，车窗玻璃哗啦啦碎裂、飞溅……碎玻璃排山倒海般砸在驾驶员身上，后座上的两个男人在锐声尖叫，陈布森没有慌张，镇定地掏出毛巾来，捂在了驾驶员正在喷射鲜血的伤口上……

痛，尖锐的痛感袭来，一块碎成三个尖角的玻璃像叉子般扎在了陈布森手上。司机像条血泥鳅一样平躺在救护车里，被送往医院抢救。陈布森也是伤员，但他觉得挤救护车去看手上的小伤口实在不合时宜。那时候，陈布森是个健壮的小伙子，会打篮球，能跑全马，还拿了全市第八名。这个小伤口对他来说，跟被蚊子叮了一口一样，完全算不得什么事。

喂，在说你呢，快上去！陈布森一惊，手上的痛感消失了，是排在他后头的一个人等不及了，推了推陈布森的手。陈布森双腿发软，浑身虚汗，没有力气上前一步，只得退到了一边，对后面的人说：你们先。

抽血、拍片、验痰，陈布森几乎把医院的门诊大楼都走遍了，才拿到一小堆条形码小票，下午或明天，他要凭这些小票来医院取回一大堆报告单。医生开了一盒感冒片给陈布森，嘱咐他，等所有结果出来了，一定要再来复诊。

从医院出来，陈布森直接去了趟公司。其实，就算公司不召唤他，他也要回来一趟的。近半年来，他积了好些医药费发票要报销。陈布森每“漂”到一个地方，都会顺便去当地的医院看一下病，买一些必需药品。他已经多年没有在本地的医院看过病了，生病之前不需要看，生病之后就不在本地看了。昨晚，他粗略算了算，发票金额加起来足有四万多，报过来也是一笔不小的数目。当初，公司就说好全额给他报销的。

公司的实木大门高大气派，陈布森轻轻一推，舒适的冷气便冒了出来。但陈布森正浑身濡湿，被冷气一吹，不禁毛孔倒竖。很少有公司采用实木做大门，在这整条商业街上，唯有这一家 IT 公司门口矗立着两大块光滑坚固的鸡翅木。自从公司正副两位老总亲历了那场车祸，都不约而同地对玻璃产生了恐惧感。他们平安回来后，在拍拍胸脯庆幸大难不死必有后福之余，立马叫来了装潢公司，测量尺寸，卸下玻璃门，安上实木门。

在公司里坐班的人没几个，大部分人都出去跑业务或者蹲家里写代码了。前台接待员是新来的，彬彬有礼地跟陈布森打招呼。陈布森对她点了点头，直奔老总办公室。在走廊里碰到了一个旧同事，她满脸惊愕地看看陈布森，脸上霎时浮满黑线，低下头，沿着墙根飞快地走开了。陈布森面无表情，径直走进了老总办公室，在他办公桌对面的椅子上坐下。老总欠了欠身子表示欢迎，屁股重新坐下时，借势将自己的椅子往后挪了十几厘米。陈布森对这个动作隐含的意义心知肚明，也非常识趣地将双手交叉放在自己的大腿上。

老总的目光始终停留在某个不可知之处，他作了一番努力，嘴唇动了动，终于开口说话了。陈布森写的那个预约叫号软件近来老是出问题，公司找另外的工程师修改了几次，始终有些 bug 无法解决。无奈，公司决定召回这个软件，为已经在使用的五家单位换上一款类似的软件。老总叫陈布森来，就是为解决这个事。

陈布森这几年一直没有正式在上班，但每个月还是能拿到基本工资，就是因为他当初写了这款软件，公司将它卖给了五家单位，拿了几笔可观的费用。出车祸那天，陈布森就是和两位老总去第五家单位谈判回来。

出车祸后，老总答应陈布森从此可以不用来公司上班，如果软件出现 bug，就由陈布森在家修改，公司每个月发给生活费。如果这款软件以后还卖给其他单位，陈布森可以拿到提成。医药费除了医保减免的部分外，其余的全都由公司报销。公司做出这样的决定，已经算尽到人道主义了，陈布森没有异议。

至于其他的损失，这个，或许可以向司机索赔？当年，老总曾小心翼翼地如此提议。陈布森苦笑了一下。手术还没开始，司机就拖着骨折的手臂从医院逃脱了。从此，司机一家都一同从公众的视野中消失了。

因此，这几年，陈布森的日子过得还是挺拮据的。眼下，公司老总说要召回陈布森开发的这款软件，那么是不是意味着，陈布森为公司所做的贡献也到此为止了？

果然，老总委婉而明确地表达了他的意思：这几年公司财务吃紧，投资上海的一块地皮失利，这边的公司周转困难，其实之前已经裁掉了几位老员工，因为考虑到陈布森的特殊情况，所以一直保留着他的职位。但眼下，实在是……

老总的目光终于转到了陈布森身上，热切地注视着陈布森。老总目光灼灼，像窗外的太阳一般冒着火焰，陈布森的虚汗又冒出来了，但他使劲绷紧皮肤，让虚汗冒得少一些，以免在老总面前失了态。陈布森深知一旦失去这基本的生活来源，对他来说意味着什么，他艰难地从喉咙里挤出几个字：当初说好了，我这是工伤……

老总说，公司没否认这是工伤，但工伤补助也是有时间期限的，公司愿意再一次性给予补助。老总说着，将椅子稍稍拉近一点，对陈布森说：你也算是公司的元老了，总得为公司声誉考虑，对不？公司以后要是发达了，也有你的一份功劳。

老总的意思再明白不过，陈布森完全听懂了，觉得再僵持下去也没有什么意义，便拿着老总亲手批的条子，从财务科一次性领取了两年的基本工资，外加报销了四万多元的医药费，在前台接待员甜甜的告别声中，迈出了公司的大门。

两扇鸡翅木大门在身后悄无声息地关上。陈布森从毕业后就一直在这家公司工作，但现在，它就这样抛弃了他。两扇紧闭的大门像两只空洞的眼睛，静默地望着陈布森。那支随身携带的叉子，不知何时被陈布森掏出来握在手里。陈布森握着它，就像握着一柄长矛，要对看不顺眼的人猛掷过去。当然，叉子始终只是紧紧地被陈布森攥在手里。

五

吃了感冒药，陈布森睡得昏昏沉沉，阳光把厚窗帘的上半部分照得透亮，他才醒过来。陈布森已经躺了好几天，从公司出来后，感冒似乎又加重了一些，即使每天吃两倍的感冒药量也无济于事。

他不知道今天到底是几号、星期几，便去裤袋里掏手机。这时，他才猛然想起右边口袋里的手机好久没有响起了。他还是怀着侥幸心理，认为或许是自己睡过了头，没有听到手机响罢了。一直存在的东西，有朝一日毫无征兆地不在了，心头便觉失落得慌。他迟疑地掏出手机，上面果真没有罗安安的信息。陈布森深感后悔，在S市那天，没有看清罗安安的信息就删掉了，不知道罗安安到底讲了些什么。

左边口袋里的手机倒是响了起来，陈布森一看是个陌生号码，便没了接听的念头，任由它响着。手机不依不饶地响到第三遍，陈布森才接起来。又是一个召回电话，是医院在召陈布森回去。工作人员在电话那头焦急而又措辞得体地说：医嘱不是叫您第二天就要来医院取检查结果的吗？您怎么到现在还没来？有几个指标不好，您得赶快回医院一趟。

这几天一直感觉生活像团乱麻，倒把最重要的事情给忘记了。看样子，该来的终究还是要来了。陈布森挂断电话，这才发现吴小桐给他发了两条微信，一条是好几天前的，说：我们的情景剧已经在毕业典礼上演出了，我把与我演对手戏的女同学当成了你，演出很成功。在这雷动的掌声中，可惜不见你面。你还好吧？另一条是昨天晚上的，询问陈布森近来都好吗，怎么不见回信。

陈布森在心里骂了吴小桐一句“傻样”，点点屏幕，只回复了两个字：安好。

手机没有再响起，陈布森慢慢起身。对于他来说，仿佛有大把的时间可供他无所事事地挥霍，又仿佛年岁短促得看不到明天的太阳。这两样都令他难受。他只得用“慢”来对抗这种空虚与短暂。

陈布森终究又被“流放”到感染科就诊，医院方面还安排了血液化疗科的医生来会诊。接诊医生五十来岁，微胖，态度非常和蔼。他虽是感染科医生，却不像其他科室的医生一样戴口罩。医生翻看了所有资料说，是恶性淋巴瘤，这是免疫功能全面崩溃的表现。医生把引起恶性淋巴瘤的前因后果等等话都省略掉了，他大概认为陈布森应该对这些“知识”已经了若指掌。陈布森面容呆滞，脑海里只有山体垮塌的声音，一时间泥沙俱下。

医生根据陈布森描述的体征，说肿瘤已经压迫到神经了，像这种情况最好手术切除。做手术的话，或许可以挺几年，至于具体能挺几年，这个谁也说不好；不做手术的话，也就那样吧，你回去考虑一下。室外是直逼三十八摄氏度的高温，室内空调凉爽，陈布森浑身麻木无力。医生说，这就是肿瘤压迫神经的表现。被医生一点明，陈布森顿觉麻木无力像条水蛇一般缠绕过来。医生格外有耐心，没有急于按号叫下一位病人进来。陈布森已经好久没有近距离地仔细看过一张人的脸了，今天他见到了，如同发现了新生物一般欣喜，便盯着医生多看了几眼。医生的目光正与他对接，平和而自然。陈布森有些冷静下来，对医生点点头，说会回去考虑清楚。

医生给陈布森开了些药，发票上指明，他要去那个标着“医防整合药物专用窗口”红字的窗口取药。其实，这个窗口也会发送其他药品，别的人都像没有看到这几个像血一样的红字，大大方方地上前取药了，只有陈布森呆呆地遥望那个窗口，不敢上前一步。在陈布森眼里，那是一座孤岛，迈上去就会与世隔绝。

在那个取药窗口，有个男人一来就要插队，一言不合就跟发药人员吵吵嚷嚷，跟其他取药人员据理力争。他的意思是，他不需要排队，就应该由他先取药，因为这是专用窗口，完全一副理直气壮的模样。陈布森见过这个人，他进医生诊室的时候，那个人刚好站起身出来，与陈布森打了个照面。

陈布森在心里痛恨自己，该厚的脸皮没有厚起来，该忘的事没有忘掉。但痛恨归痛恨，面皮终究还是薄的，陈布森便沿着走廊往医院外面踱。走廊外面的花坛里立着一棵大树，树冠蓊郁，聒噪的蝉声穿透树叶，陈布森走出老远了，耳际还充斥着嗡嗡声。

就在走廊的尽头，陈布森遇见了罗安安。她还是老样子，只是原先发黄的长发剪短了，穿了一件宽松的连衣裙，腆着小腹，一步一摇地走过来。陈布森先看到她，踯躅了一下。可能是地上停滞的光影惊动了罗安安，她抬起头，呆望了陈布森一下，停住脚步。陈布森向悬浮在罗安安周围的空气点点头，便转身欲离去。

谢谢你。罗安安说。

陈布森有些惊讶：谢我什么？

就是，谢谢你。

呵。

你知道不，你开发的那款软件其实并没有召回，只不过让其他程序员改了点东西，现在又卖给了一家银行。这是欺骗，你们公司欺骗了你。

哦，保重。

他们说了这几句简单的对话后，一个男子攥着一堆检查单，一路小跑到罗安安身边，警觉地瞧了陈布森一眼，问罗安安：他是谁？

他是我的旧同事。罗安安说。

我是她的旧同事。陈布森说。

他们几乎同时就他们的关系给出一个适到好处的解释，三个人都舒了一口气。陈布森对罗安安和她的丈夫说：你们忙，我有事先走了。

原来，生活如同演戏，凡事早已有铺垫，前事是后事的伏笔，后事在前事的掩护下匍匐前进。陈布森在心里对自己说。

天气预报天天在发布高温橙色预警，阳光正肆无忌惮地抖落下来，到处弥漫着光与热，马路上蒸腾起来的热浪让光线都弯曲了。原先不知躲在哪个角落里的沮丧情绪，突然像一盆糨糊般砸了过来，令陈布森浑身湿答答地难受。在跨出医生诊室的那一刻，手术的事情就已经决定了。手术还是要做的，或许可以挺过去呢？希望还是要有的，虽然他看不到希望过后还能有什么。至于软件的事，罗安安说这是欺骗，在陈布森看来，这或许真的是欺骗，但是生活中的欺骗本身就是无处不在的，如果不去追究真相，也就不能称为欺骗了。

红绿灯旁的人行道上，三名皮肤黝黑的工人正顶着大太阳，在安装遮阳棚，已经装了一半，在地上投下一小片暗区。工人宽阔的后背上，豆大的汗珠正从皮肉里绽出来，陈布森觉得那场面令人无比畅快，便在遮阳棚下多站了一会儿，给妹妹陈布夕打了个电话。

陈布夕大约正在家里打扫卫生，她很快要跟一个包工地的男人结婚了。陈布森听到了瓷瓶落地打碎的声音，“哗啦”一声脆响。陈布森眼前恍惚又浮现出一地碎玻璃碴，阳光扭曲着身子，在水泥地上跳舞，显得更加耀眼、刺目了。

“哥，”陈布夕颤颤地叫了他一声说，“对不起，真对不起，我，跟周水说的是哥哥五年前失踪了。”

周水就是陈布夕的未婚夫。陈布夕在电话那头泣不成声，向陈布森细数了这几年的苦楚：父母都是老实巴交的农民，本身就不招夫家待见，如果现在再冒出一个这样的哥哥，她的婚事百分百要泡汤了。谁家公婆愿意接受这样的儿媳妇啊？周水也会抬不起头来的。而她，已经三十出头了，再不嫁，就没人要了……

陈布森的心悸颤起来，这种悸颤，他只有在五年前体会过一次。接到电话的那一天，陈布森正在打篮球，一个清冷简洁的女声跟他说了一句话，或者说才几个字而已，陈布森托着篮球的手刹时无力地垂了下去。篮球狠狠砸在地上，扬起一脸灰土。喂？喂？哦！他在电话里重复了三遍，队友们都围了过来问，怎么了？陈布森转身往篮球场外走去，只听见心脏在胸腔里不停悸颤，令他几乎要晕厥过去。

“我跟夏天有仇，跟太阳有仇，”陈布森心想，“恶性淋巴瘤偏偏要在夏天来拉仇恨。”挂掉电话，陈布森不知道自己还能做些什么，想了想，直奔动车站，反正双肩包已经背在肩上了。他决定去S市动手术，那里医疗条件好自不必说，至少那里有吴小桐。虽然，他不知道吴小桐是不是已经毕业去某个医院工作了，或者已经回了老家。还有，他要趁着做这台生死未卜的手术之前，再去S市某广场附近逛一逛。

六

再到S市，俨然来到一处故地。五年来，除了家乡，陈布森的足迹极少踏上同一个地方。每一个去过的地方，最终都成为伤心地，只有S市除外。

下车后，陈布森给吴小桐发了条微信。

吴小桐回复说：就知道你会来。

陈布森问她：为什么？

有那么一种感觉，你还会再来。

陈布森告诉吴小桐，他这次来是为了做手术，一个复杂而且结果不确定的手术。

谁陪你一起来的？

一个人。

手机又缄默了一会儿，吴小桐问：住哪个医院？我来看你。

陈布森回复：还没入住医院，还住原来的那个快捷酒店。但是你不要来，我们明天上午九点在广场上见面，如果你有空的话。

打上出租车，在原先那个广场附近下了车。在入住酒店前，陈布森决定先在广场上逛两圈，逆时针一圈，再顺时针一圈。两圈逛完，毫不意外地一无所获。这种结果，陈布森已经经历了无数次，因此也不算得太沮丧。陈布森已经没有时间和精力继续坐着列车奔跑了，便在心里告诉自己，这是最后一次。既是最后一次，就应该留个念想，他打开双肩包，将随身携带的叉子扔进了广场上的人工湖中。叉子在浮力的作用下，缓慢往下沉，终于静静地躺在了水底。陈布森感觉肩头的包轻了许多。不过是少了一把叉子而已，真奇怪，陈布森在心里自言自语道。

那个寻子的男人还站在广场上，面容更憔悴了一些。有人劝他说，这样找是找不到的，最好通过电视台、网站寻找。那男人机械地说：有人告诉过我，有个很像我儿子的孩子在这个广场上出现过。陈布森对他点点头，男人茫然地看了陈布森一眼，又把目光落在胸前的照片上。

快捷酒店前台的小伙子还认得陈布森，陈布森实在是一个特别到令人过目难忘的人。他一边为陈布森办理入住手续，一边用余光偷偷扫视了一下陈布森身后。陈布森知道他想看什么，拿到押金发票，一言不发地上楼去了。

这一夜黑得特别早，夜特别漫长。陈布森在床上躺了一会儿，身体越来越乏，脑袋却越来越清醒。实在没有睡意，他索性翻身起床，趿上拖鞋，从包里拿出水杯，咕咚咕咚灌了几口水，便铺开纸，在灯下写起东西来。他写写停停，想想写写，到后半夜才写好。其实一张 A4 白纸上，也不过写了寥寥几行字而已——如果术中、术后发生危险，不组织大抢救，不插导尿管；死后遗体立即火化。陈布森写的第一条便是这个，其余的，无非是叮嘱陈布夕照顾好父母之类的话。手指已经僵硬了，他小心翼翼地将 A4 纸对折再对折，每个角都对得整整齐齐，装进信封，压到枕头底下，再把自己的脑袋轻轻地压在枕头上。

还是没有睡意，耳际又传来细微的卡片塞进门缝的声响。陈布森再次起身，俯下身子拾起一张卡片，看着上面妖娆的女子和手机号码，掏出了手机。一个眉毛浓黑、嘴唇猩红、脸上涂得跟墙一样白的女人进门后，二话不说，就像藤蔓一般缠了上来。陈布森看着她身上仅有的几块布料，将她抱在他腰间的右手拿下来，放在自己的额头说：摸摸看，我有没有在发烧？

那女人浪笑起来说：发烧，哈，我看是发骚吧？

咱俩聊几句。陈布森认真地说。

那女人却不耐烦道：大哥，你叫我来不是为了聊天吧？

我想告诉你，我生病了，很严重的病。

女人脸上立刻浮起鄙夷的神情说：你们这种男人我见得多了，口袋中没几个钱还想找女人，找了又说自己有病。

我说的是真的，要不要我拿病历给你看？

陈布森打开双肩包，往外掏病历、取药发票等等东西。那女人变了脸色，嘴里骂了一句什么话，立刻打开房门溜了出去。陈布森听清楚了，她骂的是：神经病。陈布森看着那个慌不择路的背影，发出一声冷笑。

第二天上午九点，陈布森来到广场的时候，吴小桐已经在等他了。吴小桐的发型变了，齐耳的头发凑合着束成一个小马尾，看上去有点滑稽。昨夜一直没有睡着，陈布森感觉额头烧得有点厉害。吴小桐显然看出他脸色不好，关切地问他怎么了。

陈布森问：你工作的事怎么安排了？

我留在S市肿瘤医院工作了。

哦，那挺好。工作都顺利吧？

嗯，都好。刚来的时候，看到医院里到处都是脸色蜡黄、愁眉苦脸的癌症病人，心里不免怕怕的，好在现在也习惯了。你来S市是做什么手术，我能不能帮得上忙？

陈布森犹豫了一下说，是个肿瘤手术，不过不用你帮忙，我已经约了另一家医院的医生了。

S市肿瘤医院是省内做肿瘤手术最好的一家医院，你还是来我们医院吧。

陈布森摇摇头。

那你去哪家医院？你一个人来，我陪你去吧！

陈布森还是摇头说：有需要的时候我会打电话给你的。

说完这些，他们都不知道该说些什么，气氛有些沉闷。陈布森觉得自己或许不该来见吴小桐，见了面，却又不告诉她实情，那么见面是为了什么？陈布森也说不上来，只是觉得在手术之前，特别想见一见吴小桐。又沉默了一会儿，吴小桐说等一下要上中班，先走了。走之前，吴小桐再三嘱咐陈布森说，有需要一定要打电话给她，做手术之前也一定要告诉她，不然，就再也不拿他当朋友了。说完，她眼圈一红，咬着嘴唇猛地转过身去。

朋友？陈布森也呆住了，在背后喊了一句：你等一下！

吴小桐转过身来，双目直视着陈布森。陈布森说：你离上班还有一会儿吗？如果有时间，我想跟你聊聊，我……陈布森又语塞了，想了想，从双肩包里掏出昨晚在枕头底下压了一夜的信封，对吴小桐说：这个，现在不要打开，等我定下什么时候手术了，麻烦你来一趟医院，再打开这个看看。

这是什么？

遗书。

吴小桐哆嗦了一下说：其实我之前也写过，写好了放在家里的抽屉中，来S市取报告单的前一天晚上，我把遗书撕了。等你手术结束，我也把你的遗书撕了，你碰到我会有好运的。我们还要做好朋友的，不是吗？

吴小桐说完，郑重地将信封放进包里，像小鸟展翅一般张开双臂，拥抱了陈布森一下。她收回双臂说：这是你欠我的，你还记得我们一起演过的情景剧吗，演到最后一章，你临阵逃脱，害得我被同学嘲笑没有男人缘，这不，我连头发都留长了。记得，定下什么时候手术了，一定告诉我。

吴小桐走后，陈布森一个人在广场上逗留了很久。他心里有些话，不知该讲给谁听。他想一个人静静，看一会儿书，便在脑海里使劲地翻那本永远翻不过去的书。不知风从哪里来，从身前吹到身后。他回头看了看，仿佛每一阵风吹过，都会有些什么东西在风里慢慢消失。一直卡在那里的那页书翻了过去。一片空白。

梦是静静燃烧的雪

一

最后一滴雨落在窗台上的时候，她突然感觉到了秋天的一丝凉意。下班时分，甘雅静接到了金爸打来的电话，说是天气凉了，他要给甘雅静做双短靴，让她来一趟量量脚长。

秋天毕竟是有了秋天的样子。甘雅静望了望窗外，又陷入了一阵沉思。她褪下左脚的袜子一看，大片淤青还没有消退，从脚背一直爬到脚踝。金爸那边到底还要不要去？金爸名叫金银财，原先是一位老鞋匠。鞋匠对顾客的脚最敏感，虽然隔着袜子，但只要一捏顾客的脚，他们就能对对方的脚了若指掌。她怕金爸知道自己的脚受伤心里难过，本不想去量脚长，但金爸说自己念想着甘雅静，让她务必来一趟。

金爸，金爸，甘雅静在金银财家门口就叫上了。两年前，金妈因肠癌去世了，金爸也已经七十来岁，就辞了城里的工，搬到乡下老家住了。金银财的老家是座粉墙黛瓦的二层小砖房，底下是皮鞋店，上面是住处，房子虽旧却让人心里有种淡然恬静的感觉。屋里，金银财正戴着老花眼镜，坐在小板凳上，弓起身子，左手托着一只鞋楦，右手在一块咖啡色的小羊皮上画样。“金爸，你怎么又做上皮鞋了？你年纪大了，该时候享享清福了。”甘雅静走过去说，“不要做了，快歇歇吧。”金银财抬起头笑笑说：金爸老了，做不动了，再说这手艺活搁了二十多年，手早就生疏了，静静，你说现在谁还会来买我做的鞋啊，大家都到商场去买喽。

早些年，金银财一直靠手工制鞋谋生。他做的鞋价廉物美，穿上两三年也不会坏，曾经是方圆数十里的一块金字招牌。他开店的这条街上，还冒出了两家仿冒的金爸皮鞋店，但顾客只要一试鞋子，就知道这两家不是金爸皮鞋店。金银财就靠金爸皮鞋店，不但养活了一家人，而且还成为村里条件上好的人家。一个手艺人，能做到这样，也算可以了。但后来金银财见儿子金世浦没有半点子承父业的念头，而且也寻思着，做皮鞋这门手艺逐渐在走下坡路，最好是到城里谋生，让儿子受到好一点的教育，便收了皮鞋店的营生，进城找工作去了。

金银财一边画鞋样一边说：想想以前啊，最忙的时候，金爸跟你金妈要做鞋做到凌晨一二点，你金妈做些轻省的活，画画样、涂涂胶，我缴鞋帮、撑鞋楦，鞋子做好后，一定要撑足一周，这样做出来的鞋子才不容易走形。唉，如今拾掇起这手艺活，我就想你金妈了，你金妈走了也两年了……唉，不说这个了，我再做一双鞋子给你吧。我这一辈子给顾客做了无数双鞋子，但只给你做过一双，真不是个好爸爸呀。

甘雅静十三岁那年，班级里挑选了十二个姑娘跳《茉莉花》，她也是其中之一。公演前，舞蹈老师要求每个演员自行准备白色皮鞋、白色袜子，同学们都高高兴兴准备好了，但甘雅静母亲以家境拮据为由，不给她买皮鞋。眼看着就上不了台，甘雅静哭着去找金爸。金爸满脸慈爱地笑了：静静，别的事金爸办不到，想穿双皮鞋还不容易？金爸的女儿，想穿什么样的鞋都成！其实金爸的店里只卖成人皮鞋，根本没有少年人穿的鞋楦。为了给甘雅静做双鞋，金银财特意跑到厂家订了一双小码鞋楦，又花了一夜时间，赶制了一双带蝴蝶结襻扣的白色皮鞋。那天的演出，甘雅静成了最耀眼的小公主。那抹亮丽的白色，一直照亮着甘雅静有些黯然的少女时光，让她那张惴惴不安的脸，渐渐有了绽放的力量。

金银财曾说，他这一辈子最遗憾的事情，就是让甘雅静拜了他这样一个干爹。金银财虽然没见过大世面，但好歹也在城里待了二三十年，见识了城市里的一些风俗人情，知道人家姑娘都是拜一些大人物当干爹，没有拜他这样的皮鞋匠当干爹的。这个姑娘虽然心气很高，但是没有忘记自己的本分，我们疼她是应当的。金妈在世时，金爸多次这样说。

回想往事，甘雅静觉得眼睛涩涩的，便站起身来，在皮鞋店里踱步。“你这鞋跟太高太细，对脊柱不好，”金银财说，“你在那条短凳上坐下来，让我量一量你的脚。虽然金爸做的皮鞋样子不时髦，但穿起来不硌脚，你要是觉得穿高跟鞋走路累了，就换上金爸做的平底鞋穿穿。”甘雅静坐在短凳上，伸出右脚让金爸量脚长，说：左脚就不用量了，我左右脚一样大。“衣不差寸，鞋不差分，”金银财说，“鞋子差个毫厘，穿起来就不舒服了。”甘雅静只得伸出左脚，让金爸量她这只还略显肿胀的脚。金银财弯下身子，扯着皮尺，一边眯缝着眼睛测量，一边说：静静，金爸知道你努力、上进，跟我家的小子不一样，但你老是一个人闯，一个女人家也累，也该找个伴了，不然容易惹人家闲话。其实我也不该以你金妈身体不好为由，一定要世浦赶紧娶个媳妇，结果闹成这样……

前几年，金妈刚查出肠癌的时候，金世浦还是光棍一个，心里一直装着甘雅静，而甘雅静呢？总是装聋作哑，当着金爸金妈的面，客客气气地喊他“金哥”，背过身去，脸上却分明有种难以言明的表情。金妈却急了，想赶在作古之前接上一脉，百年之后也好在讣告上写上孙儿的名字，如此才可入土为安。在情感上，金银财虽然有意完成妻子的一番心愿，但理智告诉他，儿子太过板实，与甘雅静恐怕没有前世姻缘。这样想着，金银财也便安排金世浦去相亲。三场相亲下来，邻村一个开皮具店的女子居然看上了金世浦。那是个场面上颇为玲珑的女子，而且在城里有房有车，金世浦只要点头就可入住，也省下风里来、雨里去数十年的打拼。金银财大如了解情况后，点头默认了这门亲事，金世浦便答应速速成婚。

婚后，金世浦夫妻俩一直拌嘴。太老实，没大能耐，赚不了大钱，当时金世浦在老婆眼里的优点，现在全变成了缺点。老婆还是那般八面玲珑，经常应酬到深夜，喝醉了酒被男人送回来，金世浦免不了发脾气，两个人扭打作一团。两人的感情日渐衰落，不久便分道扬镳了。离婚后的金世浦没有再娶，金爸金妈都知道他心里在想什么，但经历了结婚、离婚之后，他们愈发觉得那事已经不可能了。

金银财替甘雅静量好了脚长，记下了数字，说很快就能取到成品，这几天就不要穿高跟鞋了，老穿高跟鞋会让脚型肿胀。甘雅静觉得金爸是悟出了什么，怕他会询问起更多事情，不敢多逗留，嘱咐过他不要着急、慢慢来之后，便从金爸家出来。

河面上飘来一阵凉风，让人浑身凉飕飕的。天气预报说今晚要降温，天果真凉起来了，金爸在这个时候制一双短靴给甘雅静，正合时宜。甘雅静将外套裹得紧一些，步履匆匆，走向停在远处的汽车。不用回头她也知道，金世浦正不远不近地护送她。

甘雅静坐进汽车，锁好车门，系上安全带之后，给金世浦发了条信息：不用送了，我不会有事，你快回去吧。

金世浦回话说，自己没有在送甘雅静，他只是顺路也要回去而已。

金世浦一直开车跟在甘雅静的车后，她快他也快，她慢他也慢，一路将她送到了家里，才调头离开。进了房间，身上仍沾着丝丝凉意，做只蛋糕暖暖身子吧。甘雅静走进厨房，拉出工具箱，将各种焙烘器具一一摆开。甘雅静除了能写文章，还有一手很不错的烘焙技艺。最初去学做烘焙，无非是冲着那份闲情逸致而去的，后来做得顺手了，甘雅静渐渐地从中悟出一点门道来。其实食材比人更有灵性，只要你用心待它，它也会毫无保留地把自己最美好、最美味的一面展现给你。做美食，心意跟结果是成正比的，你花多少心思，就能得到多少结果，不像有些人，你再怎么真心对他，也终究焐不热那颗铁石心肠。

取两只鸡蛋，将蛋清与蛋黄分离后，打蛋器一开，原本透明的鸡蛋清在高速搅拌棒的作用下，很快冒出了鱼眼一般的密集泡泡，像一只只深不可测的眼睛。这些眼睛，有些像章亦潮的，有些像程雷的，有些像鄢副总的，更多的像是周围同事们的，它们带着各种各样复杂的表情，盯着甘雅静。这些眼神令甘雅静很厌恶。她做了这么多只蛋糕，第一次产生这种不愉快的情绪，便将打蛋器开到最大挡，搅拌棒所到之处，那些挤眉弄眼的奇怪表情统统被抹平了，甘雅静心里涌起一阵快意。

经过无数次激烈的撞击之后，鸡蛋清被涤荡得干干净净，越发雪白、浓稠，体积膨胀至十倍以上，具备了做一只戚风蛋糕的特质。在这个过程当中，鸡蛋清一定也是痛苦的，甘雅静心想，没有做过蛋糕的人，永远无法理解一滩透明的蛋清，怎么能变成一堆雪白丰满、弹性十足的蛋白霜。这一切，只有经过无数次痛苦的碰撞才能办得到！鸡蛋清承受的痛苦，在一定程度上消解了甘雅静心里的苦闷。烘烤、裱花，大概是有心事的缘故，今晚做蛋糕特别不顺手，蛋糕胚烤塌陷了，淡奶油又打发过了头，结果做好的芭比娃娃模样丑陋，花纹模糊。甘雅静完全无法接受自己手下出这样的作品，她将蛋糕胚上的奶油刮去，又准备了一碗奶油，重新裱了一次花。这回的芭比娃娃比原先的漂亮一些，甘雅静才勉强自己躺下来闭上了眼睛。甘雅静喜欢做蛋糕，却从来不吃蛋糕。她每做一只蛋糕，都表明她当时的心迹，心迹只能拿来收藏，无法被口腹消遣。

刚入秋的夜晚，蚊子的嗡嗡声还不时在耳边萦绕。在家乡有句老话，叫“九月九，蚊子叮捣臼”，注定这个时节难有清梦。甘雅静又做噩梦了，梦见自己身穿粉色纱裙，蹦蹦跳跳地走在大街上。突然，裙子下摆被后面的人踩住了，甘雅静回头一看，程雷正使劲踩着她的裙子下摆。甘雅静急了，叫他快松脚，程雷却牵扯着两个嘴角怪笑着，就是不肯松脚。然后，章亦潮、鄢副总还有公司里的其他同事，不论男女，都过来朝她的裙子上踩一脚……甘雅静又惊又急，大汗淋漓地醒来。近来，她被公司里发生的一件事纠缠着，每晚都很难入睡，好不容易进入梦乡，便整晚都被类似的噩梦骚扰，她摇摇头想驱赶，梦中的人物却步步紧逼。甘雅静翻身起床，走进厨房倒水喝，发现芭比娃娃粉色裙子的下摆正在夜色里一点一点融化，已经化掉大半了，桌子上流淌着奶油的污渍。

是城市里的空气比农村的燥热，还是这只蛋糕一开始就做坏掉了？甘雅静端着水杯，靠在洗碗槽上发呆。这个洗碗槽是新换的名牌产品，她升职之后，第一件事就是将旧的洗碗槽换成现在这个。原先的洗碗槽老是堵塞，三十岁还单身的甘雅静既没人帮她修理，自己又不会修理，老是要请外面的工人来。自从换成新款之后，洗碗槽再也没堵过。

但这阵子，她心里老是堵得慌，总觉得有什么事会发生。有人说，一个人如果老是觉得有什么事会发生，那么，这件事迟早会发生。

当年大学毕业的时候，为了体制内的一个份额，甘雅静进了这家公司财务部，当了一名出纳员。毕业于某知名大学汉语言文学专业的甘雅静，在出纳员这个位置上一坐就是七年。这七年当中，甘雅静常常梦想着能调入公司秘书部或宣传部，当一名文字工作者。再或者，就是调入后勤保障部，做一些客户满意度调查的杂事也行，好歹还是跟文字有点牵强附会的关联。当然，她的梦想从来都只停留在梦中。在这家国有体制的大公司里，任何一个职员挪个窝，都要动用千丝万缕的关系。甘雅静想过无数次辞职，也跟父母提过这事，但二老直接代替公司老总予以驳回。父母一辈子面朝黄土背朝天，好不容易培养出一个吃公家饭的漂亮女儿，不论她是在公家里扫地也好，刷马桶也罢，反正是捧上铁饭碗了，那是万万丢不得的。

"静静，你是小姐的身，丫环的命。"甘雅静的导师曾这样对她说，"没本事拼爹，在公司里找个副总当靠山吧，背后有人好做事，这是你这种有才有貌却不得志的女人最好的出路。"总裁章亦潮在公司里为人处事口碑甚好，貌似夫妻关系也不错，这么多年不见半点绯闻传出，因此给人留下了正派、成功、好男人的形象。但是公司里还有八位副总，分管各个部门，像八仙过海，脾气和品性不一而足。比如，周副总喜酒，郑副总爱收藏，王副总不闻窗外事，至于鄢副总，坊间传闻他好美色。

好像就在导师点拨过不久，甘雅静就升职了，从出纳员直线升到公司秘书长，享受中层干部待遇，享受同事们或真诚或虚伪的恭敬，也享受导师带着心照不宣意味的祝贺。升职带来的好处是显而易见的，虽然对于她的升职，同事间有诸多说法。当初，经过自荐、笔试、面试层层筛选，当胜券最后握在甘雅静手里时，章亦潮说：公司秘书长是个综合素质要求极高的岗位，思维要活，观念要新，笔头要硬，形象要好，这个岗位就像是为你量身定做的，好好干！是的，这个岗位就像是为甘雅静量身定做的，同事们已经咀嚼出这种味道了。秘书部是鄢副总分管的部门，新任秘书长又是个漂亮的未婚女人，同事们自然而然地就回味出两者之间暗藏的关系来，暗想她的长相总算在还能发挥作用的时间段，发挥出重要作用了。甘雅静仿佛早料到背后会有这么一出，笃定心思不理会闲言碎语，昂着头，轻巧地从那些交头接耳的人身边穿过，径直走到自己座位上，打开电脑，噼里啪啦地敲着键盘。

但生活就是那样，你想让它消停的事情，它却在持续发酵。三天前，一大早，章亦潮就召甘雅静来一趟总裁办公室。平时就一脸严肃的章亦潮更加严肃地问甘雅静，近来公司里风传她跟鄢副总去开房，被鄢副总的老婆抓了个现行，鄢太太异常生气，坚持要把事情闹大，是鄢副总下跪求情、再三保证，才算暂时息事宁人。可有此事？

甘雅静连忙摇头，解释道：没有的事，鄢副总虽然是我的分管领导，但我跟他连工作当中的接触也很少，真的很少……甘雅静还想再说一个“真的很少”，却发现自己说出来的话是那么苍白无力，带着欲盖弥彰的味道。部门经理跟自己的分管领导，居然说连工作当中的正常接触也很少？章亦潮意味深长地看了甘雅静一眼说：那就好！别人造你的谣，这说明你优秀，有被谣言的价值。我已经当场斥责散播谣言者，让他不可以讹传讹，你回去安心工作吧。

从二十八楼的总裁办公室里出来，漫长的通道上，三个工人正推着一台大理石打蜡机，在大理石地面上打蜡，发出嘈杂的嗡嗡声。两三个穿高跟鞋通勤的女人踮起脚跟，跨过打蜡机的电源线，踩在一片已经打过蜡的大理石地面上。那些大理石地面蒙着一层润泽的油光，倒映着从天花板射下来的白色灯光，高跟鞋的影子浮在上面，影影绰绰。

这一片光亮的世界令甘雅静心头涌起一种窒息感，顿时头晕目眩，走路更加虚飘，左脚一滑，坐在了地上。站起身来，她活动了一下脚踝，发现还能走路，便正正衣冠，走回办公室。现在回想起来，在章亦潮办公室里的时候，自己的表现太过淡定，力量浅薄，不足以表明自己的清白，或者她应该捶着章亦潮那张红木桌面，面红耳赤、声嘶力竭地争辩几声？这样才能让章亦潮更好地相信她吧。

迷迷糊糊到天亮，早上，甘雅静坐电梯从地下室到公司二十二楼，对每个楼层出入的每一个人都报以笑脸，用眼角浮起的鱼尾纹，来掩盖睡眠不足造成的黑眼圈。电梯里，有人已经早早穿起了外套，有人却还穿着短袖，这个乍寒还暖的季节，总是很容易令人思维混乱。这种穿着打扮上的混乱，让甘雅静的心绪更加混乱。她低下目光，瞄了一眼自己的穿着，觉得还不算特立独行，这才稍稍心安一点。

办公室里，大家都在埋头工作，甘雅静也按下了电脑电源，电脑启动不了，只是一片黑屏。打了个报修电话给信息技术部后，甘雅静十字相扣支着下巴，望着漆黑的电脑屏幕发呆。这台电脑是她升迁时新配备的，使用才不过六个月时间，怎么早不黑、晚不黑，偏偏这个时候黑屏了？黑屏的电脑张着大黑脸，甘雅静正浮想联翩时，突然手指间碰触到了一样东西，她骇然地甩了一下手，吓了送文件过来的小美一跳。甘经理，这份文件要您签个字。小美仿佛怕再次吓着甘雅静，小声说道。

信息技术部的维修人员迟迟没来，甘雅静踱出办公室，却看到导师正匆匆朝她走来。看到垂头挂脑的甘雅静，导师示意她跟她到公司顶楼观光平台，指着手机问她：确有其事？导师打开了五个微信群，群里清一色都在讨论 W 上市公司的桃色新闻——2015 年 2 月 2 日 20 时 20 分，秘书部一女子与公司副总裁在新新南酒店 2202 室开房，被领导夫人当场抓住。据服务员说，当事男女此前曾多次出入该酒店……隐秘的细枝末节都被公众雪亮的眼睛挖掘出来了，甘雅静闻到了扑面而来的血腥味，熏得她倒退一步，完全看不清下面的字了。

“秘书部只有你一名女子吧？”导师说，“这条信息指向明确，细节完整，从理论上来说无懈可击。你我都知道众口铄金、积毁销骨这个道理，谣言传得多了，也就变成箴言了。静静，我一直希望你混出个模样，但是混成现在这样，我很痛心，我后悔自己当初教你去找个副总当靠山的话了。”甘雅静张嘴想辩解什么，却觉得所有的辩解，都已经是回天无力的狡辩，便生生闭上了两片干涸的嘴唇。

甘雅静的脑袋凌乱得很，受过伤的左脚踝痛得更厉害了。别过导师，她支撑着病脚去找章亦潮。章总，外面谣言排山倒海，希望您为我主持公道，在公司官网上做个澄清说明，还我清誉。甘雅静心急如焚，一口气说完了这些话。“工作时间，不适合谈私事，”章亦潮慢条斯理地说，“还是那句话，别人造你的谣，这说明你有被谣言的价值，如果真是谣言，那就走自己的路，让别人去说好了。”说完，他布置了一个新任务，让甘雅静赶快静下心来回去工作。稿件写好了，我会派人去取。章亦潮特别强调了最后这一点。

派人来取？甘雅静从章亦潮办公室出来，一边走一边琢磨着这句话。任秘书长半年时间以来，甘雅静替章亦潮做了无数个文案，每一次都是她亲手送到总裁办公室，跟章亦潮商讨后通过的。今天章亦潮突然提出派人来取，甘雅静很快就明白了背后的缘由，凄然一笑，努力掩饰脚踝处的疼痛，快步朝自己办公室走去。

看着甘雅静走出总裁办公室，章亦潮叹了一口气。年轻有为的他，当初启用甘雅静时，公司也曾有副总反对，说一个家无背景、人无后台的女子，凭什么爬上这个位置。章亦潮说，谁坐这个位置不重要，能为公司所用才重要。在后来密切的工作往来中，面对才貌兼修的甘雅静，章亦潮觉得自己体内的雄性荷尔蒙有渐渐涨潮的趋势，正考虑是该筑堤阻挡、还是任其泛滥之际，“开房门”事件给了他一记醒钟。男女关系实在是个棘手的话题，有权势的男人跟年轻美貌的女人之间，仿佛与生俱来就携带着燃点极低的火种，扇点风就能成为别人议论的话柄。更可怕的是，由绯闻牵扯出的严重后果已有诸多佐证，不需一一列举了。有美貌没才干的女职员不省事，才貌双全的女职员不省心，总之，透过此次事件，章亦潮觉得公司里有漂亮女职员是件麻烦事，当初擢用甘雅静未免太过轻率了。

回到办公室，电脑已经修好了，同事说，是电脑机箱后座的一根电源线松掉了。甘雅静坐在电脑前，久久敲不出一个字，脑海里不停地在回旋，清洁工打扫卫生时从来也不会碰电脑，这根电源线是如何松掉的呢？金世浦发来信息说：这几天你一定没睡好，不如请几天假，好好休息一下。甘雅静悄悄在桌底下活动了一下左脚踝，关节肿胀生硬。在这个草木皆兵的时候，脚受伤了都要坚持上班，她怎敢以睡眠质量不好为由向公司请假呢？在她还能坚持上下班的时候，好事者尚且在各个角落交头接耳，一旦她请假，不知又将传出怎样的谣言版本？我一定要坚持，把这个位置坐下去。想到这里，甘雅静飞快地敲起了键盘。

二

“开房门”事件相传甚欢。到第五日，谣言已经形成了从公司向外围蔓延、再由外围向公司反扑的攻势。

下午三点，是公司每月一次的中层干部例会。公司一百多名中层干部都要参与，聆听九位老总的发言。各位老总都陆续到了，进了大会议室旁边的小会议室，先行召开小型商讨会。唯独鄢副总没有到，听说他在市政府参加一个招商引资洽谈会，回来路上堵车了。

那个招商引资会议，老早就结束了。市政府到咱们公司不过五公里路，会议二点结束到现在，走路也早该到了，不会是有什么特殊情况吧……趁着这个空当，早到的人员开始三三两两地低声聊起天来，内容基本跟迟到的鄢副总有关。甘雅静独自坐着，埋头在笔记本上整理下季度工作要点。不时有含糊隐约的“鄢副总”“鄢副总”传进耳朵，每听到一声“鄢副总”，甘雅静就感觉背上一阵发热。鄢副总也真是的，在这种时候，怎么能无缘无故缺席公司的中层干部例会呢？

这时，背后突然传来很大一声喧哗，甘雅静回头一看，产品研发部的金世浦不知为什么，一把将他们部门的经理程雷揪了起来，脸紧绷得像一触即发的弹簧，一股火直喷程雷的面门。我警告你……金世浦的下文还未发表出来，鄢副总走进了会议室大门，另外八位老总也从小会议室里走出来，四下里一片寂静，中层干部例会马上要开始了。

程雷乜了金世浦一眼，金世浦松开了揪住程雷的手，其他各个部门的经理、副经理都已经打开笔记本，握好钢笔，摆出一副专心聆听圣诲的模样。章亦潮对着话筒清了一下喉咙，那一声“嗯”，经过话筒的无限放大，冲进了金世浦的鼓膜。金世浦只是产品研发部的一名职员，他是没有资格参加这个例会的，他有份急件要找程雷签发，就找到会议室来，不料文件还没有让程雷过目，自己却不知为何先发了火。被章亦潮不怒自威的一声呵斥后，金世浦带着青筋暴跳的红脖子，悻悻地退出去了。

副总们轮流发言，轮到鄢副总讲话时，他发挥了自己分管行政工作的特长，侃侃而谈。鄢副总谈笑自若，甘雅静却浑身不自在，不知该抬头看台上的鄢副总，还是该低头做笔记。这抬头与低头，虽一字之差，其内里的学问却大不相同，在会场同事的眼里，也各代表不同的含义。那就一会儿抬头，一会儿低头好了，跟平常一样，甘雅静心想。等甘雅静机械地做了好几轮抬头、低头的动作之后，鄢副总的讲话才告结束。章亦潮做会议总结，比平时额外地多讲了半小时，谈了点职业道德建设。

甘雅静隐隐担忧的事还是出来了。

中层干部例会结束后，程雷摆出一副部门领导的架势，召见了金世浦。金世浦带着一腔依然贲张的热血说：我警告你，以后别往甘雅静身上泼脏水！金世浦终于把在会议室未说完的话说了出来，有种把堵在喉管里的一口痰吐了出来的畅快感。程雷扯着嘴角一笑：老同学，好兄弟，你今天有点失态呵！那件事大家都已经炒得沸沸扬扬了，我也只是做个传话筒而已，居然引得老同学在众目睽睽之下气急败坏。看来爱美之心人皆有之，老同学莫不是看上某人了？

“我生气，是因为看不上某人的某种行为！”金世浦说，“对不起，你在这儿签个字，我还要回去赶任务。”

“其实甘雅静跟我的关系，你又不是不知道，我对她的了解，比你多。”程雷重重地在那份急件上签下自己的名字，推回到金世浦面前说，“希望你以后在公众场合注意言行，不要给我们研发部丢脸。”

也希望你以后在公众场合注意言行，不要随便谈论眼睛没有看到的事情！金世浦接过文件，咬紧后槽牙，使劲把拳头贴在裤缝上，不让它往上爬。

晚上，甘雅静接到了金世浦的电话，约她出来喝杯茶。起先，甘雅静无论如何不肯去，一个女人在“开房门”事件传得有鼻子有眼的时刻，跟另一个男人出来喝茶，不知道暗地里会亮着多少双野狼般窥视的眼睛，又将传出什么样惊世骇俗的丑闻来。她推脱说自己晚上喝了茶水会睡不着，金世浦说，除了茶，茶馆里还有很多不含咖啡因的饮料。甘雅静又说，晚上要加班。金世浦让甘雅静必须要来一趟，他有要紧话跟她说。甘雅静是金世浦看着长大的，这是他头一遭勉强甘雅静做一件在世人眼里看来可大可小的事，她只得硬着头皮去了。

她知道，金世浦为了她，已经跟程雷撕破了脸。这事无论如何不能再闹大了。于人于己，都没有什么好处。金世浦跟程雷是大学同学。毕业之后，家道殷实的程雷很快就职于这家公司，几经升迁，现在已经是部门经理了。金世浦是农村里挣扎出来的孩子，毕业后先是在一家私企产品研发部门上班，聪敏好学又吃苦耐劳的他，经过夜以继日的努力，研发出了 THW2 系列万能式断路器，才得以进入这家公司。甘雅静刚进公司当出纳员的时候，程雷对这个纯洁得像花骨朵一般的姑娘很有好感，疯狂追求她。在谈过一段时间恋爱之后，因为某个不为人知的原因，他们最终各奔东西。这段历史，由于当事人隐瞒得好，公司里并无人知晓，但金世浦因为跟甘雅静以兄妹相称，所以对此事稍有了解。

清宁茶馆，藤编吊灯把光线垂得很低，一半落在甘雅静脸上，一半落在墙角，墙面上印着藤条一圈一圈的巨大阴影，向黑暗处发散开去。甘雅静正襟危坐，腰板挺直，双手交叉置于腹前。她白皙的额头也像这面粉墙一样，印上了一条一条的暗纹，仿佛淡淡的污渍。这令金世浦很不舒服，他把吊灯往上推了推，问：你当初是怎么跟程雷分手的？

甘雅静闻言，重重地把茶杯落到桌子上，站起身来说：我很忙，没空跟你扯这些，我回去了。

金世浦按住了她：静静，你不要急。我知道你这段时间受委屈了，我只是想提醒你，程雷这种人，你一定要小心为妙！

甘雅静的身子颤了一下，嘴里喃喃重复道，程雷，程雷。沉默了一阵，甘雅静抬起头，脸上飞起一丝挑衅：金世浦，你怎么看？你是不是也跟他们一样，想向我求证是否确有其事而不得，便用各种旁敲侧击的方法，去猜测、去臆想？我跟程雷谈过恋爱是没错，他当时是有未婚妻了也没错，但他是以单身青年的身份追求我，后来我知道了真相，毫不犹豫就跟他分手了，这也是我的错吗？程雷是不是说我是个破鞋，以前跟有妇之夫谈恋爱，所以现在跟领导上床也是不出意料的事？

看着这张焦灼、痛苦的脸，金世浦伸出手，要做出一个安慰的拥抱，但甘雅静倏然避开，警惕地瞧了一眼门口。眼下，哪怕这只是金世浦一个安慰性的手语，也令她深感不安。金世浦反复告诉甘雅静：他信任她，即便外面的风言风语传得再活灵活现，他也没有丝毫怀疑过她，她现在要做的，就是该怎样还怎样，否则不正合了造谣者的心意？

“该怎样还怎样？”甘雅静摇着头苦笑了一下，“你们男人说得倒轻巧，换成你是女人，当这个谣言的女主角试试？”甘雅静觉得嘴巴里有一股咸涩的味道往上涌，便端起水杯喝了一口，就着白开水，将那股咸味咽了下去。她告诉金世浦，她很感激他在这种时候还能跟她站在一起，但是她觉得自己还能扛得住，所以金世浦不需要在众人面前维护她，更不必要为了她，跟程雷闹翻脸。还有，就是他们近期也不要再见面了，虽然他们有义兄妹关系作为借口，但是在同事眼里，他们只是没有真正血缘关系的男人与女人，搞不好，这场针对甘雅静而起的风暴，会将金世浦也卷入其中。

金世浦一把抱住甘雅静，说这是什么话，他要是连这种事也不管，还算个男人吗？程雷算什么，章亦潮又如何，只要谁对甘雅静不利，他就对谁不客气，反正他没有一官半职，大不了辞职走人。甘雅静挣脱了金世浦的怀抱，告诉金世浦，这么多年，她只把他当哥哥看待，他没有必要跟她共进退。当初，金世浦的父母能以举手之劳，救下她一命，如今金世浦就算拼尽全力，也成不了一块可以让她落脚的坚固之处。

你只需要隐忍就可以，这就是对我最大的帮助，甘雅静对金世浦说。

金世浦摇摇头：这不可能，我不像你。

甘雅静万万没想到，金爸说病就病了。这是他给她量了脚长后没多久发生的事。看来，有时候老人家突然念想着某个后辈，往往是个不祥之兆。金银财年轻时经常熬夜做鞋，没日没夜，没餐没点，胃一直不好。金爸病危，将甘雅静暂时从谣言造成的焦虑圈中解脱出来，她每天一下班就到金世浦老家照顾金爸。父亲的病，能让甘雅静转移注意力，金世浦心里多少有些宽慰。病中的金银财吃不下任何东西，甘雅静熬了稀粥，他喝一口便摇摇头。甘雅静煮了馄饨，他含在嘴里咽不下去。金银财的皮肤越来越蜡黄，透出一种死气沉沉的暗哑，这情景，像极了金妈临终的时候。甘雅静吓坏了，哭着说道：金爸，您要吃什么，只管开口，我一定想办法买到手！金银财脸上泛起一丝赧颜，说他只想吃一块奶油蛋糕。

农民出身的金银财，一直把涂着雪白奶油的蛋糕视为天物，小时候连做梦都想啃一口奶油蛋糕。后来生活条件好了，他觉得自己已经是老年人了，老年人就没有了撒娇的权利，奶油蛋糕那是后生才吃的玩意儿。如今行将就木的金银财，觉得自己终于有了一次任性的机会。

甘雅静打电话给在市人民医院工作的朋友，问金爸这种病，能吃奶油蛋糕吗？朋友说：你爸想吃什么，就让他吃点什么，现在纠结会不会对病情恢复造成影响，已经没有意义。放下电话，甘雅静才发现手机屏幕上沾上了一大块泪渍。她想起了金爸说的话：我这一辈子做了无数双鞋子，但只给你做过一双，真不是个好爸爸呀。金爸，我做了这么多只蛋糕，却从没想过给您做一只，真不是个好女儿！

三个小时后，甘雅静捧着一只奶油蛋糕回到金爸面前。蛋糕是水滴状造型，上尖下圆，铺着厚厚一层雪白的奶油，仿佛含在眼眶里的巨大泪滴，映在金爸干枯的瞳仁里，那里面便有了一点流动的神采。甘雅静从碗柜里拿出一把勺子，一口一口地喂金银财吃蛋糕。

金银财歪斜在金世浦身上，费力地对甘雅静点点头，又指指楼下的皮鞋店，说鞋子做好了，还套在楦头上，金世浦力气大，让他把鞋子取下来，给甘雅静试试看。金世浦从楼下取来皮鞋，弯下腰，亲手帮甘雅静穿上。咖啡色的羊皮短靴不大不小正合脚，柔软的皮质像堆棉花，温柔地包裹着甘雅静的脚。甘雅静微笑着对金爸说，正合适。金爸将头往下沉了沉，说：好，看来金爸的手艺还没有忘记。

金爸说自己还没忘记做鞋的手艺。甘雅静又如何能忘记这么多年来金爸对自己的疼爱？

在20世纪80年代初期，计划生育政策刚普及不久，多子多福、重男轻女的思想观念还普遍存在，尤其是在农村里，不管生了一个还是两个、三个女儿，只要还没生个儿子出来，那是千方百计也要逃避国家计划生育政策，非生个儿子出来不可的，这在农村里就简称“逃生”。甘雅静也是“逃生”的成果。当时家里已经有两个女孩了，母亲偷偷怀上第三胎，抱着拼死保护甘家香火的决心，一直在亲戚家、出租房甚至稻秸堆里转移，以逃避随时可能会上门抓孕妇的计划生育纠查队。

躲到七个多月的时候，在一次天擦黑时，甘雅静的母亲从稻秸堆里溜出来，准备去家里拿点吃食，就在乡间的土路上被纠查队给抓住了。一同被抓的还有另外四个妇女，第二天，她们一起被带到了医院手术室门口，排队等候那个撕心裂肺的时刻到来。她们四个都是一脸誓死不从的模样，拼出全身力气，扭动着本该笨拙、此时却充满了力量的身躯，企图将牢牢钳住她们的手晃下来，但是没有成功。她们披散着长发，往想杀死她们腹中孩子的人身上吐口水，骂着不堪入耳的脏话。只有甘雅静的母亲最冷静，她突然发现手术室位于二楼，楼下是块草地，她刚好站在窗边，窗户洞开。跳下去应该不会死，甘雅静的母亲这样想着，趁纠查队员都在全力以赴地应付那四个撒泼妇女的时候，迅速推开揪住她的手，紧紧抱着肚子从窗口一跃而下。

这一招有点迅雷不及掩耳，等纠查队员反应过来，马上追到楼下，并拉开地毯式搜寻时，却再也找不到这个护子心切的女人了。甘雅静的母亲，从楼上跳下来之后，躲到了金银财家里。此时的金银财还年富力强，搁下鞋匠的活儿，带着妻子一起在这家医院打工。他在传达室看守大门，就是在医生查房时间，他专门站在门口，将铁拉门拉起一条缝，只让本院的工作人员进去，以及偷偷放几个脸熟的人进去，并且振振有词地对其他翘首张望的家属说，他们都是在医院上班的“工作同志”，这样一个最低贱、但同时貌似有点小权力的人物。金银财的妻子在这家医院做清洁工。他们一家就住在医院提供的宿舍里，只有二十平米大小，铺了两张床，一张是他们夫妻睡的，另一张是金世浦睡的。两张床之间，形成一个旮旯角，甘雅静的母亲就躲在这个旮旯角里。

当时正是中午时分，金银财夫妇正准备用午饭，突然见家里闯进来一个披头散发的女人，并且拼命往屋里钻，他们已经明白是怎么回事了。他们的蜗居虽然小、简陋，却占了地势之利，经常可以听到那些妇女天崩地裂一般的叫骂声，此时，这个大腹便便的女人闯进他们家里，他们陡然起了救人如救火的心，金银财的妻子马上拿出一件旧衣服，给甘雅静的母亲穿上说，换件衣服，就不那么显眼了。金银财担心地说：恁热的天，躲在我们这个旮旯角里怕闷坏了，我给你打个电扇吧。甘雅静母亲连连摆手说：顾命要紧，打电扇怕被追上门来的人发现，你们替我保下这个孩子，我会一辈子感激你们的。后来纠查队员还真找上门来了，但是金银财夫妻俩装傻装得挺逼真，纠查队员往他们黑乎乎的宿舍里张望了一眼，感觉里面太小，也确实藏不下一个大活人，便走了。

可能因为受了惊吓，再加之在跳楼“逃生”的过程中受了损害，过了半个月，甘雅静的母亲就生下了三女儿。当时不敢上医院，是叫接生婆接生的。也许是被吓怕了，也许是这次生产给身体造成了伤害，反正此后，甘雅静的母亲再也没有怀上过孩子。再后来，他们千托万求，花了一些钱，终于给甘雅静上了户口。夫妻俩对连生三个女儿都很失望，尤其是甘雅静的母亲，当初觉得自己拼死命保下的就应该是个儿子，没想到又是个女儿，因此对甘雅静一直不怎么亲热。但是，甘雅静的母亲倒懂得知恩图报这个道理，当初许下的愿不能不还，因此，她特地带甘雅静去金银财家，让甘雅静唤他们“金爸”“金妈”。金爸、金妈很疼甘雅静，因为她是他们帮忙保下的，仿佛就是他们的亲生女儿了。

金世浦希望父亲的病能拖延一些时日，好让甘雅静彻底从谣言的阴影中走出来，但见父亲的光景，似乎时日不多了。送甘雅静出来时，走到一楼，甘雅静又默默流泪了，不知是为了金爸的病，还是为了自己的烦恼。无论是为了哪一样，金世浦心里都不是滋味。

两人默默地站了一会儿，金世浦告诉甘雅静，这几天他顺藤摸瓜，从谣者的散播者、传播者、首播者，一层一层调查上去，事情的眉目似乎有点明朗了。说到这里，他顿了顿，下了一番决心，告诉甘雅静说，今天下午，他收到一条短信，对方说，公司里近日盛传的谣言其实是有明确出处的，他只要付一万元便能知道事情真相。“我准备按这个账号汇款给对方，”金世浦说，“你不要急，耐心等待好消息就是。”

真是病急乱投医，这种低级游戏也能相信？甘雅静坚决不同意，不要拿这一万块钱去买个笑话。再说，金爸现在病成这样，你应该多陪陪他才是，那件事，并不重要。

你的事，就是我的大事。金世浦固执地说。

甘雅静焦急地跺了一下脚，羊皮靴里，受伤的左脚踝还在隐隐作痛。没想到在章亦潮办公室门口崴的这一下，竟令她的脚疼痛到如今。最终，两人没能达成一致意见。甘雅静赌气不让金世浦送，连他的车都不许跟她的车走在同一条路上。

三

导师说，谣言传多了，就变成了箴言。但有时候，谣言传多了，也可能变成妄言。很快，W 上市公司这起“开房门”谣言，同时出现了十来个变异的版本。男主人公变成了周副总、郑副总、王副总等其他七位副总中的一位，女主人公，则分别是公司里某位有议论价值的女职员。或者说，这些不是谣言的变异品种，它们本身就是谣言。现在，“开房门”不是事件，谣言却变成了事件。面对谣言事件，整个公司高层，只有章亦潮没被卷入其中。他平日里树立起的正派形象发挥了巨大作用，拯救了他在这次事件中能够独善其身。章亦潮替自己长长地松了一口气。

尽管谣言出现了多个发散状的焦点，尽管甘雅静极力反对，金世浦还是执意向那个神秘的“告密者”汇去了一万块钱。“我知道你心里根本没有放下过，如果调查出真相能让你快乐一点，那我就会不顾一切地去做，”金世浦对甘雅静说，“我知道自己没有能力，也只能做到这样了。”对方答应，零点一过，马上告知事情真相。由于这几天都在父亲和甘雅静之间奔忙，耽搁了一个产品的研发进程，金世浦便在实验室待到深夜十一点五十分，之后，他到地下车库准备取车，顺便等待对方消息。刚好车库停电了，漆黑一片，在这家应急电源二十四小时供电的公司，这种情况好像还是第一次碰到。金世浦掏出手机，正准备打开手电筒，一条黑影从背后袭击了他。袭击的目的很明了，黑影人留下一句话，停止调查，平安无事。

甘雅静得知金世浦住院的消息已是第二天上午。章亦潮刚刚通过电话找她谈了话，责怪她近来把太多精力花费在工作以外的事情上，完全丧失了一个成熟职业女性应有的修养。“够了，该住手了，”章亦潮说，“有时候，知道得越多，事情越糟糕，对谁都没有好处。你不如就此扛下吧，背个黑锅又怎样，黑锅背久了，就感觉不到重了。”安心工作，章亦潮再次重复了这句话。他觉得在起用女干部的标准上，自己以前定下的“思维要活、观念要新、笔头要硬”的标准没有错，但是“形象要好”这一条，如果换成“心理素质要强”似乎更合适些。做大事的女干部一定要有不畏流言的勇气，这是最重要的，恰恰也是甘雅静最缺失的。

甘雅静放下电话，就接到了金世浦出事的消息。她自知思维凌乱，不敢开车，赶快打了辆出租车赶到医院。病房里，头缠绷带的金世浦正对着手机吼叫，情绪激动，说：并不是光光退还那一万块钱那么简单的事，如果我在乎这一万块钱，当初就不打给你了。这时，护士推着一辆治疗车进来，拿出一枚体温计说，05床金世浦，量一下体温。金世浦只得挂了电话，将体温计含在嘴里。等护士收走体温计，金世浦再拨打那个电话时，已经提示是空号。与此同时，银行短信提醒，他的账户刚刚进账一万元。金世浦气急，将手机狠狠地扔到床上。

程雷提着一篮水果来看金世浦，问道：怎么搞的，我们公司怎么会出这种事情？金世浦使劲将头扭到一边。甘雅静说：盐水快打完了，我去叫护士。程雷制止了她，不用特地去叫，盐水打完了，只要按一下床头铃就可以。他让金世浦好好休息，住院费用公司可以给报销，说完便带着一种古怪的表情，将嘴角往上拉扯了一下，离开了病房。

这个表情似曾相识，除了在很多个噩梦里见过，还有在哪里见过？甘雅静想了很久，突然叫道：我想起来了，那天在章总办公室门口，他就是这副表情的！金世浦不顾盐水打完了，输液管里出现了回血，急切地问道，怎么回事，说来听听。甘雅静告诉金世浦，那天章亦潮叫她去总裁办公室，询问关于谣言的事情，在总裁办公室门口碰到了程雷，他刚从里面出来，就是带着这样一种古怪的表情。

金世浦一把扯下输液针头：我马上把程雷追回来问个清楚！

甘雅静使劲把一滴味道复杂的眼泪压回眼眶，告诉金世浦不用追了，她已经想通了，放弃调查，安心工作。在这场莫须有的罪名中，她把自己的痛苦放得太大，不知不觉连累身边的人，也加入这支焦灼的队列中。也许章亦潮说得对，她离成熟职业女性的标准还有很大差距，谣言编得再传神，自己内心若不动，肉身又如何？

金世浦用被纱布挡住一半的眼睛看着甘雅静说：你真能这样想，那就好，那我就放心了。他说等他出了院，就回公司辞职。甘雅静不同意：多少人想进这个公司还进不了呢，我碰到这种事都能待得下来，你有什么理由要辞职？

没有理由的辞职，才叫辞职，金世浦说。

金世浦的脑外伤没有大碍，住院观察一天就出院了。但另一个坏消息却接踵而至，金爸去世了。金世浦向公司告假，程雷自然没有什么话好说。甘雅静也以同样原由向公司告假，章亦潮却不允许，理由是：后天刚好公司有个大项目要洽谈，少不得她参与谈判。这一刻，甘雅静涨红了脸说了一大堆在情在理的话，章亦潮一时语塞。准，或不准，也就听之任之了。甘雅静离开后，章亦潮叹了口气说：这样的口才，后天不能参加谈判会，叫我怎么放心？

甘雅静穿着金爸做的皮鞋，一直将他送上山。下山的路上，甘雅静陪着披麻戴孝的金世浦默然走了很长一段山路说：我们回去一起把金爸的皮鞋店整理一下吧。他们先把金爸做鞋的工具、鞋楦单独用报纸包好，再分类装进塑料袋，最后再统一装到泡沫箱里，贴上胶带，束之高阁。这样一来可以避免沾灰，二来也避免睹物思人。甘雅静在一堆鞋楦里找到了一双小码鞋楦，握在手里想了一会儿说：这个我带走了。金世浦知道她又想起金爸了，便让她赶快回去休息。甘雅静看着空荡荡的店面，开玩笑说：这里让我开个蛋糕店倒不错。金世浦笑了：傻丫头，你天生就适合在大公司里当个白领，你有这个能力。嗯，我也喜欢这份工作，我明天就回去上班了，你放心。甘雅静说。

睡前，甘雅静做了一只大头皮靴造型的奶油蛋糕，咖啡色的靴子像只摇篮，里面立着一个小女孩。做完蛋糕的甘雅静安静地睡着了。月光清凉干爽，做烘焙的适宜季节来临了。这一夜，甘雅静梦见了金爸，梦见了金爸皮鞋店。

四

金世浦尽管这几天年休在家，还是断断续续听到了一些跟甘雅静有关的话。公司的大项目没有谈成，章亦潮很不高兴，他认定这是甘雅静没有参加谈判的缘故。这半年来，甘雅静跟随他四处谈判，积累了不少经验，熟谙章亦潮的心思，也很懂得把握对方的底线。这次甘雅静未经允许，擅自缺席大项目的谈判会，而且还是为了金世浦的父亲，章亦潮私下里就有了说法。

金世浦在家再也待不住了，第三天一早就回公司办理辞职手续，顺便找个机会跟甘雅静谈一谈。到了公司，他才得知甘雅静并没有来上班。确切地说，前天她来过公司，跟章亦潮谈过一席话后，就离开了公司，不见踪影。电话、QQ、微信，甘雅静所有的联系方式都一齐保持缄默。金世浦疯了一样到处找寻，但是甘雅静家、她父母家以及朋友家，都找不到她的人影。能问的人都问遍了，金世浦最后想到了章亦潮。他一脚踢开章亦潮办公室那扇鸡翅木大门，章亦潮站起身来，威严沉稳地低吼道：金世浦，你干什么？章亦潮，你对甘雅静做了什么？章亦潮将身子坠在转椅上，面无表情地说：金世浦，你用词不当，我没有对甘雅静做什么。前天我只是告诉她，让她去后勤保障部上班，但她已经三天没去那里报到了。

找不到甘雅静，金世浦一夜都在辗转反侧，恍恍惚惚间，他闻到了蛋糕的香味。在父亲的皮鞋店里，原先摆成品鞋的柜台上，摆着一只巨型蛋糕——回字形店面，一位鞋匠坐在其间，手里托着一只咖啡色的短靴；在他的左边，是一只只用蛋糕胚切出的鞋楦，右边则整整齐齐摆着一些已经做好的鞋子，涂着黄色、粉色、绿色的奶油。鞋匠坐着的短凳边，卧着一只面目温顺的绵羊，四只蹄子穿着带蝴蝶结的白色皮鞋，只是，它的左前腿上，插着一柄巧克力雕成的短刀。如同羊羔被牵到宰杀之地？金世浦的脑子里蓦然冒出了这句话。更令人骇然的是，蜷缩在鞋店角落里的甘雅静，左手腕上赫然插着一柄蛋糕刀。

惊醒的金世浦翻身起床，胡乱抓件衣服套在身上，便风驰电掣地赶往老家。车窗外，晨光有点晃眼。他打开后门，平常他们家人都从后门出入，这里有一架小楼梯可以直达二楼。他沿着楼梯腾腾地跑上二楼，楼上也没找到甘雅静。金世浦拖着脚步下楼时，鼻端闻到了一股浓烈的香味，越往下走，香味越浓，仔细辨别，像是从皮鞋店飘过来的。金世浦不敢再往下走，但梦境中可怖的场景又催促着他快步下楼。鞋店里，柜台上，果然摆着一只巨型奶油蛋糕，占据了整个柜台的台面，层层叠叠的奶油就仿佛是用瑞雪堆成的，在蜡烛的映照下，静静地燃烧着，发出耀眼的光芒。金世浦记得，甘雅静曾对他说过，爸爸病重去世前，说只想吃一块奶油蛋糕，每每想起心里就是一阵酸味。虽然他知道这个蛋糕是甘雅静做的，但他还是被眼前的情景惊呆了。他已经没有时间去细看蛋糕的造型，视线飞快地环视四周，但是四下里都没有看到甘雅静的影子。

正不知所措间，忽然，鞋店前门漏进一片阳光，继而又传来一个清亮的声音：世浦，你能帮我个忙吗？

南有乔木

一

今年的冬天特别冷，据说是几十年不遇的寒潮。面对来势凶猛的冷空气，周大庆的身子骨越发虚弱，本身就怕冷，感觉这些天更是冷得出奇，寒气从脚趾一直爬到小腿上。他躺在床上，小身量裹在巨大的羽绒被里，只露出鼻孔以上部分。即便如此，由于年迈再加体质羸弱，逐渐耗干的灯芯挑不旺生命之火。

周大庆瞪眼望着天花板，心中感慨老人比不上老树。村口那棵双人才可合抱的榕树，饱经了百多年风霜，自然也不惧一段寒潮吧？

中午时分，儿子周金贵来看望周大庆。

周大庆的老婆胡淑良一年前去世了，女儿周金花已出嫁，周金贵在市中心一个高档楼盘买了房，只剩下周大庆一人住在一幢六层高的新楼里。周金贵每天中午过来一次，给周大庆准备好三餐就回去。一般是买一个面包、两个盒饭。两个盒饭分别是中晚餐，面包是第二天的早餐。早餐于别人是一天的开始，于周大庆却是一天的结束，他每天的时间凭空比别人多出八个小时。周金花隔三岔五来一次，为父亲洗衣晒被。曾有亲戚来探望周大庆时，用羡慕加忌妒的语气说：房子真大，你一个人住，人影都找不着呢！周大庆反击说：过去苦，破瓦房住得还不够？现在我一个人清静清静正好。

话虽如此，但当周大庆身上哪里都不爽快时，就心中惧怕，担心老人家常说的“大限”要到，因此一见到周金贵，就提出让他一家搬回来住。周金贵体谅父亲鳏夫无伴，但思索了一下还是摇摇头说，他老婆白薇薇绝对不会同意的。

周大庆撇着嘴说：想当初家里只有两间小平房的时候，都巴着要嫁过来，现在这样的六层高楼，反而不乐意来了！

此一时彼一时，爸，你咋不懂由简入奢易、由奢入简难这个道理呢？

周大庆大字不识几个，虽然不能完全理解周金贵这句文绉绉的话，但是估摸着也能懂个大概意思，就没再坚持。

周金贵安慰周大庆说：这只是心理作用，你还好着呢！不能老躺着，要适当起来活动活动，多走动，身上就暖和起来了。

周大庆见跟周金贵说不出什么名堂来，便说：把你叔叫来，我要见他。

周大庆黑皴皴的脸上满是沟壑，尖瘦下巴被一簇蓬乱的胡须覆盖着。说话时，胡须和话音一起颤动。说完，他便转过身去，背对着周金贵。他面对的是一堵粉墙，白得令人心里发慌。

周金贵答应着，马上打电话，马上打。他把电话打到了张树森家，说：我爸想见您呢。

张树森问：你爸身体都好吗？

周大庆转过身来说，让他先过来。

周金贵回复张树森说：您来了就知道了。

在天空落满墨花的时候，张树森拎着一箱牛奶、一盒肉松，来到周大庆家。

周大庆住在花湾村，是花湾县花湾镇人口最稠密、面积最大的一个村庄。村子中央有条清水长流的蜿蜒小河，将花湾村分为南北两片，村民习惯性地将南片称为花湾南村，将北片称为花湾北村。花湾南村村民分到了渔船，靠出海打鱼为业，张树森的父亲原先就是打鱼的，后来因为一个机缘巧合，在花湾县政府食堂当上了伙夫。花湾北村村民分到了田地，靠种田为生，周大庆家之前便是典型的家贫薄田多。

周大庆房间没有开灯，漆黑一片。张树森打开灯后，朝周大庆唤了两声，哥，哥。周大庆转过脸来，眼巴巴看着张树森。张树森猛地吃了一惊：哥，你怎么这样瘦了？

周大庆摇摇头说，身体不济了呀。

我刚在大门口碰着金贵了，他有事急着要走。金花呢，怎么也不在跟前？

老弟，你这是说的什么话，我又不是要死的人，叫他们在跟前做什么呀？

周大庆这次叫张树森来，是要张树森替他买个剃须刀，他已经半个多月没有刮胡子了。年纪大了，其他部位日渐衰弱下去，胡子却不可理喻地长得飞快。本来是要叫周金贵买的，可他忙得见首不见尾，拖了半把月还没给买过来。以前身体好的时候，周大庆会用剃刀刮胡子，近段时间手抖得厉害，怕把下巴刮破了。说完，一只枯瘦的手抖抖索索地往口袋里摸去。

别拿了，这点钱我还出得起。张树森说。

那只手停在了口袋边缘。提到钱，他俩之间便有些尴尬。

张树森把周大庆的房间打扫了一遍，又坐了一会儿，才说该回去了。周大庆拉着张树森的手，让他千万别嫌弃房间有老人臭，要常来常往，胡淑良去世得早，儿女终究不顶用，到头来，还是哥俩最好。

隔了一天，张树森拿着一只崭新的盒子来到周大庆家。周大庆从床上支起身子，看着张树森拆开包装盒，掏出个剃须刀来，装上电池，“吱——”地转了几圈。周大庆感慨道：别看这几年也有了些钱，我还真没用过这么洋气的玩意儿呢。

张树森瞥了他一眼：这么多钱揣身边干什么，又带不走！

周大庆不说话，望向窗外。天地间灰蒙蒙一片，但是一幢幢新房栉比鳞节，一溜儿往上耸，仿佛要刺破这单一的色调。周大庆看着这一切，干瘪的眼珠子转了几下，一抹亮光倏然灭掉了。原先村委会说，拆了破房给新房，卖了田地给赔偿，总会让村民们满意，让每个村民都过上城里人的好日子。现在，家家户户都分到了何止一套两套新房，银行里也有了尾数好几个零的存款了，但周大庆总觉得缺少了点什么。他在屋前垄了一小畦土，撒了一把菜籽，黑土里才刚冒出几抹新绿，村委就叫来推土机把土垄削平了。村里到处在盖新房，推土机是现成的。无田可种的周大庆经常感觉心口压榨般疼痛，医生说他得了冠心病。他坚决不住院治疗，天天在榕树下静坐练一种气功，坐了三个月，心口疼的毛病莫名其妙就好了。

张树森给周大庆洗脸、松弛下巴的皮肤，再剃胡子、洗胡茬，最后还在他光溜的下巴上抹了一把。周大庆闻到一股润肤露的香味，睁开了眼睛问：这是你女儿用的？

你弟媳买给我用的，百雀灵。张芳这些年轻人，哪会用这个？

周大庆的眼神活泛起来，连声说：好闻、好闻，上辈人都爱用这个，这盒就给我留下吧。

剃过胡子后，周大庆显出老年人惯有的慈祥与平和，指指搁在床头柜上的黑呢帽子，让张树森拿过来替他戴上。帽子无帽檐，软呢料子像千层糕般层层叠叠，人称“松糕帽”，压在周大庆满是皱褶的黑脸上，无形中扩大了皱纹的范围。周大庆又让张树森从床尾角落里拿出一根粗陋的木头拐杖，握住，支撑着站了起来。周大庆的身量比之前又矮了一点，可能勉强只有一米五五的样子，他对这事很不满意，但是又有什么办法呢？

张树森皱了皱眉，看向床对面的墙上。那里挂着周大庆和胡淑良的合影，两个人并排坐着，一样高矮，一样戴着黑呢松糕帽，一样握着拐杖。只不过，胡淑良的五官比周大庆端正些，肤色比他白净。

胡淑良，是个让周大庆回味复杂的女人。

过去，花湾村虽然地处江南，但只是占了江南的美名，没有鱼米富庶之实。南村村民的日子稍微好过些，卖罄打上的鱼鲜，可以换些家用钱；再不济将卖剩下的鱼鲜腌成酱、晒成鲞，可当全家人的下饭菜。北村村民的生活更困难了，种田下地，朝踏露水，夜招蚊蝇，勉强才得糊口。种田的艳羡打鱼的有鱼鲜吃，打鱼的也觉得自己命苦，风里来浪里去，一人出海全家担惊，遇到风狂浪作天，葬身大海是常有的事，哪有田头陌尾施肥浇水来得安生？

花湾村的男子讨老婆更是件难于上青天的事。嫁到南村吧，姑娘们说，打鱼风险大，一个不慎，自己成了寡妇，孩子成了孤儿，谁愿意成天揪着颗心过日子？嫁到北村吧，姑娘们又说贫贱夫妻百事哀，日子太苦过不下去。

娶亲这事的难度，于周大庆来说尤甚。周大庆五六岁时便失去双亲，差点饿死，幸亏张树森的父亲时常接济他一些，才得以活下来。张树森的父亲是周大庆的远房表叔。当时，张树森刚出生，叔把周大庆当自己孩子一样看待。周大庆至今还记得，有一回，他实在饿得受不了，偷偷跑去县政府食堂找叔。叔正在吃饭，见周大庆饿得面如菜色，便将手里那碗米饭让给了周大庆。周大庆连下饭的咸菜梗都没碰一筷子，差点连那只大碗都一并吞进肚子里，叔在旁边看得直抹泪。为此，他一直感谢叔，觉得自己这辈子谁的人情也不欠，就欠叔一个人的。

周大庆家只有两间破瓦房，还是父母在世时留下的茅坑基。一间拿来住，破席子卷着破褥子；另一间砌灶台，锅底煮着黄菜叶。家境贫寒加之外表难看，有位村邻曾在饭余的闲谈中说，谁家要是把女儿嫁给他，还不如直接用柴刀劈了喂狗，省得女儿受一辈子活罪。这话传到周大庆的耳朵里，他在整个村子里更加抬不起头来了。

眼看快四十岁了还是条老光棍，周大庆坐不住了，又去找叔，问叔能不能想个法子帮他讨个老婆进门。穷人有句顺口溜叫“破袄薄田热炕头”，这人生需要的前两样东西，他托祖上的福都已经有了，热炕头可更不能缺了去。叔这时已经退休了，不疾不徐地说：孩子，亲是要做的，不过不急，叔慢慢给你找。

后来，叔还真给周大庆找到了一个。胡淑良娘家离花湾村很远，家境还不赖，也送姑娘出去读过书。都读到高中了，胡淑良突然得了一种至今查不出原因的怪病，整个人日渐萎缩，整张背慢慢驼起，像背了个大包袱，整个人就跟个大夹子似的。这样，个头跟周大庆刚好相配。周大庆听到这里，刚想撇嘴，就被叔压制下去了：咱农村里都讲究个门当户对，人家都不嫌你，你还嫌人家什么？虽说身体不好，但近几年貌似腰身没再弯下去了，可能病也稳定了些。虽然身材不好，但人家好歹是个知识分子，家境又好，往后接济你们口饭吃还是有的。叔是过来人，不会看走眼的，你就应下了吧。

还能怎样呢？有个姑娘愿意嫁过来就不错了。周大庆欢天喜地地将胡淑良娶回了家，连鞭炮星子都没钱放一个。

这破袄薄田热炕头都有了，身康体健的一儿一女也接连出生，周大庆干起农活来更有劲了，经常深夜了还在一担担地挑大粪，像捆稻草在庄稼地里移动，吓过路人一跳。胡淑良是个过日子的行家里手，周大庆下田了，她一人在家带孩子、煮猪食、养鸡喂鸭。她从娘家学会了包粽子的手艺，做起了粽子批发生意，名气跑遍了整个花湾县。最忙的时候，周大庆和胡淑良连续包了两天一夜的粽子。夫妻俩忙得身量更佝偻了，但当他们从锅里起出刚煮熟的粽子时，总是努力地将腰板挺直。周金贵、周金花就是靠爹妈一只粽子、一只粽子赚的钱养大的，胡淑良葱白似的手早已裂得像松树皮，好在一家人的日子总算过下去了。

周大庆从不敢轻易回忆往事。及至后来，他只要一闻到粽子香，就会怀疑自己在跟胡淑良熬夜煮粽子时睡着了，做了个悠长的美梦。

二

周大庆裹得严严实实，过多衣物叠加在一起，让他有了一定挺括感。周大庆让张树森陪他到村头转转，老躺在床上，不死也闷死了。

天冷，到处都沉寂寂一片。村里空空的，没碰到几个熟人。只有一处建筑工地上有一群工人在忙碌。大楼已经盖到二十层了，外面罩着绿色的防护网。周大庆叹一口气说：到处在盖房，我已经认不得自己原来的田在哪个位置了，这座楼底下，兴许就压着我家的一亩地呢！

以前我看你们种田，心里总觉得奇怪，这么多四方块的田挨在一起，你们怎么就认得哪块是自己的呢?

自家的田就像自己的孩子一样，闭着眼睛都不会错。周大庆脸上流露出依稀的眷恋。

周大庆家是靠包粽子脱的贫，但能宽手宽脚过上好日子，却完全得益于转让土地，他们把这称为“卖田”。他们村里其他没有，就是田多，后来，田多的人家钱就多。周大庆起先很气愤，既然田地是儿女，那么卖田就跟卖子求财一样，是潦倒至人格沦丧的行为，他周大庆家还过得下去，并且有越过越好的趋势，还没到卖田鬻地的地步。但所有村民都喜笑颜开地签了字，说：终于轮到我们村卖田了！他们喜不自胜，周大庆也只得随大流签了字。

丰厚的赔偿款冲淡了周大庆心中的抑郁之气。一家人加起来有二百多万哪，搁以前想都不敢想的天文数字！周大庆激动得几晚睡不着觉，连粽子都不帮胡淑良包了，两眼放着光，在屋子里走来走去：做梦都想不到，天上居然掉下这么个大馅饼来！唉，这么多钱，搁哪好呢?

胡淑良说，搁枕头底下呗，反正我每天都在家包粽子，看得牢呢!

还包粽子，包得人累死。咱以后再也不包粽子了，你也洗洗手，到时装店买几件像样的衣服，就像人家……穿得好一点，以前苦了你，现在咱有条件了，你跟着我，不会让你受苦的。

周大庆现在住着的六层楼，就是在分到巨额卖田款之后盖起来的。跟胡淑良包粽子忙活了二十来年，儿女都长大了，周大庆终于将破瓦房翻新，盖起了两间小平房。那时候手头不宽裕，一切都精打细算，周大庆和胡淑良甚至亲自做粗工，挪动着病弱的身子挑沙抬水泥。房子盖好后，周大庆耗尽了毕生精力般，虚脱但极其满足。这次要盖新房，自然要拆掉小平房，眼看着推土机要吞噬掉亲手垒起的小平房，周大庆挥舞着双手，差点往那支高高擎起的大铲子跑去。周金贵连忙拖住了父亲，安慰道：旧的不去，新的不来，咱盖个更大更好的，那才叫脸上有光呢，你见了就会忘掉这个小平房了。盖这幢六层楼时，周金贵请了工程监理，建筑、装修材料一律采用高档品牌。房子盖好后，前面庭院，后面花园，楼梯、电梯俱全，高大敞亮。一步到位，连孙子孙媳妇都有地儿住，看着拔地而起的高楼，周大庆自豪地说，感觉身量都陡然拔高了。

周大庆想到这里，指指远处一个工地说：在那里，我还有两个商品房的指标。对了，老弟，你儿子上次想买商品房来着，现在买了吗？要是没买，我到时候便宜点卖一套给你？反正金贵已经买了房，也不愿意住村里。

张树森默不作声。他没有田，不能像花湾北村的农民一样靠卖田发财，他家以前有一艘破渔船，家里没人会开船，一直租给同村人，现在早已沉没在南村的一洼水坑里了。父亲退休后，张树森进了县政府食堂工作。他为人实诚，做面食拿手，平平安安干到了退休。花湾南村很多村民的光景，还比不上张树森。你命好，没下过水，没种过田。南村或北村的熟人常常这样羡慕张树森。

张树森也觉得日子安坦踏实没什么不好，只是去年儿子张路要结婚，想买套二手房做婚房，张树森拿出省吃俭用积攒下的所有积蓄，还差个十来万。这一次，他真切地感觉到了无奈。张树森提了点礼物到周大庆家来，问他能不能借点钱周转周转。叔这时已经过世了，周大庆思量了很久——这十万块，若放在自己口袋里，也实在算不得什么事儿；可要是借给别人拿不回来，就是个不小的事了。那天，周大庆连抽了两支烟，张树森在旁边默默地吞了无数个烟圈，才得到一句话：表弟，不是咱不肯借，而是我的钱都投资在外头呢。有些是我投资的，有些是金贵投资的，都是些大项目，我刚才盘算了一下，一时半会儿都收不回来。这回我实在帮不了你们家啦，唉……

周大庆难过得连连叹息，说以前一直想要报答叔的恩情的，不料临到关键时刻却帮不上忙了。张树森说没事、没事，怏怏地走了。张树森回到家，张路恨恨地说：白眼狼，当初说得那么好听，说没有我爷爷，他早就饿死了，今后但凡有点能力，做牛做马也会还这个恩情。如今还没让他做牛做马呢，就把尾巴翘到天上去了。罢了，这十万块钱压不死人，我就是出一分钱的利息找别人借，也不欠他的人情。

这话是别人传到周大庆耳朵里的。他为自己的绝情内疚了一小会儿，默默地从酒柜里取出两只酒杯，倒了两杯酒，一杯给自己，一杯给天上的叔。抿了两口，周大庆猛然觉得头顶上有双眼睛盯着他，目光如两道光柱罩下来，他一惊，抬起头，身边并无他人。他赶紧再给叔倒了一杯酒，向叔道歉，说：您当初对我的恩情，我靠这十万块钱是还不清的，我以后会慢慢还……

张树森说自己搞了个“经济互助会”，已经给张路买好了婚房，他自己跟老婆好歹还有单位宿舍可住，暂时没有再买房的念头。周大庆突然想起，张路结婚的时候，自己还去喝过喜酒，理应知道张路的房子已经买好了。那就权当自己年纪大，忘性也大了吧。周大庆双腿酸痛乏力，张树森的臂弯又紧紧地箍着他的胳膊，像枷锁一样沉沉下垂。他们已经走到了村口，周大庆说：天真是冷，人老腿先老，走不动了，咱慢慢逛回去。张树森一手扶着周大庆，一手慢慢将他的身子转过弯来，准备往回走。

榕树呢？周大庆突然停住了脚步，目光直勾勾盯着前方一个深邃的大土坑，坑里胡乱填着色调发暗的黄土。

北村的榕树栽在村口，南村也有一棵榕树，栽在村子中央。乡邑世代相传，古时仙人驾鹤吹笙经过花湾县上空时，仙鹤飘落了两根羽毛，落地后变成了两棵榕树。爬树，掏鸟窝，周大庆像根顽藤，缠绕着北村的榕树长大。年岁渐长后，他跟老伙伴栖息在榕树荫下，吹着从四下里汇集过来的凉风，如同一个静默的问号。

花湾北村在富起来之前，只放过两次露天电影，幕布就挂在榕树上。一次是几个过路的年轻人偷摘了北村一户农民的西瓜，被抓住后罚放电影；另一次是一户在外面做生意的人家死了父亲，孝子出钱放露天电影给全村人看。虽然这两件都算不上是什么开心事，但村里比过年过节还热闹，连外村人都扛着长凳从四方涌来。周大庆个子矮，就蹲在幕布背面看，心中比别人更多一份激动。

周大庆手里的拐杖，就是大榕树的一根枝丫。某年刮台风，榕树被打断了两根树枝，周大庆拾回家做成拐杖，跟胡淑良一人一根。胡淑良去世后，周大庆把她那根拐杖烧成了灰，撒到榕树下，说把枝条还给大榕树。周大庆的拐杖顶部有一个很大的树瘤，刷了清漆，被周大庆紧紧攥在手里。榕树枝不太适合做拐杖，但周大庆说，握着榕树枝，就像父母还在身边一样。其实，父母的影子早已荡然无存了。后来，榕树又长出新枝，叶子越来越稠密，周大庆的日子却日益稀疏了。

大榕树不见了，周大庆像丢了魂，让张树森立刻陪他去一趟村委会。村长正忙着跟几位派送十足的人商量什么大事，见到颤巍巍的周大庆走过来，只得起身让座。在村里，周大庆无论年纪还是资历都排得上号，村长毕竟是后生，按辈分还要管周大庆叫太公，自然得相让着一点。

村长听过周大庆的来意，满脸堆笑地解释说，是因为县里的规划，有一条新建大道要经过他们村，刚好是种榕树的这处位置，所以暂时把榕树移开了。他特别强调只是“暂时”，等找到新的地方，马上把榕树栽回去。他让周大庆放心，他知道榕树是古树，他也是天天在榕树下玩长大的，把榕树当成长辈一样敬重，别的不提，就说这次移树吧，还特地请了市政园林局的专家来移的。

周大庆带着一副静观其变的神情，在张树森的搀扶下，默然地走了。

三

寒潮过去了，天气稍有些转暖，窗外听到了依稀几声鸟鸣，唧啾——唧啾——周大庆侧耳听听，又似有人在唱越剧，“天上掉下个林妹妹……”清亮的声音像条丝线，远远地抛过来，钻进了周大庆的耳朵。周大庆坐起身，一边剃胡须，一边打电话给周金贵，叫他马上回家一趟。

周金贵到家已是午饭时分，手里照例提了一只塑料袋，里面装着周大庆一天的伙食。周大庆气得拍打着床沿说：是不是我饿死了你才回来哪？天天吃盒饭，你是想把我给腻死吧！周金贵我告诉你，我手头有钱，这辈子还轮不到你来养活我！

周金贵叹了口气道：年轻人有年轻人的事情，工作要忙，家庭要照顾，哪能随叫随到呢？就这会儿，自己刚下乡回来，还没吃上口热饭呢！

周大庆这才收了脸色，顺势说年轻人要忙工作，得找保姆，找个保姆好照顾自己。

周金贵一听父亲要找保姆，脸上的神情就变了。在窗口抽了一支烟后，他才转过身来，说找保姆是大事，不是一时半会儿能够决定的，容他和周金花一起考虑考虑。

周金贵的反应是在周大庆意料之中的。

在六层新楼建好入住还不到一个月的时候，胡淑良就病倒了。胡淑良的身体本就不好，长期驼背压迫了内脏，几十年下来，心肺功能都衰竭了。周金贵、周金花星夜将胡淑良送到上海的大医院看病，一开口就说：医生请救救我妈的命，多少钱我们都拿得出。可是三百块钱一张号的专家都摇摇头说：钱可以买到药，但是买不到命呀！两个子女哭成了泪人，胡淑良的娘家人也痛心不已，叹惜女儿命苦福薄。

胡淑良回到家中，按医嘱该吃吃、该喝喝，将息将息。周大庆竭心尽力服侍了两三个月，胡淑良还是那副不死不活的苦瓜相，周大庆的身体也扛不住了。这时，有个邻居过来说，他有个远房亲戚死了老公，现一个人从乡下过来打工，没地方住，周大庆家房子多，不如免费给她个房间住，她白天出去打工，晚上给他们家当保姆，服侍胡淑良，这样于双方都有利。大家都认为这是个皆大欢喜的好办法，周大庆家应承下来。

但是自从这个保姆住进来之后，胡淑良说自己就没有睡过一天安稳觉，每晚在迷迷糊糊间，总感觉周大庆没有睡在身旁。周大庆呵斥胡淑良病昏了头，净说胡话。有一晚，病中的胡淑良目光炯炯，逮住了一边往房里走、一边塞裤腰带的周大庆，悲声哭泣起来。周大庆眼睛一瞪：谁伺候你吃的喝的？谁让你过上好日子的？再吵吵嚷嚷，当心我撒手不管你，我还落个清静！

胡淑良在周大庆面前乖乖地闭上了嘴巴。但是第二天晚上，保姆就卷铺盖不见了，周大庆也没敢问到底是谁赶走了保姆。只是此后只要一提“保姆”二字，周金贵、周金花就高度紧张而且相当默契起来。

当晚，兄妹俩坐在周大庆房里，商议找保姆一事。他们达成了相同意见，保姆是要找的，要不然天天叫父亲吃盒饭也不成体统。但是，该找谁来服侍周大庆合适呢？

周金花说，嫁出去的女儿终究是外人，当初家里卖田分钱，她也没有分到半毛钱，何况家里家外也一大堆事，实在脱不开身。

周金贵想不出什么话来反驳周金花，突然就提起了张树森，说不如出点钱，雇表叔来照顾父亲，花不了多少钱的，自家人也放心。

兄妹俩的意见出奇一致，反正张树森退休了闲在家里没事，他家条件平平，能挣点外快帮衬家里肯定乐意。周大庆没料到自己两个儿女的脑子转得如此快，转念一想，也罢，只要张树森肯答应，也不失为一件两全其美的好事。

张树森再次来到周大庆家，一进屋就说：当我来陪哥哥几天吧，工钱什么的就不要提了。

周大庆含糊了几声，周金贵和周金花互望一眼，微笑着退出去了。

周大庆虽然身子骨柔弱，手脚倒还灵便，服侍他也不是什么特别困难的事。尤其是张树森过来后，周大庆的精神眼看着一天好似一天。周大庆说：自己就是缺个伴——作个不恰当的比方，就算是只阿猫阿狗的，还不得有个伴？现在有了老弟做伴，身上哪里都好了。

周大庆没有其他喜好，每天早上和中午吃罢饭，便要出去逛一圈，再回到床上躺着。每回出去，周大庆都要戴好黑松糕帽，拄上拐杖，由张树森搀挽着他的左手臂，很有仪式感。周大庆一路走一路点头，碰到熟人就要打招呼，看到村办公楼、村卫生室、村警务室等地方，都要进去转一转。每走到一幢高耸的楼房前，周大庆都要顶着日光仰头望着，点点头，又摇摇头。

在路上，周大庆会跟张树森唠叨——记得村里盖第一幢高楼的时候，我还说：恁高的楼，爬楼梯都累死个人，还不如住在自己的小平房里来得痛快，惹来一阵哄笑，大家都说我是傻头，现在高楼都有电梯，根本不用动脚，只要往上一站，它就把你拉上去了。结果，我自己都盖起了六层高楼，家里也装电梯。我还说，商品房好是好，可是一家一套房，锄头镰刀簸箕放哪呢。又被周三给笑话了，说：大庆啊大庆，你怎么分不清时宜呢，田都没了，还用得着什么锄头镰刀簸箕。但我家就是不盖商品房，我家有个地下室，锄头镰刀簸箕，多少都放得下。

张树森只听不说话，周大庆说着说着，就摸着后脑勺讪笑起来，这些话他已经重复了无数次。

一次，他们走到村祠堂前。祠堂朱门锃亮，焕然一新，看样子是新近装修过，门前三根笔直的杆子直插云霄，杆顶挑着绣着“周”字的彩旗。这三根杆子是周大庆捐钱立起来的，他跟周金贵说，杆子高，就表示咱家门楣高。来到祠堂前，周大庆的精气神提得足足的，努力昂起头，眼光顺着杆子一直往上攀。当他把目光停留在杆子顶端的圆形钢球上时，提高了声音对张树森说：想当年，我在这片空地上摆过酒呢！中气十足的声音在空中扩散开来，拖着一束尾音。

周金贵高中毕业后，任凭父母好说歹说，就是不愿去考大学，进了一家工厂做工。第二年，他觉得一辈子当个车间工人没前途，一鼓作气考上了大学，成为花湾村第一个考上一本的大学生。周大庆的两间小平房也就是在那一年盖起来的。双喜临门，周大庆借用了村祠堂前的空地，摆了五桌酒。这回，周大庆算是大大地露了一回脸，在村子里扬眉吐气了。他没有忘记请叔过来喝喜酒，这时叔已经很老了，拄着拐杖来的。周大庆知道叔最爱吃糯米食，他跟胡淑良用最好的食材，给叔包了豆沙、蜜枣、咸肉、蛋黄、花豆馅的粽子各一扎，酒席过后给叔带回家吃。听说叔还因此吃伤了肠胃，打了两天点滴。

“是啊，那一次，是很光彩。”张树森说，“那么多亲戚都来了，连林白杨都来了，林白杨可是接待大领导的大忙人哪。那天，她还唱戏给我们听了，唱的是……”

别说话，你听——

张树森侧耳听了一下，哪有什么声音？现在村里连鸡叫声都没了。

是有人在唱戏，我头抬得高，听得远。是从河边的老年活动中心传出来的，去看看。

河边风紧得很，还是不要去了吧。

周大庆不听劝，硬是拉着张树森往村老年活动中心走去。活动中心的朱色鎏金大门洞开着，在门口便听到咿咿呀呀的唱戏声。周大庆抬起腿，像提线木偶般一脚迈了进去。空旷的活动中心一边各摆两张麻将桌，打麻将的，看打麻将的，非常热闹。角落里的桌子上，一台 CD 机笼罩在尖细的女声里。

大庆，玩两圈，很小的。有人邀请周大庆。

自从家家户户都分到一笔可观的赔偿款后，村民们搓麻将的热情空前高涨，连老带少，姑娘媳妇，都搓得很欢。大部分人玩得都很大，十块一台最少，五百上千一台的都有。在活动中心搓麻将的都是些老年人，玩的小，以消遣为主。

大家见周大庆没有参与的意思，便顾自盯着麻将牌，将他冷落在一旁。周大庆心中很是失望，一刻也不想多待，对张树森说：有人抽烟，空气恁差，又吵，回家，回家！好好的一个老年活动中心，弄得乌烟瘴气，周大庆一路走一路气呼呼地唠叨：这是要末世了呀！张树森抚着他的心窝子说：莫气莫气，这是大形势如此，你再生气也没用。

尽管周大庆对村里的人和物很看不惯，但第二天，他又在张树森的搀扶下，出来在村里溜达。这回，他第一个去的地方就是村委办公室，他要找村长问问那棵榕树的事。一位年轻的女办事员说，村长外出开会了，但榕树的事已经抓紧在办了，前几天都叫市政园林局的人来选移栽新址了。

新址选在哪？周大庆追问。

办事员说，是领导们去选的，她只是一个办事员，不知道具体的细节。

周大庆将信将疑，问村长的手机号是多少，他要亲自打电话去问。办事员很委婉地说：就算我告诉你，村长在开会，也不方便接电话呀！周大庆在鼻子里哼一声：我在村里这么多年，还不信问不到一个手机号码了！

出了门，周大庆从口袋里掏出一部按键式旧手机，让张树森翻出通信录，找到一个叫“周福来”的名字，说是村长的父亲。电话拨通后，周大庆从张树森手里接过手机，使劲弯过因为穿了太多衣服而紧箍箍的手臂，把手机凑在耳边。铃声响了很久，没有人接起。冷风从周大庆耳边掠过，呼呼地吹到前方空地上。张树森劝他先到其他地方走走，榕树就在那里，又没有脚，逃不走的。

人挪活，树挪死，我看老话说得没错。你说：这么大一棵榕树，能被村长他们藏在哪里？该不会早劈了当柴爿烧了吧？

哪能呢，现在家家户户都烧天然气了，哪里还有那么大的镬灶头？

周大庆把村里的条条大道小路都踏了一遍，没有找到榕树的踪影，只得默默地拉低了松糕帽，回转身。

“天上掉下个林妹妹……”隐约又有歌声抛进周大庆的耳朵里。周大庆停住了脚步说，再走几步。说完，抬腿就要跨上灯芯桥。

过了桥就是南村了，张树森制止道。

去南村看看。

花湾南村的规划远不如北村，还是弯弯扭扭的土路，车开过，扬起一蓬巨大的黄土灰。周大庆的黑裤腿上很快蒙起一层灰，张树森刚想弯下腰去替他拍拍，周大庆却紧走几步追上了前面一个红衣妇女，拉住她勾在右手上的菜篮子。那红衣妇女吓得尖叫一声转过身来，见是个脸黑、衣服黑、又戴黑色大帽子的老头子，泼辣地大声骂起来：这个老不死的，耍流氓，想吓死人哪！

张树森赶忙上前赔礼道歉，说老人眼花，认错人了，勿怪勿怪。

红衣妇女气鼓鼓地一扭胯走了。周大庆一脸茫然地站在那里，嘟囔道，也是波浪头，也穿红衣服，也是这么尖的声音，只是眼睛不像，这个眼睛像金鱼眼泡……

张树森连忙把周大庆的围巾往上拉了拉，虚掩住口鼻说，赶快回去吧，风大沙多，吸到肺里去不是闹着玩的。

周大庆倔脾气上来了，固执地说：还是觉得南村好，路再弯，人总走得到尽头，北村的人，这以后要无路可走了。张树森岔开话题说：我们南村的人还羡慕你们呢！

回到家，周金贵正站在大厅里，握着手机，要打电话的样子。听说父亲和张树森去南村溜达了，周金贵忍不住对周大庆说：您老就安稳点在家里待着吧，不要出去东颠西跑，您就算是把南村的地给踏破了，我也不会答应……

“没大没小，这像是儿子跟老子说的话吗？”周大庆粗暴地打断了周金贵的话，“出去，出去，这里没你的事儿！”

周金贵退到一边，对张树森说：叔，这几天外面风大天冷，您可别再带我爸出去转悠了啊，他身体不好，经不起风。

周大庆赌气躺在床上，将脸对着那堵粉墙。

四

张树森不带周大庆出去转悠了，周大庆闷得慌。年轻时一直不停不歇地忙碌，他常常想，等什么时候闲下来了，一定要好好闲着什么事也不干，闲到装进骨灰盒里。如今到了除了“等老”别无他事的时候，周大庆突然心慌气喘，整个人像被一双大手拎起来倒空了。周大庆醒得早，醒后无事可干，只能一个人坐在楼顶，就着曦微晨光看四面的风景。

花湾北村已经有了很多新楼房，见风就长似的，一下子就长成了一幅新景象。几年前，这里还是个鸡啼狗吠、遍地垃圾的农村。再望远，就是一片低矮、灰暗的地带，那里是花湾南村。小河南北，就像跷跷板的两头，一高一低，远不相称。

这样的风景很快就看腻了，一天上午，周大庆趁张树森出去买菜了，决定自己一个人偷偷出门转一转。他把松糕帽端端正正地戴好，把衣服前襟拉平整，拄着木拐杖就出了门。

没有张树森的搀扶，他不敢走远，便沿着墙根慢慢溜达。没走几步，周大庆就差点撞上个人，抬头一看，见是花湾南村的鳏夫周有水，低着头，鬼鬼祟祟地从一幢楼里溜出来。看到周大庆，周有水打个哈哈，便走开了。

周大庆很是奇怪，周有水怎么到北村来了，没听说他在北村有亲戚熟人呀？周大庆的执拗性又上来了，截住了周有水问：有水兄，今天怎么有空来我们北村逛逛了？说话时，周大庆的胸脯挺得高高的，语气之中带着质问。周有水答：有个亲戚在你们北村买了房，刚住过来，我来看看。大家都知道，你们北村住得好，是吧？

周有水走了，周大庆鬼使神差地坐电梯上了楼。到五楼时，电梯门打开了，同村的周大钱正理着裤腰带，从一扇门里走出来。看到周大庆，周大钱一愣，然后表情忸怩地说，大庆哥，有空也来玩玩，比搓麻将有意思。

周大庆知道比搓麻将还有意思的事情是什么，把周大钱拉到楼梯口，迫不及待地问：那女的是南村人？

这个，没问，咱不好意思问这个。

多大年纪?

周大钱脸上浮起了暧昧的笑容，说：反正比你我都年轻，你去了就知道了。

中午时分，周大庆才一手扶着墙，一手拄着拐杖，混混沌沌地站在门口。周大庆脑子里似有两个尖嗓女人在唱对台戏，咿咿呀呀嘈杂得很，说话舌头都不利索了——因为，他把戴在手上的一个大金戒指弄丢了。他回到家门口，右手拄着拐，左手去摁门铃时，才发现箍在左手中指上的那一圈黄金不见了，只留下一道与周围肤色相去甚远的白印子。

张树森买菜回来见周大庆不见了，急得把周金贵和周金花都叫了过来。现在，周金贵、周金花眼见周大庆这一副迟钝模样，便不停地询问：到底怎么回事？是谁捋走了你的金戒指？周大庆一着急，说话更加糊涂了，一会儿说自己去小卖部买个鸡蛋煎饼吃，吃完了到河边洗手，戒指掉河里了；一会儿说碰上打劫的，被歹人劫走了。

周金贵用狐疑的目光看着周大庆，不住摇头。周金花到底是女人家，心细，叫周大庆张开嘴巴看看。果然，周大庆嘴里镶着的一颗大金牙也不见了，张着一个大黑洞。

周金贵气得一拍桌子，说要去报案。周金花拉住周金贵，在他耳边悄悄说了句什么，周金贵一听，脸上的肌肉马上一点一点松弛下来，把手机放回了裤袋。兄妹俩围着周大庆，一个抚着他的手背，一个拍着他的后背，安慰他说，丢了就丢了，不过一个戒指一个金牙嘛，丢了再买。

周大庆感激地点点头，那层糊在脑子里的胶水瞬间就融化了，周围说话的声音都听得清楚了。

周金贵说：爸，说来也巧，我刚进村的时候看到一个人，长得跟白杨表姑很像。我没看真切，刚想叫她，她已经走过去了。不过看背影很像，也是大波浪头。

村里大波浪头的妇人多的是呢，建国他娘、桂义他娘，不都是大波浪头？周大庆说。

我听村里有人在唱黄梅戏，唱的是什么“天上掉下个林妹妹”？周金花问。

那是越剧。周大庆没好气地说，从小我就带你去南村听白杨表姑唱戏，坐头排，你到现在连这个也分不清。

周金贵和周金花都凑过头来：对对，是越剧。每次表姑唱完戏，我们还在后台看表姑卸妆，擦一点百雀灵，用纸巾抹一抹，油彩就抹掉了，表姑的皮肤可真好。爸，表姑这几天在咱们村唱戏？

想得美，那是村里老年活动中心放的音乐。

兄妹俩都泄了气。周金花抹起了眼泪，说：可惜母亲不在了，要是母亲还在，父亲也有个照应。唉，母亲的命苦，父亲的命苦，我们这些做子女的命也苦啊！她语无伦次，都不知道到底该悲叹谁的命苦了。

周金花提起胡淑良，周大庆心里也不好过，但是，他的金戒指和金牙到底是怎么丢的，他真的想不起来了，只得捶着脑袋，说当时这里糊涂了。见此情景，张树森劝说道：算了，你们年轻人还经常丢个苹果手机什么的，你们父亲年纪大，记性差了，再逼问他，他脑子恐怕真的要急坏了。两个儿女这才不甘愿地闭了嘴巴。

这事之后，两个子女厉声规定，不许周大庆再出门，否则再出点什么事，大家脸上都不好看。张树森也说：你再偷偷出门，我在你家可待不下去了，我担不起这个责。周大庆被唬住了。

不出去转悠的周大庆病了，咳嗽得很厉害，脸上蒙着一块方格子丝质手帕，整天躺着。张树森很自责，说一定是那天去南村吸入了灰，早知道如此就不去了。周大庆将脸转向床里，说：不关你的事。

是不是要叫金贵和金花来？你这样子有点吓人哪。张树森小心翼翼地问。

叫这两个不肖子女来做什么？我还没死呢。周大庆没好气地说。

病倒的周大庆除了间歇会爆发出一阵咳嗽外，其他情况看起来还不错，能吃会睡，倒把张树森给累得够呛。第二天早上，当周大庆从呼噜声中醒来时，张树森总是会说：你睡得呼呼呼的，我可守了一夜。周大庆听到这个“守”字，心里老大不愉快。

慢慢的，大家都知道周大庆病倒了，陆陆续续有人上门探望。周大庆对张树森说，他家亲戚来往多，来看他的人断不会少，要是每次都陪他们讲话会很吃力，怕是连老命都讲没了。这样吧，每次有人来时，他先侧耳听听声音，如果是个无关紧要的人，他便将脸转向床里面，不发出声音，张树森就要对探望者说：表哥累了，刚刚睡着，不好叫醒他，你们先坐一会儿。

约定之后，周大庆脸上蒙着的手帕一直没有揭下来过。有一回，村长托那个女办事员带了几个人来看望周大庆，周大庆也把脸转向了床里面。张树森偷偷捏周大庆的小腿，示意他拿下脸上的手帕接待一下，周大庆也无动于衷。

他们走后，周大庆一骨碌坐了起来，嫌恶地撇着嘴说：村长算什么，我们村里第二次卖地的时候，听说上头给拨了一千万，在村长他们手里停滞了差不多一年时间，才发了五百万给我们。这一千万，一年下来，光利息他们都吃不完了吧？说什么剩下的五百万要给村民买养老保险，村里头要搞建设。我手头有钱，要什么养老保险？村里搞建设，说鬼话骗谁呢，祠堂都是我们捐钱修的，还有什么可建设的？

张树森赶忙看看外面，叫周大庆轻点说话：咱哥俩自己说说没关系，别那么大声音，让别人听到就不好了。

我还怕村长听不到呢。如果他敢来，我倒正想问问他，那榕树到底怎么回事了！周大庆气呼呼地重新躺下，脸上仍旧蒙着丝手帕。

周大庆躺了半个月，脸上的丝手帕只拿下来两次。

一次是为了周金花的事。

那天傍晚，周金花披头散发，跑回周大庆家，哭叫着：爸，爸！陈前程被抓走了！

什么事，为了什么事？周大庆被女儿一咋呼，心头突突地跳起来，掀开了丝帕问。

六合彩，都是六合彩给害的！他坐庄，被抓走了！周金花蜡黄的脸上挂着泪痕，也顾不得张树森在眼前，一屁股坐在周大庆的床沿上，拍打着床帮大哭起来。

家里条件也不差，怎么也想发这点财……周大庆心疼女儿，说：不是什么大事嘛，让金贵去打点下。你回家里来住吧，家里什么都不缺，就缺个人气。你回来刚好跟爸做个伴，记得把咱外孙也带回来。

家里的东西都给前程赌牌输光了，还欠下了一百万的债……

啥？！周大庆的心鼓猛擂了一阵，从床上惊坐起来，怎么玩这么大？这小子的胆子也太大了！周大庆跌回床上：你的下半辈子，都让陈前程这臭小子给害了。唉，金花呀，你妈去世得早，我真后悔当初没能让你跟你妈学一手包粽子的手艺。人这一生啊，得有个手艺，这样到哪都不愁没饭吃。现在，你肩不能扛，手不能提，咱村子里连块地角儿都没有了，还能干什么呢？

周金花怕债主逼上门，当天就搬回了周大庆家住，还带回一大盒螺丝、螺帽什么的，将螺丝螺帽搭在一起，做一个可以赚二分五。周金花没日没夜地坐在灯下装搭。周大庆让她少做一些，家里饿不了她。周金花说没事，当初家里开着小作坊的时候，就是生产这些小零件的，陈前程负责生产零件，周金花负责装搭，已经做习惯了。周大庆当时有空也去帮过忙，周金花管饭，一天还可以赚上八十元钱。那时候的周金花，头发往脑后高高扎个马尾，臂上套着蓝布袖套，身上挂着花围裙，周大庆怎么看怎么觉得像画报上的那些女工，真漂亮。周大庆想到这，看着满脸愁云、埋头苦干的周金花，也拿起了一副螺丝螺帽，却再也没有眼力将它们装搭在一起。

另一次拿下丝帕，是为了周金贵的事。

周金花搬回来才三天，也是个傍晚，周金贵来了，满脸红到脖子，说话舌头打着结，明显是喝了些酒。他对周大庆说，跟白薇薇这个丑婆娘没有共同语言，以前吵着闹着也算了，这回铁定了心要跟她离婚。

当年，周金贵在工厂里做工的时候，认识了同厂的白薇薇，两人不温不火地谈了一阵子恋爱。后来，周金贵考上了大学，白薇薇仍在工厂上班。大学刚毕业，周金贵突然回家来说白薇薇肚子里已经有了，要立马举行个仪式，将她娶进门来，条件只有一个，那就是给一间小平房让他俩做新房。这个门槛算是很低的了，胡淑良是欢喜，但周大庆松掉的那口气又扯上来了：他与胡淑良耗尽半生精力，也只够盖两间小平房，如果让一间给周金贵他们，那他跟胡淑良、周金花还有厨房灶头等一干物什，怎么分配呢？

盖新房子吧，手头还有点拮据；而且依周金贵所言，盖好房子再娶媳妇也来不及。眼下只有一个办法，那就是赶紧把周金花嫁出去。周大庆想把女儿嫁个有钱的好人家，但有钱人家也看不上周大庆家那样儿，怕日后少不了要被揩油，因此托人来提亲的，都是典型的刚够温饱的人家。周大户虽然心有不甘，但已经是火烧眉毛的时候了，只得在歪瓜裂枣中，挑中了陈前程，赶紧将周金花嫁了出去。

其实当时白薇薇的肚子里根本没有货，她看中了周金贵长得壮实帅气又是大学生，怕他毕业了找到好工作会甩掉她，谎报了军情。不过娶都娶了，周大庆也没说什么，毕竟家里还是穷。周金贵却有些不爽快了，在某次喝醉酒之后，吐露了真言，说早知如此，就不娶这个丑八怪了。

在这一点上，周大庆颇能理解儿子，所以他没像别人家的父亲一样，一定劝和不劝离。他拿掉丝帕，坐在床沿上，碍于张树森也在跟前，不能把话挑得太明白，只得对周金贵说：你妹妹也回家了，你也搬回来住两天，两个人分开几天，自然就想明白了。说完，他目光定定地看向周金贵。

周金贵没回家，白薇薇深夜上门来兴师问罪了，在周大庆家里高声嚷嚷：现在都几点了，你还不回家？周大庆冷笑了一声，重新把手帕蒙在脸上，转向里面躺着。张树森对周金贵和白薇薇说：你们到对面房间去说，老人家易醒不易睡，别吵到他。

周大庆在鼻子里哼了一声，手往空中一指说，就坐这儿说。

白薇薇只对周金贵说了一句：你要找的那个U盘，我给你找到了，现在我的包里呢，资料都还在。

周大庆还没理会过来U盘到底是什么，周金贵的舌头立刻就不打结了，说：找到了就好，我是来看一下爸爸的，爸没事了，咱回家。

从此，再没听谁提起周金贵要离婚的事。周大庆琢磨着这事有点蹊跷，但又不便亲自去问，只得问周金花：你哥这几天怎样了？

就每天上班呗，听说单位挺忙，周金花一边装搭，一边头也不抬地回答。

周大庆又问张树森：你有没有金贵的消息？

张树森说：昨天张路打电话给我，顺带说起金贵，说他去念一个什么中青年培训班了，听说念过这个培训班的人，十有八九要升官。

这就好，这儿子就是有出息，周大庆终于高兴起来了。他叫张树森拿来笔、纸，由他口述、张树森记录，把这次生病卧床期间来看望他的亲朋名单一一记录下来，谁来过，带来了什么礼品，都记得清清楚楚。他说这些都是人情，他在世的时候他还，他不在的时候由周金贵还，人情人情，就是这样子子孙孙你来我往的。

记完之后，他嘀咕了一句：有些亲戚怎么没来看我呢？

张树森宽慰他道：兴许他们忙，兴许是根本不知道你身体不好，没来的，咱也不要在心里记恨人家。

周大庆很失落地说，大家都知道了，怎么还有人会不知道呢？

五

周大庆的咳嗽止住了，又想出去转转了。除了咳嗽，他本就没有其他大毛病。算下来，张树森已经在周大庆家待了两个来月时间。其间，张树森提了好几次要回家的话，都被周金花和周大庆劝下了。周金花说：老伴老伴，我妈去世早，我爸就缺个伴，叔，您就再留段时间陪陪我爸呗。

每当这时，周大庆就会眼巴巴地看着张树森，拉着他的手说：就陪老哥最后一程吧，老哥也没几天好活头了，别看我这几天精神头好了，说不定是回光返照呢！

张树森连忙打住了周大庆的话：别讲这些个丧气话，我留下来就是了。

周金贵好久没登门，周金花还在飞快地装搭配件，一双手合拢分开、分开合拢。周大庆放心大胆地当着周金花的面，让张树森陪他去南村，说自己想念南村的味道了。

都是泥巴、黄土、旧房子，能有什么味道？

泥巴有泥巴的味道，还有野花野草的味道，香着呢！这样的味道，北村现在没有了。

去去早点回来，周金花吩咐张树森：老人怕跌，我爸腿脚不灵便，劳烦叔把我爸搀紧了。

一对搀扶着的身影跨过灯芯桥，沿南村的小路一直走着。张树森在南村生活了一辈子，从不觉得南村有什么好的，倒是北村好，这几年发展快，一下子有小城市的味道了。周大庆兴致却很高，一路走一路看，笑容很大。但到后来，笑容渐渐就有些僵了、小了，一直走到村子中央的一块空地上，他顿了顿，想了想，问道：这里原来莫不是有棵大榕树，树下有个戏台的？

是呀，后来没人唱戏，也没人听戏了，破败得不成样子，前阵子拆了，说是要改作其他用途。

周大庆举起拐杖，似要给谁当头一棒，呵斥道：好好的戏台，碍着谁了，不修整起来倒也算了，干吗要拆掉？

这是村里的决定吧。

那榕树呢？

移了。大家都忙得很，没空搭理一棵榕树到底去哪了。对了，你在南村，还有几个老朋友的吧？

老的老，残的残，都不行了。村民避讳，把“死”叫作“老”。周大庆的拐杖一直在发颤。

南村本来还有你的表妹林白杨，可惜也搬出去了。也不知道她搬哪里去了，只听说后来有钱了，在其他地方买了房子。

周大庆对张树森回忆起说，戏台旁边原先还有座两层小楼的，算是当时南村最好的房子了，专供剧院里的几个女演员住。每天天刚蒙蒙亮，女演员便在阳台上吊嗓子，咿咿呀呀的声音能越过河流的界限，跑到北村来。那时候周大庆早早起床种田，听到吊嗓声，浑身都灌满了劲。林白杨是戏班里的当家花旦，烫着最时髦的波浪头，一双丹凤眼能漾出水来。她的声音清亮无比，周大庆隔多远都能分辨得出。

林白杨就一直没有回来吗？周大庆觑一眼张树森。

应该没有，我跟她家联系少，也没有听别人提起过。

周大庆的兴致一下子败坏了，一股烦闷气顶在心头乱窜。回到村口，又碰到周大钱，正在村外的一个花坛前转悠，看上去也是一副闷闷不乐的样子。

怎么了？周大庆问周大钱。

“唉，你说这钱怎么就这么不经花呢？红彤彤的单百头，摸一张，少一张呀！这庄稼今年割了一茬，明年还能再种，这钱又不能种地里……”他凑近周大庆说，“这女人就是无情，昨天说得还好好的，满脸堆笑地叫我常来，今天我去了，口袋里带的钱少了点儿，就翻脸不认人了……”

“都是卖田给害的，想当初，种种田，晒晒谷，包包粽子，一年忙到头，哪有心思想什么乱七八糟的事儿？到年终，盘点盘点家当，要是有个好收成，烫一壶老酒喝喝，心里比什么都爽快……唉，怎么能把祖宗留下的田都卖光了呢？那可是子子孙孙的口粮啊！”周大庆指指右腿说，“这腿疼得很，拔不动啦，我也该回去了。”

回到家，周大庆就病倒了，腿冷硬得像块木疙瘩，神志时好时坏。精神好的时候，人特别清醒，问张树森：你知道我这一辈子最开心的事情是什么吗?

是不是村里卖地的时候?

周大庆摇摇头说：不是，是在祠堂前摆酒的时候。那时候的房子，是我跟胡淑良用包粽子赚的钱盖起来的，金贵也凭真本事考上了大学，大家那时候是真的羡慕我家，没有比这更开心的事了。大家吃酒吃得筷子响、嘴巴咂。那情景，比我结婚的时候阔气多了，热闹多了。

周大庆说着，拉起丝帕拭着眼角。

过一阵子，周大庆感觉有一块黑布缓缓浮上眼睛，整个人都会被这股浓雾遮住，经常对张树森说，房间里还有个人，刚刚从眼前走过去了。

是什么人?周金花问。

看不清，我眼睛被黑布蒙住了。

爸爸肯定是看到什么不好的东西啦，看样子爸爸要走了，熬不到过年了。周金花拖着哭腔对张树森说。

但周金花说的话，周大庆却听得清清楚楚，只是没有力气开口应答罢了。

有一回，周大庆醒来时，说：自己做了个梦，梦见自家盖了一座别墅，亭台楼阁一应俱全，门前一棵大榕树。唯一不足的是，别墅背靠大山，一半房体都是依在岩上建的，山势险得很。我当时想，别墅怎么能建在岩上呢，要是下暴雨，塌方了，还不得把我这把老骨头给冲走?正着急间，再定睛一看，原来不是别墅，是座大坟呢!老弟，你说：我这做的是好梦，还是噩梦呀?

张树森说：日有所思，夜有所梦，哪有坟前种榕树的呀，你一定看花眼了，现在你们家发达了，再盖座别墅也不是没可能的事。

真是榕树，不知道怎么的，我当时一点都不害怕，反而觉得很熟稔。

张树森对周金花说：看样子榕树成了你爸的一个心结了，你也暂且歇下手头的活，到村委办公室去问一问，那棵榕树什么时候能重新种起来？

周大庆点点头，周金花依言出去了。不一会儿她回来说，村长不在，有个女办事员说了，榕树挖出来太久又没有给保管好，输了一个星期营养液都不济事，现在已经种不活了。周金花还带来了半途中听到的一句话，说榕树被挖出来之前，叶子就已经枯干打卷了——这么繁盛的榕树，叶子怎么会枯干的？还不是有人天天夜里往树根上浇开水！

周大庆听了，点了三下头，但一下比一下浅，然后就睡着了，周金花叫他也叫不醒。

就这样，好几天，坏几天，离过年也只有几天时间了。张树森说要给周大庆家里掸掸新，他忙碌了一阵，又重新上楼来问周大庆：地下室的那些破簸箕、农耙什么的，还要？不要的话，我给扔了，放家里太脏，反正你又不种田了。

周大庆让张树林扶他起来，走到地下室，将那些农具一一看过、抚摸过，最后说别扔，就放地下室，地下室也不用打扫了，反正家里有的是房间，够用得很。张树森见周大庆精神不错，便问他想吃点什么，他去做。吃了这顿，他也该回家准备过年了，过了年之后再来。

周大庆捂着心窝子，说不知道想吃什么，米饭、面条、年糕，天天吃，都吃腻了，换个花样。

张树森提议道：那我和金花带你出去转转吧，你看着哪家店顺眼，我们就进去吃。

周金花说年底了，要赶活儿，没时间出门。周大庆说不需要周金花陪伴，他精神好得很，不拄拐杖都能走。张树森得了周金花的允许，独自带着周大庆出了门。

“咿咿咿咿，呀呀呀呀……”又细又亮的女声又抛过来了。周大庆在一家店门口停住了脚步，抬起头，看着店门口的一排红灯笼，问张树森：转转小火锅是什么新鲜玩意儿？

就是一人一个小火锅，东西转到你面前了就拿过来烧起来吃。张路带我去吃过一回，挺有意思的，什么都可以吃，却又吃不太饱，吃了还想吃。

火锅店，怎么还有人唱戏？

唱戏，没吧？

火锅店的落地玻璃门上蒙着一层很大的水雾，里面的人像在纱帐子里活动，人影重叠、分开、又重叠，颇像周大庆蹲在幕布背后看的人影，也像隔着雪亮灯光的戏班演员。

进去看看。周大庆说。

一个满头白发，一个头戴黑呢松糕帽，两个老人一进店门，就惊动了里面的顾客和服务员。

张树森熟门熟路地牵着周大庆找到位子坐下，吩咐他说：等这个大圆圈转过来了，你要吃什么就自己拿，短的一元一串，长的二元一串，吃完了服务员会来结账的。张树森帮周大庆把电磁炉点起来，配好调料。

周大庆第一次来这种新鲜地方，怎么也下不了手。每次传输带转过来了，他要停顿很久，不知该拿哪一串，等他拿定主意要吃哪样东西了，传输带又转开去了。如此几次后，张树森对周大庆说：你要吃哪样？我帮你拿。

不，我自己会拿。

眼光要准，动作要快，看准了就拿。

周大庆终于拿到了一串花椰菜，开心得咯咯笑起来，引得旁边的人侧目而视。张树森低声道：老哥，轻点声，咱还没得老年痴呆，不要惹人笑话。

真的像张树森说的那样，周大庆吃了三个小时，火锅店里的顾客都换了两拨了，他还感觉没吃饱。每一次，似乎有点饱了，正准备站起身来，他喜欢的菜又转过来了，他发觉肚子还是空的，便又伸手去拿。

“从来没有这样爽快过。”周大庆对张树森说，“自己想吃什么拿什么，想吃的东西会自动转到你面前来，发明这种东西的人，是聪明人。”

周大庆整个人的屁股都离了椅子，把手伸得老长，有时候传输带都要转走了，他还越过邻座去拿，张树森怎么劝也劝不住。锅里的水一直在沸腾，“嘟噜噜”响着，大家的锅都在沸腾，都在“嘟噜噜”响着。店堂里那么热闹，那么嘈杂，跟当年他在南村戏台下听戏、在北村祠堂前摆酒时的情景一模一样。虽然音杂不协调，周大庆却喜欢听，听着听着，心里就莫名地激动起来。在一片喧嚣声中，周大庆跟着这些杂音，嘴巴里不由自主地哼起了“天上掉下个林妹妹……”

其他食客惶惑地纷纷站起身，火锅店的老板娘带着服务员朝他们走过来。

突然，不只是这个火锅的食物传送带，眼前的一切都旋转起来，人、事、物，都包裹在一股看不见的力量里面，旋转着，旋转着。周大庆终于站立不稳，腿慢慢、慢慢地软下去。在他的意识逐渐模糊下去之前，他听到了旁边围观的年轻人在议论——这老头，是不是吃得太多，吃撑了？应该不是，看样子是突发脑溢血了吧？我看是发癫痫病了，你们听到了没，他刚才还唱越剧来着，念着林妹妹，该不是想起老情人了？周大庆努力地将手中的拐杖伸出来，想要摆出个什么手势，却终于没能摆出来。

周大庆像棵倾圮的大树，脚跟往上拔起，倒了下去。

图书在版编目（CIP）数据

另一面 / 林漱砚著. -- 北京 : 作家出版社，2020. 5
(2023.1重印)
ISBN 978-7-5212-0529-9

Ⅰ. ①另… Ⅱ. ①林… Ⅲ. ①短篇小说 - 小说集 - 中国 - 当代 Ⅳ. ①I247.7

中国版本图书馆CIP数据核字（2019）第093272号

另一面

作　　者：林漱砚
责任编辑：史佳丽　李亚梓
特约编辑：赵　蓉
装帧设计：守义盛创
出版发行：作家出版社有限公司
社　　址：北京农展馆南里10号　　**邮　　编：**100125
电话传真：86-10-65067186（发行中心及邮购部）
86-10-65004079（总编室）
E-mail:zuojia@zuojia.net.cn
http://www.zuojiachubanshe.com
印　　刷：中煤（北京）印务有限公司
成品尺寸：142 × 210
字　　数：187千
印　　张：7.875
版　　次：2020年5月第1版
印　　次：2023年1月第2次印刷
ISBN 978-7-5212-0529-9
定　　价：38. 00元